KB062997

최한기의 모험 1
-금척을 찾아서

최한기의 모험 1

초판 1쇄인쇄 2022년 5월 25일
초판 1쇄발행 2022년 5월 27일

저   자 최홍
발행인 박지연
발행처 도서출판 도화
등   록 2013년 11월 19일 제2013−000124호
주   소 서울시 송파구 중대로34길 9−3
전   화 02) 3012−1030
팩   스 02) 3012−1031
전자우편 dohwa1030@daum.net
인   쇄 유진보라

ISBN│ 979−11−90526−80−7 *03810
ISBN│ 979−11−90526−79−1(세트)
정가 13,000원

도화道化, fool는
고정적인 질서에 대한 익살맞은 비판자,
고정화된 사고의 틀을 해체한다는 뜻입니다.

최한기의 모험 1

-금척을 찾아서

최홍 장편소설

도화

서문

　혜강惠岡 최한기崔漢綺는 조선시대 후기에 생존했던 철학자이자 실학자, 과학사상가이다. 오랜 전통의 성리학이 지배하던 시대에 기학氣學이라는 독창적인 학문 체계를 수립했고, 생전에 1,000여 권의 책을 저술한 것으로 알려져 있는 학자이기도 하다. 하지만 그의 삶에 대해서는 별로 알려진 것이 없다. 또한 우리 역사상 가장 많은 저서를 남긴 것으로 알려져 있지만 실제로 전해지고 있는 것은 90여 권뿐이다.

　불과 40년 정도 터울인 다산茶山 정약용의 행적과 명성에 비하면 그야말로 천양지차였다고나 할까. 그러나 최근 들어 이건창의 '혜강 최공전崔公傳' 등 그의 행적에 대한 자료들이 발견되고, 그의 사상이 새롭게 각광을 받게 되면서 학자들에 의한 많은 연구가 이루어지고 있다.

　혜강이 그동안 빛을 보지 못한 이유로는 여러 가지를 들 수 있을 것이다.

먼저 그가 관직에 나가지 않고 평생 재야의 선비로만 남아있었던 점, 경기도 개성에서 살다가 한양으로 이주하여 당시 주류를 이루고 있던 사대부들과 교유관계가 적었던 점, 가문의 세勢가 변변치 않았던 점 등 외에도 그가 워낙 책에 빠져 지낸 탓으로 자신을 드러내고 기회를 잡는데 소홀했을 수도 있다.

그러나 뭐니 뭐니 해도 가장 큰 이유는 그의 사상 때문이 아니었는가 한다.

그저 경전經典만을 뒤적이며 배타적이고 편협함만 키운 유학자들에게 혜강의 이질적인 경험론과 인식론, 그리고 기氣 철학 등이 받아들여질 리 없었을 것이다. 그저 시대의 이단이라고 치부해버리고 상대하려 하지도 않았던 게 결과적으로 오랫동안 그늘 속에 묻혀 빛을 못 보게 되었던 게 아닌가 한다. 당연히 혜강의 다방면의 개혁론도 현실에 적용되지 못했다.

여기에 혜강의 삶 자체가 또한 커다란 수수께끼였다.

그는 평생 관직에 나가 본 적이 없다. 그렇다고 별다른 경제활동을 한 것도 아니다. 그저 집안에 정자를 지어놓고 읽고 쓰며, 틈틈이 동네 아동들이나 좀 가르쳤을 뿐이다.

그런데도 그는 살림을 꾸리고, 2남 5녀라는 많은 자식들을 길렀으며, 당시의 지배층이나 가능했을 정도의 중국의 많은 서적들을 소유하기도 했다. 갖가지 희귀 서적들은 물론이고, 새로 나온 신간들도 어김없이 그의 손길을 거쳤다. 그 때문에 빨리 새로운 문물과 지식을 접하여 자신의 사상에 적용시켰겠지만, 당시 조선의 실정으로 볼 때 세도가가 아닌 바에야 과연 얼마 정도나 이러한 삶이 가능했을까.

그뿐만이 아니다. 1836년에는 뜬금없이 중국 북경의 인화당仁和堂이라는 출판사에서 기측체의氣測體義라는 책을 간행하기도 했다. 요즈음에도 중국에서 책을 출간하기가 쉽지 않은 노릇인데, 당시 한양에 거주하는 평민이 어떻게 북경 유명 출판사에서 책을 간행했단 말인가. 학자들도 이에 대해 명쾌한 해답을 내놓지 못하고 있다.

학문을 하는데 경제적 안정은 필수적인 요인이라 할 수 있다. 혜강이 생애를 통해 많은 책을 발간하고, 오랜 연구 끝에 자신만의 독창적인 사상을 내세우기까지는 튼튼한 재력이 뒷받침되었기 때문에 가능했을 것이다. 그런데 어떻게 해서 그만한 경제력을 가지게 되었는지에 대해서는 알려져 있지 않다.

가장 흔한 추측으로는 원래 집안에 재산이 많았던 게 아닌가 하는 것인데, 기록에 의하면 그의 집안은 개성에서 송상松商 등으로 번성했던 집안도 아닌 것 같다. 내내 한미한 집안이었다가 증조부 대에 와서 무과武科 급제로 입신하였고, 이어 부친에 이르기까지 내내 무관 집안으로 행세했다. 그렇다고 고위 관직에까지 이르지도 못했다. 어느 모로 보나 큰 재산을 형성할 여건이 갖추어지지 않았던 것이다.

혜강의 장남 최병대崔柄大는 문과文科에 급제하여 고종高宗 임금의 시종侍從까지 지낸 것으로 알려져 있다. 그러나 그 후로 집안에서 이렇다 할 인물이 배출되지 못했다. 이러한 여건도 혜강의 사상이 오랫동안 빛을 보지 못했던 원인이 될 수 있을 것이다.

필자는 혜강의 기철학과 실학사상에 심취하면서도 내내 그의 의문들에 대한 해답의 실마리조차 발견할 수 없었다. 다른 학자들도 마찬가지인 모양이어서, 혜강의 사상 등에 대해서는 비교적 왕성하게 연구 실적을 남기면서도 이러한 의문들에 대해서는 별다른 언급을 하지 않고 있다.

그런데 언젠가 충북 지역의 한 소도시를 여행할 때였다. 우연히도 어느 고서점 옆을 지나게 되었는데, 참새가 방앗간을 그냥 지나치지 못한다고 발길이 자연스레 서점 쪽으로 향했다. 서점은 조그마했고 서가도 3개밖에 되지 않았으나, 필자는 무심코 이 책, 저 책들을 뒤적이다 문득 눈에 띄는 책들을 발견했다.

표지는 오래되어 많이 해졌고 서자書字들도 희미해져 있었으나, 두 권의 책을 비교해 보면서 나는 곧 책들의 제목을 짚어낼 수 있었다.

浿東遊錄 一, 浿東遊錄 二

패동은 혜강의 또 하나의 호號가 아닌가. 최한기는 혜강 외에도 패동, 명남루明南樓, 기화당氣和堂 등의 호를 가졌던 것으로 알고 있다. 명남루나 기화당은 그가 지었던 정자에서 비롯된 듯한데, 패동의 의미는 쉽게 알 수 없었다. 그러다 후에 어느 책에서 개성 부근의 예성강禮成江을 예전에는 패동이라 부르기도 했다는 것을 알게 되었다.

이러한 유래를 알게 되었기에 패동이라는 호는 혜강과 함께 선명한 기억으로 남아 있었던 것이다.

혹시나 하고 조심스레 낡은 책장들을 넘겨 가던 필자는 곧 책들이 혜강의 저서임을 알게 되었다. 내 한문 실력이 책장의 전문들을 해독할 정도는 되지 못했으나, 누구에 의해서 쓰여진 것인지, 어느 곳을 여행하고 쓰여진 것인지를 파악하는 것은 그리 어렵지 않았다.

　필자는 흥분을 억누르며 다급하게 책값을 치르고 서점을 나와 곧바로 평소 알고 지내던 한문학자 임 선생에게 전화를 걸어 도움을 요청했다. 그 이후 꽃 피는 봄에서 낙엽 지는 가을까지 내내 임 선생과 붙어 앉아 두 권의 책 전문을 번역해 냈다.

　책은 일기日記체로 되어있었고, 분량이 만만치 않았다. 또한 고문古文도 많이 섞여 있어서 해독하기 쉽지 않은 곳도 많았다.

　그러나 이 책에는 앞에서 열거했던 혜강 생애의 의문들을 상당 부분 해소해 줄 수 있는 얘기들이 수록되어 있었고, 당시 조선 사회가 당면한 과제들을 파악해 볼 수 있는 소중한 내용들도 있었다. 게다가 유학을 바탕으로 학문의 길을 걸었던 선비가 어떻게 해서 기철학과 실학 쪽으로 경도하게 되었는지를 살펴볼 수 있는 과정들도 포함되어 있었다.

　또한 금척金尺이라는 우리 고유의 신비로운 사물에 얽힌 사연들과 그 실체를 알게 되는 계기를 부여하기도 해서, 임 선생과 필자는 번역한 원고를 출간하기로 합의를 보았다.

　다만 적잖은 공을 들여 일기체는 서술체로, 고문들은 원문의 뜻을 그대로 살린 현대문으로 바꿔 독자에게 편의를 제공했음을 알려 드린다.

차례

제1부
금척의 자취를 찾아서

부친의 방문

해는 한강 저편으로 가라앉고 있었다.

바위들은 아직도 한낮의 열기를 머금고 있었다. 그러나 정자로 오르는 길에는 해거름의 시원한 바람이 불어 낮 동안의 온기는 온데간데없었다. 늦은 시간 탓인지 다행히도 정자는 비어있었고, 나는 자리에 앉자마자 장죽에 담배를 담아 부싯돌을 쳐댔다. 연기를 서서히 내뿜으며 부친의 심중을 가늠해 보았다.

부친이 오늘 저녁 무렵 이곳에 들르겠다고 기별을 넣었는데 과연 무슨 일 때문일까. 뭔가 중요한 일이기에 회현동會賢洞 집으로 오라 하지 않고 편치 않은 몸에도 불구하고 직접 오시겠지만, 머리를 짜내봐도 쉽게 감이 잡히지 않았다.

생각해 보면 서대문 밖의 안산鞍山 자락인 이곳에 들어온 지도 2년이 다 되어간다. 주위에서는 소과小科인 생원시生員試에 합격했으니 성균관에 입학하여 대과大科 준비하는 것을 당연하게 생각하고 있었지만, 나는 책을 좀 더 본 뒤에 입학하겠다며 이 산자락 암자에 자리 잡은 것이다.

그러나 실제 목적은 이 핑계, 저 핑계 대며 성균관에 가지 않을 생각이었다. 이른바 정석대로 사는 것은 자신의 길이 아닌 것 같았기 때문이다. 뭔가 자신이 할 일은 따로 있을 것 같았다.

문득 아래쪽을 내려다보니 어느새 부친이 공터에 다다라 말에서 내리고 있었다. 허리는 더 구부정해진 듯했고 동작은 느릿느릿했다. 나는 벌떡 일어나 한달음에 달려 내려가 고삐를 느티나무 가지에 묶고 기다리고 있는 부친을 부축하고 옆에 있는 보자기를 손에 들었다.

"집으로 오라 하시지 않고 왜 예까지 발걸음을 하십니까?"

"그렇잖아도 한번 와보고 싶었다. 안산 자락에 와본 지도 오래되고 해서…"

"그렇지만 연세도 있으신데, 말까지 타시고…"

"나이가 무슨 소용이냐? 삼국지에 나오는 맹장 황충黃忠은 70세가 넘어서도 말을 타고 전장을 누볐다. 아직 이 정도는 아무것도 아니다."

요 몇 년 사이에 부친은 눈에 띄게 노쇠해지고 있었다. 그런데도 원래 타고 난 강골이어서 자신의 쇠락을 인정하지 않으려 하는 것이었다. 나는 부친을 옆에서 부축하면서 조심조심 내가 앉아 있던 자리로 모셔왔다.

부친이 한강 쪽을 바라보며 정자 안쪽에 좌정하자, 나는 서둘러 부친이 가져온 보자기를 풀었다. 그러자 금세 뜨뜻하고 들척지근한 순대 냄새가 허공에 퍼졌다. 나는 반색을 하며 찬합의 뚜껑을 열었다.

"피순대 사 오셨군요."

"네가 피순대 좋아하는 줄은 진작부터 알고 있었지. 어릴 때부터 피 순대라면 사족을 못 썼으니까."

동동주와 사기잔들을 한쪽에 꺼내 놓고 나무접시에 순대 조각들을 진설하고 있는 동안 부친은 주머니에서 쌈지를 꺼내 담뱃가루를 장죽 의 물부리에 채워 넣었다. 나는 재빨리 호주머니에서 부싯돌을 꺼내 담배에 불을 붙였다. 부친이 술을 마시기 전에 담배부터 몇 모금 빠는 습관을 익히 알고 있었기에 나름 대비를 하고 있었다.

부친이 천천히 담배 연기를 음미하는 동안 나는 동동주를 조금씩 따라 사기잔을 헹구고, 젓가락과 새우젓, 김치로 개다리소반 술상의 구색을 갖췄다.

"그래, 책은 잘 봐 지느냐?"

부친은 잔을 들어 동동주를 음미하며 물었다.

나는 눈길을 내리깐 채 입에 넣은 순대만을 우물거릴 뿐 대꾸를 하 지 않았다. 부친은 이러한 나를 지그시 바라보며 속마음을 헤아려 보 는 듯했다.

"아직도 성균관에 갈지, 어떨지 마음을 정하지 못한 것 같구나."

"그렇습니다."

나는 가까스로 대꾸하며 잔을 들어 고개를 돌린 뒤 반쯤 마시고 내 려놓았다. 부친에게서 어떤 얘기가 떨어질지 몰라 조심스럽기만 했 다. 부친은 아무 말 없이 내가 순대를 집어 먹는 것을 바라보고만 있 었다.

"너는 아무나 못 한다는 소과는 이미 거쳤으니, 성균관에 입학하여 대과에 떡 붙어 관직으로 나아가는 게 모든 부모들의 소망일 것이다. 그러나…"

나는 초조하게 부친의 다음 말을 기다렸다.

"네가 마음에 없다면 나도 굳이 고집하고 싶은 생각은 없다."

부친은 힘주어 말하고는 다시금 술잔을 집어 들었다. 나는 가슴이 철렁 내려앉는 것 같았다. 부친 입에서 직접 이런 얘기가 나오는 것은 처음이었기 때문이었다.

천천히 술잔을 음미하는 부친을 바라보며 나는 어색해지는 분위기를 가라앉게 하려고 입을 열었다.

"저도 우리 가문을 생각하면 대과에 응시하여 관직의 길을 걷는 게 도리라고 생각했었습니다. 입신양명을 위해서도 그게 가장 확실한 길이겠지요. 그렇지만 생각을 거듭할수록 그게 제 길은 아닌 것 같았습니다."

"그렇게 생각하는 원인은 어디에 있다고 생각하느냐. 네 자신에 있다고 생각하느냐, 아니면 우리 저간의 사회 풍토에 있다고 생각하느냐?"

나는 고개를 숙인 채 침묵을 지켰다. 부친은 물부리의 담뱃재를 털어내고 다시 쌈지의 담배를 채웠다. 나는 또다시 부싯돌을 쳐서 불을 붙였다. 부친이 연기를 서너 모금은 내뿜은 후에야 나는 가까스로 입을 열었다.

"보다 큰 원인은 제게 있겠지만 작금의 세태도 젊은 사람들에게 희망을 주지 못하고 있기 때문입니다."

그러자 부친은 한숨을 내쉬었다. 그러고는 눈을 들어 멀리 한강 쪽을 바라보았다.

"바로 보았다. 임진, 병자 양 란 이후로 뭐 하나 제대로 되는 게 없는 것 같구나. 나라를 다시 되살려보고자 영명하신 정조 임금께서는 그렇게 애를 쓰셨는데, 그나마 결실도 보지 못하시고 일찍 돌아가시고 말았으니…"

부친은 장죽을 들어 연기를 깊숙이 들이마신 뒤 길게 내뿜었다.

"과거科擧만 해도 그렇다. 공정한 과정을 거쳐 나라에 꼭 필요한 인재를 선발하여야 하는데 세도가들의 압력과 재물에 농락되고 있다. 그 속사정은 외부에 알려져 있는 것보다 훨씬 더 심각하다고 한다. 시제試題 빼내기, 답안지 고치기, 답안지 바꿔치기 등의 패악들이 알게 모르게 행해지고 있다는 것이다. 특히 외척들이 조정의 실권을 장악한 후로는 더욱 노골적으로 행해지고 있으니 이 일을 어떻게 하면 좋단 말이냐. 과거에만 목을 매고 있던 젊은 유생들이 이런 저간의 사정을 샅샅이 알게 된다면 얼마나 낙담하겠느냐."

"부친께서 무과武科에 응시하셨을 때도 그랬습니까?"

그러자 부친의 눈가에는 새삼 주름이 잡혔다.

"그때도 무과라고 해서 예외는 아니었다. 무과에도 대사代射, 대강代講 등 부정이 없는 것은 아니었으나 기본적으로 마술馬術, 사술射術 등 무예 실력이 갖춰져야 했기 때문에, 부정행위에 한계가 있을 수밖에 없었다. 게다가 임진, 병자 양 란 이후로 부방군赴防軍이라 하여 변방 경비에 충당할 병력을 증강하느라 무과 급제 인원을 여러 차례 늘렸기 때문에 문과에 비해서는 등과가 비교적 수월했다. 내가 무과로 바꾸지 않고 문과만 고집했다면 급제는 불가능했을 것이다. 내 실력이 충분치 않기도 했지만, 정상적인 절차를 거쳐 합격하기란 그야말로 가뭄 들녘에서 콩 싹을 보는 것만큼이나 어려울 것이기 때문이다."

"들리는 말로는 막상 과거에 급제해도 임용되지 못하는 경우도 적지 않다고 합니다."

"그것도 문제다. 나라에서 선심을 쓰느라고 별시別試, 대시臺試 등의 합격 인원을 늘리다 보니 급제를 하고 나서도 발령을 받지 못해 건달 노릇을 하고 있는 사람들이 늘어가고 있다. 그러다 보니 급제 후에도 관직을 얻기 위해 자연 세도가들을 찾게 되고, 결과적으로 부정과 불법이 횡행하게 되는 것이다.

지금 조정은 환옹 임금憲宗이 들어선 이후로 풍양豊壤 조씨 세력들이 장악하고 있지만 이전의 안동 김씨 세력들과 다를 게 하나도 없다. 나라의 앞날이 어떻게 될지 참으로 우려스러운 일이 아닐 수 없구나."

"그래서 반계(磻溪; 유형원의 호) 선생이나 성호(星湖: 이익의 호), 다산(茶山: 정약용의 호) 선생들이 많은 고심 끝에 과거제도 개혁론을 건의하셨는데…"

"모두 받아들여지지 못하고 말았다. 조정의 세도가들이 자신의 기득권을 지키기 위해서이다. 세도가들은 세상이 뭔가 좀 허술한 구석이 있어야 권세도 부릴 수 있고 돈도 벌 수 있는 것이다. 물론 자기 세력을 불릴 수도 있고…. 그런데 반계 선생 같은 선각자들의 주장을 그대로 받아들인다면 자연히 자신의 입지도 축소될 뿐만 아니라, 그야말로 떡고물 같은 것도 생기지 않게 되니 이런저런 핑계를 들어 기를 쓰고 반대하는 것이다."

부친은 가슴에 맺힌 답답함을 삭이려는 듯 단숨에 술잔을 비우더니 순대 조각들을 연이어 입으로 가져갔다. 나는 술잔을 채우면서도 과음하시는 게 아닐까 조심스럽기만 했다.

"시험 출제 방식 자체도 문제는 있습니다. 양 란 이후로 사회는 많은 변화를 겪고 있는데, 아직도 출제 방식은 삼사백 년 전 그대로 답습하고 있지 않습니까. 현 시대에 필요한 인재들은 현 시대에 맞는 지식을 구비한 인물들이어야 할 텐데. 아직도 성현들의 경전에 나오는 고담준론 같은 것들로만 지식과 가치의 기준을 삼으니 자연 인재들도 현실을 외면하고 고서나 뒤적일 수밖에 없지 않습니까?"

"바로 보았다. 그것도 지금 우리 사회의 큰 문제점이라 할 수 있다. 세상은 변하고 있는데, 오히려 조정은 산속의 옹달샘처럼 그대로 고여만 있는 것이다. 너도 알다시피 조선이란 사회는 원래 양반과 상놈뿐이었다. 신분이 양반이 아니면 상민이었던 것이다. 그런데 언제부터인가 중인中人이라는 신분이 생겨났다. 기술자, 역관譯官, 의원醫員 등, 나라 살림이 커지고 세상이 발전하다 보니 이런 사람들도 대폭 늘어나서 중인이라는 신분 계층을 형성하게 된 것이다. 지금 세상을 주도해 가는 계층은 오히려 그들로 바뀌고 있다. 그들은 정치적으로 자유스러울 뿐만 아니라 개방적이고 융통성이 있기 때문에 세태의 흐름에 민감하고 직접적으로 대처할 수 있다. 그리고 대다수가 전문 직업인이기 때문에 변화, 발전하는 사회에 꼭 필요한 인재들이다. 차후로도 이들의 역할이 더욱 중요해지게 될 것이다. 그런데도 그들은 여전히 소외되고, 그들의 활동이나 생각은 천시되고만 있는 것이다."

"저도 어느 정도 감지하고는 있었습니다. 그래서 제가 나아갈 길을 쉽게 정하지 못하고 있는 것입니다. 제가 생각하는 학문이란 현실과 결부되어서 민초들의 삶을 편안하게 하고 풍요롭게 하는데 근본적인 목적을 두어야 한다고 생각하고 있습니다. 먼저 사회가 안정되고 먹고살 만해야 윤리나 법이 제대로 지켜지고, 학문이니, 시문詩文 등이 백화제방식으로 발전할 수 있지 않겠습니까? 그러나 우리 세대는 학문과 현실이 마치 물과 기름처럼 동떨어져 있습니다. 초정(楚亭, 박제가의 호)의 북학의北學議 연암燕巖의 열하일기熱河日記에서 설파한 새로운 문물이나 사조 등이 곧 우리 사회에도 밀어닥칠 것입니다. 그러나 우리 선비들의 학문은 현재도 충효니, 의리니, 명분 등의 고답적인 가치관만이 주축을 이루고 있습니다. 물론 선비들의 잘못이 아닙니다. 조정을 틀어쥐고 있는 세력가들 사상의 기반이 바로 주자학이고, 그들이 학문의 경향을 배타적으로 고수하고 있기 때문입니다. 때문에 관직을 얻기 위해 과거를 준비하려면 그들의 체제에 보조를 맞춰야 하고, 그들이 원하는 답안을 제출해야 합니다. 그러니 자연히 선비들이 다른 방면에 신경을 쓸 겨를이 없습니다."

"설사 어렵게, 어렵게 급제하여 관직을 얻게 된다 해도 자리를 보전하려면 세도가들의 눈치를 보지 않을 수 없게 되고, 그들의 체제에 자신도 모르는 사이에 포섭되게 마련이야. 그도 저도 안 되는 사람들은 그저 지방의 외직外職 아니면 한직閑職만 오가다가 말게 될 것이니 누가 어렵게 급제하여 이런 길을 택하려 할 것이냐. 참으로 암담한 현실이야."

"이런 것들을 생각하면 책을 보면서도 이게 과연 제대로 된 학문의 길인가, 제가 과연 제대로 방향을 잡아 살아가고 있는가 하는 생각이 한두 번 들지 않습니다."

"내 생각도 별반 다르지 않다. 더구나 우리는 개성 출신이라 조선 역대 조정에서 배척받고 등한시되던 세력들 아니냐. 그래서 관직에 나아가도 네 앞길이 더욱 염려되는 것이다. 더구나 20여 년 전에 발생한 '홍경래의 난' 때문에 조정의 서북지방 출신에 대한 백안시는 더욱 심해지고 있다. 이런 판 속에 네가 뛰어든다 해도 네 입지와 진로도 한계가 있을 수밖에 없는 것이다.

너는 어릴 때부터 신동으로 친척들 사이에 소문이 자자했다. 세 살 때부터 글을 읽기 시작했고, 열 살 무렵부터는 누가 가르쳐주지 않아도 책을 읽고 스스로 깨우치곤 해서 네 친부親父 치현治鉉을 기억하는 친지들이 '그 아버지에 그 아들'이라고 했었다. 비록 네 친부는 뜻을 펴지 못하고 젊은 나이에 세상을 버리고 말았지만 우리 가문을 일으킬 인물에 대한 기대는 아직 저버리고 있지 않고 있다. 그런데 네가 요행히 대과에 급제하여 관직에 나아간다 해도 현 세태 하에서는 네 자신의 입신양명은 물론 친지들의 기대도 충족시킬 희망이 보이지 않는다. 이게 현실이고, 사람 사는 세상이고, 바로 조선사회이다."

부친은 다시금 한숨을 내쉬며 쌈지에서 담배를 꺼내 물부리에 눌러 넣었다. 나는 또다시 부싯돌을 쳐 불을 붙이고는 자신의 심정도 마찬가지라는 듯 술잔을 들어 남은 술을 비웠다. 부친은 해수咳嗽 기가 있어서 담배가 더 심해져 있었다.

그나저나 왜 부친은 갑자기 이런 얘기들을 꺼내는 것일까. 새삼스러운 얘기도 아닌데… 더구나 이곳까지 직접 찾아와서…

나는 시선을 외면한 채 순대 조각을 우물거리면서 부친의 심중을 헤아려 보았다.

부친은 이전부터 이곳에 한 번 와보겠다고 했었다. 그때는 그저 내가 있는 곳이 궁금해서 꺼낸 말이려니 싶어서, 나는 연세도 있고 산길이니 될 수 있는 대로 오시지 말라고 했었다. 그런데 부친은 오늘 작심하고 오신 데다가, 뜻밖에도 평소 잘 꺼내지 않던 세태 얘기까지 늘어놓는 것이었다.

　오늘 부친에게서 느껴지는 기색은 영 달랐다. 무거운 표정이나 어조, 그리고 심중에 커다란 무엇인가를 담고 있는 듯한 눈빛 등은 종전에는 한 번도 볼 수 없었던 것이었다. 마치 생판 모르는 남처럼 어색하게 느껴졌고, 마음이 놓이지 않았다.

　멀리 한강 변에 군데군데 몰려 있는 나지막한 지붕들 사이에서는 저녁연기가 피어오르고 있었다. 어느새 사위에는 어둠이 내려앉았다. 지난 여느 날들과 다름없이 남정네들은 고달팠던 하루의 중량을 털어내고 집으로 찾아들고, 아낙네들은 식구들의 빈속을 채우기 위해 아궁이에 장작불을 지피고 있을 것이었다.

　부친의 침묵은 계속되고 나는 그런 서먹한 분위기를 걷어내기 위해 먼저 얘기를 꺼내기로 했다.

　"사내로 태어나 과거에 급제하여 입신출세를 하지 않을 바엔 학문에 정진하여 후세에 전해질 업적이라도 남겨야 할 것입니다. 그렇지만 문 닫고 들어앉아 책만 보는 일이 어디 그리 쉬운 일입니까. 조상 대대로 물려받은 금전옥답이나 많이 있어서 평생 먹고 사는 데 지장이 없다면야 학문을 하겠다고 들어앉겠지만, 평민들 삶이야 다 고만고만하고 먹고살기 바쁜데 어찌 쉽게 학문을 하겠다고 마음을 먹겠습니까. 그래서 저도 쉽게 결정을 못 내리고 생각들만 거듭하고 있습니다."

부친은 아무 말 없이 멀리 한강 쪽으로 시선을 던지며 담배 연기만 내뿜고 있었다. 잠시 후 작심한 듯 헛기침을 하며 무겁게 입을 열었다.

"그래, 벼슬살이를 하지 않고 학문을 하겠다면 어떤 방향으로 해보겠느냐. 이미 생명력이 다한 성리학을 부여잡자고 하지는 않을 것이고, 초정이나 연암과 같은 북학 쪽이냐, 아니면 다산과 같은 경세經世 쪽이냐. 하기야 어차피 사회를 일신해 나가자고 하는 것이니 서로 구분하는 게 무의미하기도 하겠지만."

"제가 충격을 받은 책은 서양의 과학서적들과 담헌(湛軒: 홍대용의 호)의 의산문답醫山問答이었습니다. 비록 많은 분량의 책들은 아니었지만 제게는 마치 새로운 세상의 도래를 알리는 종소리와 같은 책이었습니다. 그동안 진리라고 믿고 있었던 것, 절대적이라고 믿고 있었던 것, 천하라고 믿고 있었던 중국, 완전체라고 믿고 있었던 인간 등의 관념이 송두리째 흔들거리는 것을 느꼈습니다. 우리가 얼마나 협소한 구석에 갇혀서 살아 있었는가를, 우리가 지탱하고 있던 기반이 얼마나 허약한 것이었던가를 이 책들은 분명히 깨닫게 해주었습니다.

초정이나 연암이 청나라의 신진 문물을 소개하고 이용후생利用厚生과 실사구시實事求是 정신을 부르짖은 것은 분명 우리 사회에 커다란 깨우침이었습니다. 그러나 그러한 주장들은 어디까지나 유교적 바탕에서 새로운 각성을 추구하자는 깨우침이었습니다. 다산의 주장을 보면 보다 명확히 알 수 있습니다.

다산은 유배 기간 동안 많은 개혁적인 저서를 냈지만 그의 주장 바탕은 유교적 왕도정치王道政治였습니다. 즉 주공周公, 공자 등의 선진 유학에서 이상적인 정치상과 국가상을 찾자는 것이었습니다.

그러나 선진유학이 그토록 이상적이고 완전한 것이었다면 송나라 시대 주자의 성리학은 왜 그처럼 각광을 받았을까요. 그리고 우리 조선도 태조께서 새 왕조를 창업할 당시 왜 선진유학을 택하지 않고 주자의 학문을 택했겠습니까. 공자 시대의 유학은 시대를 내려오면서 변화하고 발전한 사회체제에 적합지 않았던 것입니다.

예를 들어 요순堯舜시대에 통용되는 규범과, 진秦나라 시대의 규범, 그리고 당나라 시대의 규범이 같을 수는 없습니다. 비록 크고 일반적인 원칙은 같다고 할 수 있을지 몰라도 한 시대에 통용되는 규범을 다른 시대에 적용할 수는 없습니다.

성리학이 작금의 사회의 분열과 타락상을 부추긴 사상으로 지탄받고는 있지만 실상은 선진유학보다는 발전한 학문이고 현실적인 학문이라 생각됩니다.

위로는 우주 만물에 대한 규명에서부터 아래로는 인간의 심성과 이성, 사회적 실천력 등에 대해 보다 구체적이고 폭넓게 연구가 이루어졌기 때문이지요. 또한 불가, 도가道家, 기론氣論 등 여러 사상을 수용하여 기존의 유학을 보완하기도 했습니다.

다만 사대부들이 인의예지仁義禮智 등 성리학이 표방하는 규범을 절대적인 가치로 맹신하고, 세상만사를 획일화된 기준으로만 재단하려고 하며, 일종의 교조주의에 빠져 자신들만이 진정한 진리이고 바른 도道라고 오판한 데서 조선 사회의 불행이 있었습니다. 그렇다고 해서 이제 와서 성리학을 금기시하고 다시 선진유학으로 돌아가려는 것은 온당치 못해 보인다는 것입니다. 제 생각은 학문이건 사상이건 일단은 현재에 기반을 두고 현실과 결부된 것이어야지, 그렇지 않으면 공허하고 쓸모없는 것이 되기 십상이라는 것입니다."

"하하, 여러 선비들이 다산의 뛰어난 식견에 감탄을 금치 못했는데 유독 너만은 비판의 잣대를 들이대는구나. 아무튼 장하다. 일세를 풍미하고 있는 다산에게 그 정도의 비판을 가할 수 있다니. 그것도 일개 서생으로⋯ 다산이 네 이야기를 들으면 어떤 반응을 보일지 궁금하기만 하구나. 그건 그렇고, 그렇다면 네가 지향하는 바는 무엇이냐. 유학의 생명력이 끝나가려는 마당에 우리 사회를 지탱하고 이끌어갈 사상은 어떤 것이라고 생각하느냐?"

"그게 제가 연구하고 추구해야 할 방향이라고 생각합니다. 그러나 겨우 책을 좀 읽었을 뿐 역량도 변변치 못한 데다, 책에만 전념할만한 여건도 되지 못해 과연 길을 찾게 될 수 있을지 답답하기만 합니다. 그러나 분명한 것은 새로운 시대가 시작되고 있다는 것입니다. 담헌은 서양의 과학 서적을 바탕으로 그러한 전조를 지적하고 있습니다. 서양인들은 책에서 인간의 실체가 이제까지 우리가 알던 인간이 아님을 가르치고 있습니다. 특별한 것도, 잘난 것도 없는 삼라만상 중의 하나일 뿐이라고 주장하고 있지요.

마찬가지로 우리가 발 딛고 있는 육지도, 이제까지 우리가 천하 그 자체라고 알고 있던 중국도 본래의 실체가 아니었습니다. 절대적인 것, 진리라는 것, 전체라는 것 등이 모두 흔들리고 해체되는 듯한 느낌을 맛봤습니다.

서양인들의 주장이 반드시 옳다고는 할 수 없겠지만 옳을 가능성은 충분히 있습니다. 왜냐면 그들의 주장은 과학이라는 지식을 바탕으로 하고 있기 때문입니다. 과학은 대단히 합리적이고 전문적인 학문이며 그 성과는 중국의 내로라하는 학자들마저 감탄케 하고 있습니다. 따라서 곧 다가올 새로운 문물, 새로운 풍조에서 비롯되는 새로운 시대에 요구되는 사상체계를 찾아내야 합니다. 그래야지만 변화의 시기에 적절히 대응할 수 있고 앞장서서 선도할 수 있기 때문입니다."

금척이라는 사물

그동안 사위는 어두워졌고 새들의 지저귐 소리들도 잦아들었다. 멀리 한강변 쪽은 컴컴해진 채 군데군데 불빛만이 흩뿌려져 있었다. 그러나 부친은 입을 굳게 다문 채 아래쪽만 응시하고 있었다. 시간은 유시酉時도 반은 지난 듯하고, 회현동의 집까지 가는 시간도 있는데 부친은 묵묵히 어둠 쪽에만 눈길을 주고 있었다. 나는 자신도 모르게 안절부절못하였다.

견디다 못해 도리 한쪽에 매달아 둔 쇠기름 등잔을 내려서 부싯돌을 쳐 심지에 불을 붙였다. 순대는 아직 반쯤 남아있었으나 차갑게 식어 있었다.

"숙소에 가서 좀 덥혀가지고 올까요?"

"됐다. 어차피 더 먹지도 못할 텐데 뭘. 그보다도…"

나는 귀를 쫑긋 세워 다음 말을 기다렸으나 부친은 어느 정도 뜸을 들였다.

"돈벌이를 하지 않고 책만 보려면 먼저 먹고 사는 문제가 해결되어야 할 것이다. 지금은 우리 집에 가진 게 좀 있어 내가 그럭저럭 돌봐줄 수 있다만 언제까지 재산이 그대로 있는 것도 아니고, 곧 너도 자식들이 크면 생계 대책을 세워야 할 것이다."

"맞습니다. 그래서 책 보는 틈틈이 이 생각 저 생각해 보고 있습니다만 제가 세상 물정도 잘 모르고 식견이 짧아 별다른 대책을 세우지는 못하고 있습니다."

그러자 부친은 크게 헛기침을 한 후 무거운 어조로 말을 꺼냈다.

"지금부터 내가 하는 이야기 잘 들어라. 내가 내놓는 방책이 네게하나의 해결책이 될 수 있을지 모르겠다. 그 판단은 네가 해야만 한다."

"말씀해 보시지요."

"금척이라고 혹시 들어보았느냐?"

"금척? 금으로 된 자[金尺]를 말씀하시는 겁니까? 어디에선가 들어보기는 한 것 같은데, 잘 기억이 나지 않습니다."

"글자 그대로 해석하자면 '금으로 만들어진 자'를 뜻하지. 그러나우리 역사에서 금척은 단순한 사물이 아니다. 국가적 대사나 민족의운명과도 연관되어 있어. 대표적인 예를 들자면 태조 어른이 조선을건국한 것과도 밀접한 관련이 있다."

"아, 맞습니다. 태조 임금이 하늘로부터 받으셨다는…"

"그렇다. 고려가 그야말로 남왜북로南倭北虜라 하여 왜놈들과 오랑캐들에 시달리고 있을 때 마치 하늘이 내려보낸 듯 이성계라는 인물이 출현했지. 그러나 그는 탁월한 무장이었을 뿐 처음부터 왕이 되려

거나 새 왕조를 창업하겠다는 등의 야심을 가진 건 아니었어.

이런 그에게 왕조 창업에 대한 꿈을 심어주고, 일개 평민에서 왕위까지 오르게 한 결정적 계기가 된 게 바로 금척이라는 신물神物이었지. 꿈속에서 하늘로부터 천명의 계시로 금척을 받았다고 한다.”

나는 금척에 대해 딱히 아는 바도 없고, 갑작스러운 일이라 잠자코 있었다. 부친도 묵묵히 입을 닫고 있어 한동안 침묵이 오갔으나 나는 부친이 그저 무심코 어둠만 응시하고 있지 않다는 것을 느낄 수 있었다.

“그래, 네 학문 얘기를 하다가 갑자기 금척 얘기를 늘어놓으니까 뭔가 이상하느냐?”

“그렇습니다. 저 같은 일개 서생과는 전혀 관련이 없는 것으로 보입니다.”

“당연히 그렇게 생각되겠지. 그러나 세상일은 그렇게 단순하지만은 않단다. 전혀 상상치도 못했던 일들이 종종 관련되어 벌어지고, 극과 극이 통하는 수도 있기 때문이다. 그래서 희망을 갖기도 하고 인생을 살아볼 만한 가치가 있다고 생각하기도 하는 것 아니겠느냐.”

곧 부친은 큰기침을 한번 하고 자리를 고쳐 잡았다.

“지금부터 내 얘기를 잘 듣거라. 마음먹기에 따라서는 네 운명에 커다란 영향을 미칠 수도 있으니까.

내가 무과에 급제한 해는 바로 정조正祖 임금이 승하한 해였다. 조선의 선비들로부터 세종대왕에 견줄만한 왕이라는 칭송을 받던 임금이 49세라는 아까운 나이로 갑자기 돌아가시고 만 것이다. 병이 원인이 되었다고 하나 그 자세한 사정은 알 수 없다.

그 이전 해 가을에 나는 훈련원에서 주관하는 초시初試에 합격해 있었다. 무과의 초시는 무예로만 선발했는데 당시 한양에서만 70명이 선발되었다.

이듬해 봄에 전국의 초시 합격자들을 대상으로 복시覆試를 치렀는데, 복시는 강서講書와 무예로 시험을 치러 28명을 선발했다. 강서의 과목으로 나는 자치통감資治通鑑을 택하여 경국대전經大典과 함께 시관試官의 질문에 막힘없이 답변하여 감탄을 자아내게 하기도 했다. 무과에 응시한 사람치고 나처럼 경서에 해박한 사람을 보지 못했다는 것이었다.

전시殿試는 창경궁 춘당대에서 치렀는데, 이때 정조 임금이 친림하시어 현장을 둘러보셨다. 평소 무술에 관심이 많기도 한데다 특히 궁술에는 남다른 조예가 있어 직접 지켜보기 위해서였다.

이때 대부분 철전鐵箭, 또는 유엽전柳葉箭 등 부담이 적은 활쏘기를 택했으나 나는 과감하게 기추騎芻를 택했다. 너도 알고 있을지 모르지만 기추란 20보 간격으로 세워놓은 다섯 개의 짚 인형을 말을 타고 달리면서 활을 쏴서 맞히게 하는 것으로, 무예 시험 과목 중에서도 가장 고난도에 속했다. 그중 하나만 못 맞혀도 실격 처리가 되기 때문에 응시생들은 웬만하면 피해버렸다.

하지만 나는 임금께서 친히 왕림하신 데다, 개성 출신이라는 약점이 있기 때문에 위험부담을 감수하고 택하기로 한 것이다. 작전은 들어맞아 나는 5개의 인형을 모두 적중시켰고 내친김에 150보가량 떨어진 활쏘기 과녁까지 명중시켜 명관命官, 시관과 감사관의 찬탄을 이끌어냈다.

그러나 나는 장원은 하지 못했다. 아마도 내가 개성 출신이라거나 변변치 못한 가문 출신이라는 게 작용했겠지. 그러나 등급에서 다행히 갑과甲科를 받을 수 있었다. 전시는 복시 합격자들의 등급을 정하는 절차로 갑과 3인, 을과 5인, 병과 20인을 배정했다. 나는 비록 장원은 못 했지만 무예를 인정받은 셈이고 어떤 식으로든 임금의 인상에 남았던 것 같다.

무과에 우수한 성적으로 합격하자 장용영壯勇營에서 눈독을 들였다. 장용영은 정조 임금이 새로운 금위禁衛 체제를 위해 창설한 부대라지만 실상은 비변사備邊司 등 기존의 군영들을 견제하는 임금의 직속부대였기 때문에, 정예 부대로 육성하기 위해 무예 실력자들 확보에 혈안이 되어있었다.

덕분에 나는 등과 하자마자 곧바로 장용영으로 명령이나 권지權知 직책을 부여받았다. 권지란 정식 관직을 제수받기 전에 실무를 익히면서 대기하는 자리를 말한다.

그런데 어느 여름 초입 내게 뜻밖의 일이 일어났다. 퇴청해서 집으로 향하는데 누군가가 내 뒤를 밟고 있었다. 비록 저녁 어스름 속이었으나 그의 얼굴을 뚜렷이 볼 수 있었고, 나를 뒤따르고 있다는 게 확실하다고 판단되는 순간 나는 일단 몸을 피하기로 했다. 창백하리만큼 하얀 얼굴에 수염이 없었고, 날카로운 눈매의 소유자인 그는 일반 시중 사람이 아닌 듯해 보였기 때문이다.

나는 약속이라도 있는 것처럼 길가의 허름한 주점으로 들어갔는데, 곧 그도 뒤따라 들어오더니 한쪽 구석에 있는 나를 발견하고는 곧바로 앞자리에 앉았다. 나는 뭐라 말을 꺼내려 했으나 그의 눈빛에서 뿜어져 나오는 기에 눌려 입 밖으로 나오지 못하고 말았다."

"최광현崔光鉉 씨 맞지요?"

"그렇습니다만 무슨 일로…"

내 목소리가 크다고 생각했던지 그는 오른손 검지를 입에 대더니 더욱 목소리를 낮춰 말을 꺼냈다.

"저는 궁중 내에서 전하를 지척에서 모시는 내관內官 김홍규라 합니다. 전하께서 내리는 밀지가 있어서 이렇게 찾아왔습니다."

나는 터져 나오려는 비명을 가까스로 삼키며 물었다.

"전하께서 저 같은 미물에게 무슨 밀지를…"

"저도 그 내용은 잘 모릅니다. 이 서책 안에 밀봉된 전하의 편지가 있습니다. 그 편지를 열어보시고 그에 대한 답을 5일 내로 역시 밀봉된 편지로 제게 건네주시면 됩니다. 5일 후 이 시간 이 자리에서 이 책 안에 넣어서 건네주시기 바랍니다."

나는 마치 꿈속을 헤매고 있는 듯해 어찌할 바를 몰랐다. 그러나 그의 눈빛은 서늘했고 목소리는 여리지만 단호해서 다른 말을 꺼내는 것은 생각조차 할 수 없었다. 가까스로 살펴본 서책은 이익의 성호사설星湖辭說이었다.

"이 사실은 누구에게도 발설해서는 안 됩니다. 오늘 이렇게 제가 따라온 것도 관청이나 집안 가족들 눈길을 피하기 위해서입니다. 전하께서 특별히 선생을 택하신 것은 지난번 춘당대의 과거시험 때 선생의 무예 솜씨에 강한 인상을 받으셨기 때문으로 보입니다."

말을 마친 그는 벌떡 일어서더니 다시 한번 서늘한 눈빛으로 나를 뚫어져라 쳐다본 뒤 황급히 밖으로 나갔다. 눈빛, 목소리, 절도 있는 동작 등에서 만만찮은 내공이 느껴져 그의 말을 한마디라도 소홀히 해서는 무슨 일이 날 것만 같았다.

환관이라고 해서 간을 빼놓은 채 그저 굽실거리고 아부나 하는 사람들로만 알았던 내게 그와의 대면은 상당한 충격이었다. 어찌 보면 그런 사람들이 있었기에 수많은 살해 위협을 받았다던 정조 임금이 49세까지나마 목숨을 부지할 수 있었을지도 모른다.

아무튼 나는 집에 오자마자 골방으로 달려가 책 속의 편지를 꺼냈는데, 편지 뒷면 풀로 붙인 곳에 '萬天明主人翁'이라는 도장이 찍혀져 있어 정조의 어찰이라는 것을 확실히 알 수 있었다. 정조는 공식적인 집무 외에도 시파時派든 벽파辟派든 가리지 않고 은밀히 편지를 보내 이른바 '편지 정치'를 펼치기도 했는데, 그 편지의 겉봉에 반드시 도장을 찍어 당사자가 아니면 못 열어보게 했다는 것도 풍문으로 들어 알고 있었다.

그런데 편지를 열어보자 깜짝 놀랄만한 내용으로 가득 차 있었다. 우리가 알고 있는 세상사가 정말 제대로 알고 있는 것인가, 역사의 이면에는 대중들이 전혀 알지도 못했던 또 다른 비밀스러운 사실들이 있었던가 하는 한탄들이 편지를 읽어 내려가면서 자신도 모르게 쏟아져 나왔다."

부친은 바쁘게 늘어놓던 말을 잠시 멈추고 숨을 골랐다.

그러나 나는 이미 얘기 속에 깊이 빠져들어 다음 얘기에 대한 궁금증 때문에 안절부절못했다. 딱딱한 한자로 된 경서들만 뒤적이던 내게 마치 한 편의 소설을 읽는 것과 같은 재미도 한몫했을 것이었다.

잠시 후 부친은 크게 헛기침을 한 후 입을 열었다.

"편지는 금척에 관한 이야기였다. 조선의 역대 임금들이 왕실의 가장 은밀한 곳에 몰래 보관해 오던 금척을 병자호란 때 태종 홍타이지[皇太極]한테 빼앗겼다고 한다. 정묘호란 때는 아민 등의 장군들만 보내다가 병자호란 때 홍타이지가 직접 참전한 것은 실상은 우리 왕실의 금척을 확보하려는 목적이 가장 컸다는 것이다."

"아니 금척이 실제 사물이었습니까? 태조 임금이 꿈속에서 받았다고 하지 않았습니까?"

"꿈속에서 본대로 장인을 시켜서 만들게 하고, 뒷면에 天賜金尺受命之祥(천사금척수명지상)이라 새겼다는 기록이 있으니 실제로 있었다고 봐야겠지. 일개 무장으로 하여금 새 왕조 창업이라는 대의를 품게 만든 신물인데 그저 얘깃거리로만 남겨두겠어?"

부친은 헛기침을 한 후 다시금 말을 이었다.

"원래 후금後金을 건국한 태조 누르하치[努爾哈赤]는 여진족의 추장 출신이었다. 아들 홍타이지는 누르하치의 후계 구도를 장악한 뒤 만주의 군주인 한汗에 머물지 않고 중국과 대등한 황제의 야심을 품었다. 그러나 이를 뒷받침해줄 만한 것이라고는 유목민들 위주로 된 변변치 못한 군사력뿐이었다. 집안 배경도 그저 그렇고, 흔히 회자되는 하늘의 계시를 받은 것도 아니었다.

이런 그가 생각해 낸 게 고대로부터 동북 지역에서 전해져 내려오는 금척이었던 것 같다. 새 왕조 창업에 대한 천명의 상징물이라는 금척, 이 금척을 소유할 수만 있다면 황제 등극을 위한 공덕의 차원은 물론 타 종족들의 공감을 끌어내 복속시키는 데 커다란 역할을 할 것만 같았던 모양이다.

그는 이 금척이 조선이라는 나라에 전해지고 있다는 것을 누구에 선가 들었던 것 같다. 또한 나라 이름을 옛적 만주를 지배하고 있던 고조선과 같이 지은 것도 금척과 관련이 있기 때문이라는 것도 알았던 것 같다.

마침내 홍타이지는 조선 침공을 결심하게 된다. 그렇잖아도 조선은 인조仁祖 왕이 들어선 뒤로 향명배금向明背金 정책을 표방해 명나라와 손을 잡고 후금의 배후를 위협하고 있었다. 게다가 명나라와의 전투로 모든 교류가 중단되면서 생활이나 군수軍需에 필요한 각종 물자가 동이 나 어차피 조선과의 교류가 필요하기도 했다.

이런 사정 하에서 후금이 아민을 선봉장으로 하여 일으킨 전투가 바로 정묘호란이다. 그러나 아민은 조선과 정묘조약을 맺기만 했을 뿐 전쟁을 성공적으로 수행하지도 못했고, 홍타이지의 비밀 지시인 금척의 탈취도 인조의 능란한 계책으로 성공하지 못했다고 한다.

조선에 계속 주둔할 경우 명군의 후방 공격이 두려워 결국 철군했던 후금군은 그 후 몽골을 공격하여 평정했고, 홍타이지는 원나라의 옥새玉璽를 손에 넣었다. 그러자 변방의 소수민족들이 속속 합류했고, 홍타이지는 국호를 대청大靑으로 바꾸고 연호도 숭덕崇德으로 변경했다.

홍타이지는 명을 공격하여 중원을 제패하고 천하를 차지하기 위해서는 금척의 확보가 꼭 필요하다고 생각했던 모양이다. 그래서 9년 후 대대적으로 천단제天壇祭를 지내고, 겨울 병자호란을 일으켜 직접 참전했다.

태조 누르하치는 자신의 종족이 단군檀君의 후손일 뿐만 아니라 신라의 직접적인 후손이라는 사실도 잘 알고 있었던 것 같다. 나라 이름을 금金이라고 한 것과 자신들의 성姓을 애신각라愛新覺羅라고 한 게 바로 그 증거이다. 금척은 단군시대부터 있었고, 신라 시조 박혁거세도 창업 당시 꿈속에서 금척을 받았다고 한다."

"저로서는 처음 듣는 얘기인데요."

"사서史書에서 공식적으로 밝혀놓지 않았으니 그럴 것이다. 그러나 사서라고 해서 결코 완전한 것은 아니다. 사람에 의해 만들어지는 것이기 때문이다. 자료가 미비할 수도 있고, 경우에 따라 주관이 개입될 수도 있으며, 권력, 즉 왕권이든 중국의 압력이든 간에 힘의 영향을 받을 수도 있기 때문이다.

일례로, 정사正史에는 신라의 마지막 태자인 마의태자麻衣太子가 부친 경순왕의 항복에 반대하여 개골산에 들어가 베옷을 입고 일생을 마쳤다고 되어있다. 하지만 강원도 인제 지역을 중심으로 한 설화는 이와 전혀 다르다.

자신을 따르는 무리들과 함께 인제에서 최후의 항전을 벌였다는 것이다. 그러나 결국 패배하고 말았는데, 그러자 그의 아들 삼형제 중 김준金俊은 만주 쪽으로 도망쳐 여진족의 지도자가 되었다고 한다.

그에 관한 기록도 남아있다. 가령 남송南宋 때 홍로라는 관리가 쓴 견문록 송막기문宋漠紀文에는 '금나라가 건국되기 이전 여진족이 부족 형태일 때 그 추장은 신라인이었다'라는 기록이 있다.

또한 청나라 건륭제 때 저술된 역사서 만주원류고滿洲源流考에는 '(아골타가 세운 나라는) 신라 왕의 성을 따라 국호를 금이라 했다'라는 기록이 있다.

그 때문에 임진왜란 당시 청 태조 누르하치는 조선을 어버이의 나라라며 원병을 보내겠다고 제의하기도 했다. 조정에서는 명나라의 눈치를 보느라 거절했지만.

또한 우리 태조 임금의 선조들도 함흥 부근에서 내내 여진족들과 섞여 살았다. 여진족의 세력 기반은 태조 임금이 무장으로서의 명성을 떨치고 조선을 건국하는 데 커다란 힘이 되기도 했다. 따라서 청나라 왕실에서 금척의 존재나 그 가치를 알고 있었을 가능성이 크다."

"그렇지만 병자호란 당시 공식적으로 금척에 대해 나온 기록은 없지 않습니까."

"물론 그렇다. 그 이유는 우리 왕실이나 홍타이지 모두 이 사실을 극비에 부치려고 했기 때문일 것이다. 왕실은 왕조의 창업과 직접적으로 관련 있는 보물을 오랑캐에게 빼앗겼다는 소문을 백성에게 알리고 싶지 않았기 때문이고, 홍타이지는 홍타이지대로 천명의 계시라는 금척을 조선의 왕실에게서 빼앗은 게 아니라 하늘로부터 직접 받았다는 것을 나타내고 싶었기 때문일 것이다.

당시 화의파和議派였던 최명길에 맞서 결사항전을 주장해온 대표적인 척화파斥和派 김상헌은 그 속사정을 잘 알고 있었을 가능성이 높다. 왜냐면 그가 당시 직책이 예조판서였던 데다, 갈팡질팡하며 절망에 빠진 인조가 '무엇을 믿어야 한단 말인가?'라고 묻자 '천도를 믿어야 합니다'라고 대답했다는 기록이 남아있기 때문이다.

천도天道란 유교에서도 중요한 관념이기도 하지만 금척의 바탕을 이루는 사상이기도 한 것 같다. 단군시대부터 있어왔다고 하기 때문이다. 따라서 김상헌의 응답을 나는 '금척을 끝까지 내주지 말아야 합니다'라고 해석하고 싶다.

화의파와 척화파가 극명하게 대립하다가 끝내 화의 쪽으로 기울자 청나라 측에서 제시한 조건은 모두 11가지였다. 그중 2번째 조건을 보면 '명나라에서 받은 고명책인誥命册印을 바치고'라는 내용이 있다. 고명책인이란 중국 역대 왕조에서 종주국 왕의 왕위 즉위를 승인하고 왕으로 책봉한다는 문서와, 이를 증명한 금 인장을 말한다. 망해가는 명나라 왕의 고명책인까지도 신경을 쓰고, 몽골족들을 제압한 뒤 그다지 가치도 없는 원나라 옥새까지 기어이 탈취한 것을 볼 때 뭔가 인증이 될만한 증거물에 대해 홍타이지는 병적으로 집착했음을 알 수 있다. 하물며 하늘의 신표라는 금척에 대해서는 더 말해 무엇 하겠느냐."

사위는 무거운 어둠에 잠겼고, 풀벌레 소리도 점차 잦아들었다. 간간이 서늘한 바람이 목 부근으로 부딪쳐 왔으나 시간이 가는 것도, 바람이 차가워지고 있는 것도 느끼지 못하고 있었다.

부친은 열기에 빠져 얘기를 늘어놓고 있었고, 나도 처음 듣는 충격적인 얘기들뿐이었기 때문이다.

"그렇다면 병란 때 홍타이지에 금척을 빼앗긴 후 왕실 주변에 뭔가 달라진 점이 있습니까?"

"원래 동인, 서인, 남인, 북인 등의 정파는 정치사회적인 여러 사안들에 대해 견해를 달리하거나 서로 간의 학문적 입장이 다른 데서 생겨난 파벌이었다. 때문에 상대방에 대해 비판과 견제를 하면서도 그 바탕에는 공존의식이 깔려 있었다. 부정적인 측면도 없지 않았지만 한편으로는 정치 발전의 과정이라고 볼 수도 있다. 여러 의견들이 분출되어 토론의 장이 마련되고, 신진 유생儒生들의 사림士林 육성과 세력화를 통해 사회발전에 기여하기도 했기 때문이다. 그러나 인조 임금 이후로 점차 파벌 정치는 변하기 시작했다. 상대 파벌을 인정하고 공존하려는 대신 무시하고 깔아뭉개려는 풍토가 개시되어 정쟁으로 발전하게 되었다.

그러면서 정쟁에서 유리한 고지를 차지하기 위해 외척 등 척신戚臣이나 벌열閥閱 세력과 결탁하게 되어, 반대파를 죽이지 않으면 내가 죽는다는 식의 야생의 법칙이 판을 치게 된 것이다. 당연히 말꼬투리 잡기, 염탐하기, 역모 조작하기 등 공격과 보복만 일삼고 상생의 정치 풍토는 사라진 것이다. 정쟁의 절정은 숙종 임금 때이다. 서인이 노론과 소론으로 갈라져 동인에서 분열된 남인과 환국換局 사태를 겪으면서 치열한 각축을 벌인 것이다. 그러는 사이 왕권은 자꾸만 위축되어 갔다.

이러한 진흙탕 싸움은 급기야 영조와 정조 임금의 탕평책蕩平策을 불러오게 된다. 탕평책은 붕당정치를 억누르고 왕권을 강화하기 위한 묘책이었다.

물론 이러한 판세의 원인으로 변화한 사회 여건을 무시할 수 없었을 것이다. 인구가 많아지고 서원書院 등의 증가로 과거급제자는 증가하는데 벼슬자리는 한정되어 경쟁이 불가피해진 것이다. 또한 상업의 발달과 기술자의 증가로 농본農本 위주의 경제 질서가 재편되면서, 사회적 부富가 증가하고 새로운 계층이 생겨나자 이들을 자기편으로 끌어들이려는 의도에서 심화된 것일 수도 있다.

그런데 문제는 이러한 상황이 금척이 탈취된 이후로 악화되고 있다는 것이다. 많은 학식을 쌓고 과거를 거쳐 조정에 들어온 대신들이 서로 논의하고 협상하여 국가의 대, 소사를 처결해 나가려 하지 않고, 시정잡배나 다름없는 행태를 보이며 백성들에게 지탄을 받고 있는 것이다. 이러한 작태는 근본적으로 왕권을 무시하는 데서 비롯된 것이라 생각된다.

탕평책蕩平策을 처음 시도한 이는 숙종 임금이었다. 그러나 어설픈 시도는 여러 차례의 환국 사태의 발발 등 실패로 끝났고, 뒤를 이은 영조는 정쟁의 폐단을 소싯적부터 뼈저리게 겪은 분이라 이를 갈고 탕평책을 밀어붙였다. 즉위하자마자 탕평의 필요를 역설하는 교서教書를 내리기도 하고, 성균관 입구에 탕평비를 세우기도 했다. 그러나 영조의 많은 노력도 뿌리 깊은 현실의 벽을 타파하기에는 역부족이어서 그다지 실효를 보지는 못했다. 소론과 남인들이 주동이 된 이인좌의 난, 나주괘서사건 외에도 사도세자를 뒤주 속에 갇혀 죽게 한 참사도 빚었다.

이러한 배경 속에서 즉위한 정조는 거실을 탕탕평평실로 명명하고 채제공蔡濟恭 등 남인 세력을 등용하는 등 사색四色의 고른 등용에 심혈을 기울이고, 상생의 정치를 위해 온 힘을 쏟았다.

그러나 그의 노력은 번번이 한계에 부딪혔다. 대표적인 예가 너도 알다시피 노론老論이 시파時派와 벽파僻派로 분열되어 조정을 재편하게 된 것이다.

그런데 뜻밖에도 두 임금들 시대에 다시금 금척이 등장하고 있다. 그것도 왕실 내에서 극히 중요한 가치로 등장하고 있는 것이다.

영조와 정조는 고질적인 당쟁을 종식시키고, 지역주의와 문벌주의를 타파하여 이상적인 국가 건설을 위해 힘썼던 임금들이다. 그런 그들이 왜 갑자기 금척을 들고나온 것일까? 영, 정조의 탕평책과 금척의 재등장, 과연 우연이었을까. 그 임금들이 꾀한 불편부당不偏不黨한 정치, 상생의 정치, 왕권 강화에 금척 사상이 근간이 된다고 생각한 것은 아니었을까?

구체적인 사례를 보면 영조는 세손世孫에게 훈계하면서 태조가 꿈속에서 금척을 받은 일을 언급하기도 하고, 친히 중야흥회문中夜興懷文이라는 글을 짓기도 했다. 이 글의 서두에서 태조의 금척 수수 사실을 제시하고, 후대의 임금들에게 살피고 조심하여 국정에 임하라는 지침을 남기기도 했다.

정조는 유생들에게 궁중에서 경서를 강의하고 시험 제목으로 '금척'을 내리기도 했다. 그리하여 제술(製述: 作文)에서 수석한 이와 강경(講經: 경서의 구절들을 읽고 해석하던 것)에서 수석한 이는 곧바로 전시(殿試: 임금 앞에서 마지막으로 보는 과거)에 응시하게 했다.

이 외에도 정조는 모친 혜경궁 홍씨를 위해 연회를 베풀면서 금척을 연주했다고 한다. 정조는 불행했던 모친을 평생 지극정성으로 모셨는데, 그러한 모친의 연회 자리에서 금척을 등장시킨 것은 그만큼 고귀하게 여겼다는 반증일 것이다.

확고한 의지를 가진 데다 열혈남아였던 정조 임금이 번번이 현실의 벽 앞에 좌절되면서 급기야 금척을 생각해 냈던 것 같다. 그러다 마침내 금척을 다시 찾아 왕실의 제자리에 모셔놓아야 정국이 바로 굴러갈 수 있을 것이라고 여겼던 것 같다.

편지의 뜻은 결국 내가 그 역할을 해줄 수 있겠느냐는 것이었다.”

“그런데 갑자기 돌아가셔서 그 꿈마저 물거품이 되고 말았군요.”

“그렇다. 네가 태어나기 불과 3년 전이다. 승하 소식을 듣는 순간 나는 ‘하늘이 조선을 버리는구나’ 탄식을 금치 못했다. 나라를 위해 그렇게 꿈과 정열과 식견을 갖춘 분이었는데, 임진, 병자 양 란 이후로 피폐해진 나라와 땅에 떨어진 왕실의 존엄을 되살려낼 수 있는 성군이셨는데….

지난 무진戊辰, 기사己巳년의 대 기근과 홍경래의 난도 정조 임금이 살아계셨더라면 발생하지 않을 수 있었을 것이다. 앞으로 조선은 더욱더 힘들어질 것이다. 안동 김씨, 풍양 조씨들이 저렇게 설쳐대니.”

새삼 목이 메는지 부친은 다시 말을 멈췄다. 어둠 속이라 보이지 않지만 밝은 데서 보면 눈시울이 젖어있을지도 모른다. 소싯적부터 나는 부친이 정조 임금을 언급하는 것을 한두 번 들은 게 아니었다. 금척에 관련된 밀지 건으로 직접적으로 관련을 맺었을 수도 있어서 더욱더 그런지도 몰랐다.

조 대비의 꿈

한동안 침묵이 이어지다가 부친은 헛기침을 해 목을 가다듬은 뒤 말을 꺼냈다.

"실은 며칠 전에 경복궁 비원秘苑 쪽에 갔다 왔다."

"비원에를요? 무슨 일로요?"

"가서 조 대비大妃를 만나 뵈었다."

"조 대비를요?"

나는 자신도 모르게 놀라 소리치며 하마터면 일어설 뻔했다.

"그렇다. 이전에 순조純祖 임금께서는 국정을 바로잡아 보려고 그처럼 애를 쓰셨건만 안동 김씨 세력들이 조정을 장악하여 국정을 농단하고 민생은 도탄에 빠져 헤어나질 못하니 마음고생이 오죽 심하셨겠느냐. 왕권이 땅에 떨어진 데다, 대규모 전염병이며 천재지변, 홍경래난까지 겹치자 더 이상 감당하지 못하고 세자를 내세워 대리청정시킨 뒤 후원後苑에 물러나 계셨다.

효명세자孝明世子는 효성도 극진하고 명민한 인물이었지만 18세라는 어린 나이로 난마와 같은 정국을 헤쳐나가기에는 역부족이었다. 나름대로 안동 김씨 세력을 견제하고 왕권의 회복을 위해 애를 썼지만 아쉽게도 포부를 실현시키지 못하고 21세라는 나이에 세상을 뜬 것이다.

정국 운영의 책임은 다시 임금에게로 넘어왔지만 달라진 건 없고 사태는 더욱 악화되기만 했다. 그러다 젊은 나이에 생을 마감하고 손자인 환奐 임금憲宗이 즉위한 것이다."

"순원왕후純元王后가 수렴청정하신다면서요."

"그렇다. 그러나 왕후 역시 안동 김씨 일문인 데다, 임금이 금년에 겨우 10세에 불과하니 언제 안동 김씨 세력권에서 벗어나겠느냐. 그래서 나는 결심을 했다. 이제 나도 70이 넘어 언제 세상을 하직할지 모르는 데다, 예전에 정조 임금께서 특별히 생각해 주시기도 했는데, 나름대로 역할을 해보자고 말이다."

"역할이라 하시면… 금척 찾는 일을 다시 시도해 보겠다는 말씀이십니까?"

"그게 내 입장에서 그나마 나라에 기여할 수 있는 유일한 방편이라고 생각되었다. 그러나 나는 관직에서 물러난 지도 오래되고, 왕실에 별다른 줄도 없고 해서 이 궁리, 저 궁리 끝에 예전에 나를 찾아왔던 환관을 생각해 냈다."

"그렇지만 벌써 몇십 년 전의 일 아닙니까?"

"그렇지만 그나마 내게 남아있는 유일한 통로일 듯했다. 그래서 당시 환관 김홍규를 찾아 나섰다. 환관들은 모시던 임금이 세상을 떠나면 궁궐을 나와야 하고, 또 밖에 나와서도 집단 거주하는 수가 많기 때문에 찾기는 그리 어렵지 않을 것 같았다. 종로의 효자동, 봉익동 쪽에 그들의 거주지가 있다는 소문을 알고 있어서 일대를 수소문 한 끝에 마침내 그를 찾을 수 있었다."

"살아 계셨습니까?"

"천우신조라고나 해야 할까. 다행히도 살아 있었다. 그러나 나를 알아보지는 못했고, 예전의 서늘한 눈빛이나 꼿꼿한 자세는 사라졌지만 말투나 동작에서 여전히 무예인 다운 기질이 남아있었다. 우리는 사람들의 눈길을 피할 수 있는 허름한 장소를 찾아 자리를 정하고, 내가 찾아온 이유를 차근차근 밝혔다."

"그래, 어떻게 되셨습니까?"

"내가 이야기를 풀어놓자 곧 예전 일을 기억하는 것이었다. 아마도 정조 임금에 대한 상한 공경의 념도 한몫을 한 것 같았다. 자신은 지금도 사철 흰색 옷만 입는데, 그 이유는 바로 임금에 대한 소복素服을 나타내기 위한 것이라고 했다.

그는 서리 같은 백발에 귀도 어두웠지만 내 이야기에 곧 공감을 표했다. 자신도 궁궐을 떠난 지 오래되고, 언제 죽을지 모르는 나이지만 세상 돌아가는 꼴을 보면 복장이 터질 때가 한두 번이 아니라고 했다. 그러면서 내 뜻이 정 그러하다면 최대한 협조하겠다며 은밀히 줄을 대보겠다는 것이었다. 주위에 궁궐에 출, 퇴근하는 환관들이 있으니 그들 중 한 사람을 택해 신정왕후神貞王后와 만남을 주선해 보겠다는 것이었다."

"왜 신정왕후 쪽입니까? 그리고 지금 왕대비王大妃로 추존된 거로 알고 있는데, 외부 사람을 만나려 하겠습니까?"

"그는 오랫동안 궁중 내에서 지냈던 사람이니 판단이 잘못되지는 않을 것이다. 신정왕후를 만나보라는 건 왕후가 풍양 조씨 가문 출신이기 때문이다. 지금 조정에서 안동 김씨 세도에 대적할 가문은 풍양 조씨밖에 없다.

순조 임금이 효명세자 비妃로 풍양 조씨를 택한 것도 안동 김씨 가문을 견제하기 위해서였으며, 왕후는 부군夫君 효명세자가 뜻을 펼치지 못하고 일찍 세상을 뜬 것도 안동 김씨 탓이라고 생각해 내심 칼을 갈고 있을 것이다. 게다가 아들 환 임금이 지금은 어려서 순원왕후 수렴청정을 받고 있지만 언젠가는 친정親政을 할 것이기 때문에, 금척이 왕실로 가게 하는 가장 확실한 방법은 신정왕후의 손에 쥐여주는 것이다. 만약 금척이 안동 김씨 수중에라도 떨어지는 날이면 어떤 결과를 가져올지 상상하기마저도 쉽지 않다. 그들은 뒤집어엎고 역성혁명이라도 일으켜 나라를 움켜쥘 사람들이다."

"그렇지만 외부 평민이 어떻게 왕후를 접견한다는 말씀입니까?"

"실은 나도 그게 큰 의문이었다. 그러나 김 환관은 방법이 없지는 않다며 친척으로 위장하면 된다는 것이었다. 왕실 사람들은 친척들 일이 궁금해도 외부 출입하기가 쉽지 않으니 가끔씩 궁궐 내로 불러들여 얘기를 나누기도 한다는 것이다. 나는 나이도 들어 남들의 시선에서 자유로울 수도 있으니 추진해 볼 수 있다는 것이었다."

"그래, 잘 되셨습니까?"

"나는 내 사사로운 목적으로 이러는 것이 아니니 꼭 협조해 주시라며 갖고 간 인삼 보따리를 건네기도 했다. 그렇지만 내심으로는 반신반의했었는데, 며칠 후 기별이 왔다. 김 환관은 나를 만나 왕후의 시종侍從과 만날 장소와 시간을 알려주며, 내가 처신해야 할 방안 등에 대해서도 꼼꼼하게 알려주는 것이었다.

바로 3일 전 오후 미시未時에 나는 경복궁 뒤쪽으로 향해 숙정문肅靖門 문 앞에 다다랐다. 미리 와서 대기하고 있던 시종이 내 신분을 치밀하게 확인하고, 소지품까지 꼼꼼하게 살펴본 후에 안으로 데리고 갔다.

시종을 따라 비원을 지나 연경당延慶堂 쪽으로 갔다. 지은 지 얼마 되지 않았다는 연경당은 참으로 잘 지어졌더구나. 우리 전통의 정원 형식을 그대로 따랐고, 애련지愛蓮池와 정자를 끼고 있는 데다 주변이 나지막한 언덕으로 둘러싸여 있어 마치 딴 세상에 온 것 같은 느낌이 들었다.

그러나 나는 경치에 감흥을 느낄 마음의 여유가 없었다. 건장한 시종이 입을 굳게 다문 채 앞장서서 가고 있었고, 내가 과연 왕후를 만나 애기를 털어놓을 수 있을까 하는 긴장 속에서 등에서는 땀까지 흘러내렸기 때문이다.

애련지 한쪽에서 궁녀 한 사람과 담소를 나누고 있는 여인은 평복 차림이었지만 첫눈에도 신정왕후가 분명해 보였다. 연약한 모습이었지만 기품이 넘쳐 보였고, 강단이 있어 보였기 때문이다. 왕후는 우리를 보시더니 연경당 사랑채로 인도했다. 사랑채 앞에서는 궁녀와 시종도 물리신 후 방으로 향했다.

후에 알게 된 일이지만 신정왕후는 평소에도 종종 연경당을 찾으신다고 한다. 연경당이 부군 효명세자가 부친 순조 임금에게 존호尊

號 례를 올리면서 의례를 치르기 위해 만들어졌기 때문이라고 하더구나."

부친은 말을 잠시 멈추고 물을 마셨다. 긴장했던 순간을 다시 떠올리기 때문인지 목이 컬컬한 모양이었으나 내가 내려가서 술을 더 구해오겠다고 하자 만류했다.

잠시 후 얘기는 계속되었다.

"사랑채 내에서 의자에 좌정한 왕후는 발 너머로 꿇어앉은 내게 예를 갖추지 말라며 다정하게 물으셨다. 나는 마음을 가다듬고 무과에 급제하여 장용영과 금위영에서 오래 몸담고 있었던 것, 금척이라는 사물의 대략적인 실체, 병자호란 때 청나라 태종에게 빼앗긴 것, 정조 임금께서 나라를 바로 세우고 왕권 강화를 위해 되찾으려고 은밀하게 하명하신 것, 그러다 갑자기 승하하셔서 흐지부지되고 만 것 등을 차례로 말씀드렸다.

왕후는 금척이란 얘기는 들은 적이 있지만 다른 얘기들은 금시초문이라며 적잖이 놀라는 눈치셨다. 그래서 나는 품속에서 그동안 보관해 둔 정조 임금 어찰을 꺼내 보여드렸다.

편지를 꼼꼼하게 읽어 본 왕후는 헛기침을 하며 수긍하는 눈치셨다."

나는 다급한 마음에 자신도 모르게 소리쳤다.

"그러면서 뭐라고 하시던가요? 혹시 금척을 다시 찾으시라고 하던가요?"

"바로 그러시지는 않고, 지금 조선의 처지에서 청나라에 있는 금척을 되찾는다는 게 과연 가능한 일이겠는가를 물으시더구나. 그래서 나는 심장을 찌르는데 긴 칼이 필요치 않다는 속담을 꺼내며, 백만 대군이 못한 일도 한두 사람이 성사시킨 일이 역사에 종종 있지 않느냐고 말씀드렸다.

중국 역사를 봐도 삼국지에서 역적 동탁董卓이 처단된 것은 중원의 반 동탁 연합군 때문이 아니라 초선貂蟬이라는 일개 여인 때문이었으며, 우리 고려에서도 거란의 수십만 대군이 침략했을 때 이를 막아낸 것은 서희徐熙라는 한 인물이었다고 말씀드렸다.

또한 지금 청나라도 오랫동안 너무 안이한 삶에 젖은 나머지 왕조 말기 증상을 보이고 있다고 했다. 황실은 타락하고, 관료사회에 부정부패가 판을 쳐 도처에서 농민 반란이 일어나고 있으며, 아편이 마치 전염병처럼 사회 전체를 좀먹고 있어 그 빈틈을 노려볼 만하다고 했다. 덧붙여서 지금 조선은 세도정치의 폐해로 끝이 보이지 않는 암울한 상황이 이어지고 있는데, 아무런 시도도 해보지 않는다면 언제까지나 절망에서 벗어날 길이 없을 것이라고 말씀드리기도 했다.

얘기를 들은 왕후는 허공을 쳐다보며 한동안 말씀이 없으셨다. 그래서 나는 내가 너무 나가지 않았는지 걱정이 되기도 했다. 왕후는 젊은 나이에 부군을 잃고, 드센 대신들 사이에 겨우 10세밖에 안 되는 환 임금을 두고 있으니 얼마나 마음고생이 심하셨겠느냐. 그런데 내가 아픈 데를 건드리지 않았는지 해서…"

부친은 또다시 말을 멈추었다. 나는 다음 얘기가 어떻게 되는지 해서 안절부절못했으나 부친이 얘기를 잇기까지 참기로 했다.

"왕후는 확실히 강단이 있으셨다. 만약에 청나라에 사람을 보낸다면 몇 명이나 보낼 생각이냐고. 나는 인원이 많으면 오히려 의심을 살 수도 있으니 2명이면 될 것 같다고 말씀드렸다. 그러자 곧바로 영명하신 정조 임금께서 계획하신 일이고, 지금 조정의 상황은 희망이 보이지 않으니 정 그렇다면 그 일을 다시 시도해 보자고 하셨다.

위험하고 가능성이 희박한 일이긴 하지만 아무런 일도 하지 않고 무엇을 기대할 수 있겠느냐는 말씀도 하시면서, 구체적인 방안을 제시하면 지원을 아끼지 않겠다고 하셨다. 단 모든 일들은 안동 김씨 일파들이 눈치채지 못하도록 극비 속에 진행되어야 하며, 상호 간의 연락도 단선單線으로만 이루어져야 한다고 하셨다. 나는 오랜 관직 생활을 겪은 몸이니 그 점은 크게 염려하지 않으셔도 된다고 안심을 시켜 드렸다.”

이야기를 듣고 있던 나는 그제야 제반 사정을 꿰뚫어 볼 수 있을 것만 같았다.

부친이 오늘 예까지 찾아온 것, 그리고 밤늦게까지 장황하게 저간의 여러 얘기들을 늘어놓는 사정들을… 그러나 막상 생각이 거기까지 미치자 전신에 오한이 엄습하는 느낌이었다.

“아버님은 제가 그 일에 적합하다고 생각하시는 겁니까? 어떻게 제게까지 생각이 미치셨습니까. 아시다시피 저는 책만 좋아하는 한갓 서생에 불과합니다.”

“그렇게만 생각할 일은 아니다. 너는 그동안 나와 지내면서 네 스스로든, 내가 시켜서든 활쏘기와 칼 쓰기 등 무예도 제법 익혔다. 그리고 내 평소 언행들을 어깨너머로 바라보면서 관가의 사정도 어느 정도 알고 있다. 여기에 나이도 한창때여서 몸놀림도 민첩하고 머리 회전도 빠르다. 그런 데다 관직에 몸담고 있지 않아 비밀리에 행동하기도 적합하다. 어떠냐? 너만 한 조건 갖춘 인물을 찾기도 쉽지 않을 텐데⋯."

"그건 아버님 생각일 뿐입니다. 조선 천지에 똑똑하고 날랜 인물들이 얼마나 많은데요. 하다못해 한양 바닥만 해도⋯."

그러자 부친은 크게 헛기침을 하여 말을 막았다.

"원래 사람 있는 곳에 사람 없고, 사람 없는 곳에 사람 있다고 했다. 막상 적합한 인물 찾기가 쉬운 일인 줄 아느냐. 실제 청국에 가면 필담筆談으로 의사소통할 일도 많을 텐데, 네 나이에 너만 한 학식을 갖춘 젊은이가 흔한 줄 아느냐? 게다가 내가 꼭 너를 보내려 하는 이유가 또 하나 있다."

"무엇입니까? 그건?"

"바로 네 학문을 위해서다. 나는 무관으로 세상에 나갔지만 네게는 길이 따로 있다는 것을 진작부터 알고 있었다. 왜냐면 지금의 네 모친이 꿈에서 일종의 계시를 받았기 때문이다.

나와 네 모친 사이에는 혼인을 한 후로 내내 아이가 없었다. 그래서 몸이 단 모친은 천지신명에게 아이를 점지해 달라며 여러 방식으로 기원을 올렸는데, 정성이 통해서인지 어느 날 밤 태몽 비슷한 꿈을 꾸었다. 꿈에 내가 나타나 네 친아버지 집 담장 밑에 소나무를 심고 있더란다. 그래서 모친이 왜 우리 집 뜰에 심지 않고 그 집에 심느냐고 물었더니, 여기에 심어서 뿌리가 확고해지고 나무가 무성해지면 우리 집에 그늘을 드리워서 은덕이 커질 것이라고 하더란다.

신기한 꿈이어서 나와 네 모친은 네 친부모 댁에 가서 털어놓았고, 네 친부모들도 이 꿈은 보통 꿈이 아니고 뭔가 신명의 계시를 나타내는 꿈이라며 상의를 거듭한 결과 너를 우리 집에 데려오게 된 것이다.

그런데 꿈에서 소나무는 보통 학문을 의미한다고 한다. 꿈속에서 푸른 소나무들을 보게 되면 학문에 몰두하게 된다든지 훌륭한 책을 쓰게 될 꿈이라고 한다. 소나무에 올라가는 꿈을 꾸게 되면 학문을 바탕으로 출셋길에 오르게 되는 꿈이며, 푸른 솔잎을 따서 집에 가져오는 꿈은 예술적으로 뛰어난 영감을 얻게 되는 꿈이라고 한다.

나는 그동안 네게 일체 간섭하지 않고 하고 싶은 대로 내버려 두었다. 그건 네가 어릴 때부터 자질이 뛰어나 무슨 일이든 누가 가르쳐주지 않아도 스스로 터득하기 때문에, 간섭하는 것은 도리어 네게 방해만 될 뿐이라고 생각했기 때문이다.

그런데 누구보다 책을 가까이하고 열심이었던 너지만 또래의 젊은 이들처럼 과거에 목매지 않고 네 스스로의 길을 모색하는 것을 보고는 소나무 꿈이 맞다는 것을 새삼 느꼈다.

네가 이른 나이에 합격했던 생원 시험은 선비로서의 실력을 가늠해 볼 수 있는 자격시험 같은 것이다. 사내로서 이 관문을 거쳤으면 관직에 나아가 세상에 자신의 뜻을 펼 것인가, 아니면 학문 연구에 정진하여 새로운 진리를 밝힐 것인가 하는 두 갈래 길이 있다. 어느 길이 옳고 그르다거나 경중 여부는 따질 것이 못 된다. 스스로가 옳다고 생각하면 그 길이 바로 옳은 길이다. 그런데 네 취향도 그렇고, 너에 관한 꿈도 그렇고, 과거와 너는 별로 인연이 없는 듯하구나."

"그렇습니다. 저도 할 수만 있다면 학문의 길로만 매진하고 싶습니다. 그러나 앞에도 말씀드렸다시피 여러 여건이 문 닫고 들어앉아 책장만 넘길 수 없어 망설이고 있을 뿐입니다."

"그래서 왕후의 허락을 받고 청나라에 보낼 인물로 너를 생각하게 된 것이다. 학문을 하려면 무엇보다 생활이 안정되어야 한다. 일단 먹고 사는 데 지장이 없어야 한다는 말이다. 그러나 내 능력으로는 한계가 있고, 네 스스로 언젠가는 생활 대책을 강구를 해야만 하는 것이다.

또 하나, 학문을 하는데 방에 틀어박혀 머리로만 하는 시대는 지났다는 것이다. 조선 왕조의 정신세계를 성리학이 400년 동안 지배해 왔지만 그 결과는 어떻게 되었느냐.

임진, 병자란을 겪은 후에도 조정은 정신 차리지 못하고 파벌로 나뉘어 반대파 죽이기, 자기 세력 키우기에 혈안이 되어 있지 않았느냐. 백성이나 나라는 한참 멀리 있고, 그저 자신의 권력이나 파벌의 세력에만 정신이 쏠려 있다가 그나마 외척들에게 모든 힘을 다 빼앗기고 말지 않았느냐.

그들의 지식은 주로 상대방을 공격하고 자신을 방어히기 위한 수단이 있을 뿐이다. 걸핏하면 그 옛날 중국 땅의 공맹孔孟과 주자를 들먹이며 그들의 말을 모든 가치와 윤리의 판단 기준을 삼았다.

또한 현종顯宗 임금 때의 예송논쟁禮訟論爭은 얼마나 많은 국력 소모와 분열상을 초래했느냐. 민생을 도모하고 나라의 안위를 염려해야 할 대신들이 왕실 내의 복상服喪 기간 문제로 치고 받으며 세월만 보냈으니 나라 꼴이 어찌되었겠느냐.

물론 성리학이 나라를 말아먹은 고려시대의 적폐를 일소하고 조선의 이념이 되어 기틀을 세우는 데 큰 역할을 한 것은 인정한다. 또한 많은 사대부를 배출하여 나라를 이끌어가고 선비들을 양성하여 백성들의 눈을 뜨게 해준 것도 인정한다.

그러나 결과는 어찌 되었느냐.

수신이니, 충효니, 대의명분이니 해서 우물 안 개구리들처럼 집안 싸움만 골몰했지 시대 조류가 어떤지, 바깥세상이 어떻게 돌아가는지에 대해서는 까막눈이 되고 말지 않았느냐.

인간 세상에 변치 않는 사상이 어디 있겠으며, 절대적인 정치가 어디 있겠느냐. 다 시대에 따라 변하고 사람들에 따라 달라지기 마련이다. 가령 고려시대 그처럼 떵떵거리며 나라를 장악했던 불교가 조선시대에는 어떻게 되었느냐.

그래서 너를 청나라에 보내려는 또 다른 이유가 바로 네 학문을 위해서라는 것이다. 가서 세상이 얼마나 넓은지 알아보고, 다른 나라 사람들은 어떻게 살며, 시대가 어떻게 변하고 있는지 눈으로 보고 머릿속에 담아오라는 것이다. 한 마디로 현장을 직접 살펴보고 뭐가 실제적으로 절실한 것인지 살펴보라는 것이다. 여기에다 네가 그동안 남달리 쌓았던 학식까지 결부되면 얼마나 풍성한 학문이 되겠느냐."

나는 자신도 모르게 고개가 끄덕여졌다. 친자식도 아닌 자신에게 이런 배려까지 해주는 종숙부가 눈물겹게 고맙기만 했다. 그러나 전혀 상상하지도 못했던 갑작스러운 일이라 뭐라고 해야 좋을지 막막하기만 했다.

"어떠냐? 해볼 수 있겠느냐?"

"글쎄요. 너무 엄청난 일이라 당장 뭐라 말씀드리지는 못하겠습니다. 저도 그동안 북학파들의 의산문답醫山問答이나, 북학의北學儀, 열하일기熱河日記 등을 읽고 많은 충격을 받은 나머지 청나라를 꼭 가보고 싶었습니다. 그러나 아시다시피 청나라는 사행使行과 관련되지 않으면 개인이 사사로이 갈 수는 없지 않습니까. 그래서 엄두를 못 내고 있었을 뿐입니다."

"네가 그리 생각하고 있었다면 정말 잘 되었구나. 사람이 살다 보면 천재일우의 기회를 만나기도 한다는데, 네게 그런 기회가 아닌가 싶다. 그렇지만 누구도 네게 강요하는 것은 아니니 최종판단은 네가 하여야만 한다. 성공할 가능성도 극히 희박하고 많은 위험부담도 감수해야 하기 때문이다. 그러나 만약 성공적으로 탈취해올 수만 있다면 네 남은 인생은 먹고 사는 데 지장이 없게 될 것이다."

"그러나 실패해서 빈손으로 돌아오게 되면 어떻게 되는 겁니까?"

"그래도 네 견문과 체험은 남으니 초정이나 연암과 같은 책을 쓸 수도 있고, 차후로 네 학문 연구에 보탬이 될 수도 있을 것 아니냐. 이 일은 왕후께서도 꼭 찾아와야 한다는 강제성을 부여하는 건 아니다. 어차피 가능성이 희박하기 때문이고, 왕후께서도 그야말로 마시막 수단이라는 심성에서 시도해 보는 거니까 설사 빈손으로 돌아온다고 해도 처벌이나 문책은 없다.

다만…."

부친은 말끝을 흐리더니 이내 말을 멈췄다. 나는 묵묵히 다음 말을 기다렸으나 나오지 않아 먼저 말을 꺼내 보았다.

"마음이 놓이지 않으시겠지요. 자식을 낯선 타국에 보내서 어떻게 될까 봐서요. 이곳 나라 안에서 타지에 보내는 것도 마음이 안 놓이는데…."

"그렇다. 네게 천재일우의 기회라 생각하면서도 그게 마음에 걸려 잠을 설치며 고심을 거듭했다. 네가 비록 친자식은 아니다만 지금 우리 집안에 유일한 아들 아니냐. 그런데 네게 만약 뭔 일이 생겨 돌아올 수 없게 된다면 나를 얼마나 원망하게 될 것이며 내 가슴은 얼마나 찢어지겠느냐. 그래서 신중에 신중을 거듭해서 생각해 보고 최종판단은 네 자신이 하라는 것이다."

"그 문제에 대해서라면 깊이 생각하지 않으셔도 좋을 것 같습니다. 왜냐면 저는 인명은 재천이라는 설을 믿기 때문입니다. 아까 제게 태몽 이야기를 해주셨는데, 마찬가지로 제 죽음도 이미 예정이 되어있을 것입니다. 따라서 저는 그에 맞춰 살면 될 뿐이지 제가 아무리 바꾸려 해도 아무 소용없을 것이라는 게 제 평소 생각입니다.

또한 제 소신 중의 하나는 세상을 살면서 거저 얻어지는 것도 없고, 거저 얻어서도 안 된다는 것입니다. 사람은 많은 데다 기회는 적기 때문에 원하는 것을 움켜쥐기 위해서는 당연히 땀을 흘려야 하고 신명을 걸어야 하지 않겠습니까. 그러는 과정에서 또한 자신의 단련이나 수양, 발전을 기할 수 있는 것이지, 뭔가 시도해 보지도 않고 노력도 하지 않는다면 그 사람의 인생은 뭐가 남겠습니까?"

"옳은 말이다. 네가 그렇게 생각하고 있다니 내 심적 부담이 가벼워지는 것만 같구나. 차후로 인생에 대해서라면 오히려 내가 네게 배워야 할 것 같다."

"무슨 말씀을요. 이제 겨우 문턱에 올라선 정도에 불과한데요. 그나저나 금척을 찾아와 왕실 안에 모셔놓는다고 해서 과연 조정의 기강확립이나 왕권의 강화에 효험이 있을까요?"

"그건 우리 인간사 밖의 일이라 뭐라 얘기할 수가 없구나. 그러나 임금들도 어차피 인간이라 외부의 힘에 의존하여 왕권을 지키고 강화하려 했던 흔적은 상당히 남아있다. 신라 선덕여왕 때 쌓았다는 첨성대, 조선 왕들의 어좌 위에 자리 잡고 있었던 일월오봉도나, 조선에서 숭유억불崇儒抑佛 정책을 폈지만 은밀히 궁궐 내에 설치한 법당 등이 그러한 사례들일 것이다.

또한 고려 태조 왕건은 신라의 완전한 항복을 받는 조건으로 장육존상長育尊像과 황룡사 9층탑, 천사옥대(天賜玉帶: 聖帝帶)를 요구하기도 했다. 왜 그랬겠느냐? 왕권의 확립에 필요하다고 생각해서가 아니겠느냐?

그러니 금척의 효험의 관해서는 네가 특별히 신경 쓰지 않아도 될 것 같다. 일단 왕실로 가면 그 후의 일은 왕실의 일이지 네 일이 아니라는 말이다."

"그렇다면 제가 해보겠습니다."

마포나루

다음 날 나는 곧바로 짐을 꾸렸다. 하산하기 위해서였다. 처음 이곳에 들어올 때만 해도 자신이 수긍할 정도의 학문의 성취를 이루기 전에는 하산하지 않으리라고 굳게 다짐했었지만, 부친과의 면담은 스스로와의 다짐도, 만만치 않은 책들의 중량도 그야말로 깃털처럼 가볍게 만들어 버렸다.

생각해 보면 황당하리만치 가능성도 희박한 데다 생사도 보장되지 않을 만큼 막연한 모험이었지만 내 자신의 판단은 어디 끼어들 여지조차 없었다. 그저 무조건 따라야 한다는 생각뿐이었다.

나는 짐을 다 꾸려놓고 오후에 가까운 곳에 있는 마포나루로 향했다. 한 사내를 찾기 위해서였다.

마포나루는 언제나처럼 활기가 넘쳤다. 더구나 늦은 오후가 되자 남도 각지에서 올라온 배들이 서둘러 나루에 배를 대고 싣고 온 짐들을 부리려고 고함들을 질러대며 자리싸움을 하고 있었다. 나루터 부근의 배들은 모두 돛을 내린 채여서 삐죽삐죽 솟은 돛대들이 마치 대나무 숲처럼 보였고, 그 바깥쪽에는 늦게 도착한 배들이 황포 돛을 펄럭이며 자리 비기만을 고대하고 있었다.

멀리서 이런 풍경들을 바라보며 나는 포구 바닥 여기저기를 어슬렁거렸다. 여기 온 목적은 따로 있었지만 모처럼 온 김에 포구의 풍물들을 하나라도 더 구경하고 싶어서였다.

나는 평소에도 가끔씩 혼자 시장 여기저기를 싸다니곤 했다. 시장에는 늘 활기찬 생동감이 느껴졌고, 사람 사는 적나라한 모습들을 볼 수 있었기 때문이다. 또한 팔도 각지에서 몰려든 갖가지 물산들을 한눈에 살펴볼 수 있어 흥미진진하기도 했고 세태의 흐름을 짐작할 수 있기 때문이기도 했다.

마포나루는 한양에서도 가장 큰 포구여서 아랫지방에서 올라온 곡물이나 소금, 육류, 새우젓, 각종 해산물 등이 대량으로 거래되는 곳이다. 때문에 나루터는 늘 시장바닥처럼 붐볐고, 물 내음과 생선 비린내, 남정네들의 땀 냄새가 뒤섞인 사람 사는 냄새가 물씬 풍겼다.

사람들은 마포나루를 흔히 삼개나루라고 불렀다. 삼개라는 이름은 세 개의 포구에서 비롯되었다는데, 세 포구란 경강京江 서부에 위치한 서호, 마포, 용호를 말한다. 도성 서쪽의 주산主山이라 할 수 있는 안산에서 한강 쪽으로 와우산, 노고산, 용산 등 3개의 산줄기가 갈라지는데, 이 산줄기들이 내리뻗어 한강 변에 닿으면서 안쪽에 만들어낸 포구들이다. 이 세 개의 삼이 마麻로 바뀌게 되어 마포라는 지명이 생겨났다고 한다.

전국의 물산들이 가장 많이 이곳에 집결하고, 또 이곳에서 각지로 퍼져나간다. 가까운 도성 안으로부터 멀리는 황포돛배에 실려 양평, 여주, 충주, 단양, 제천, 영월까지 올라간다고 한다. 배에 주로 실리는 하물들은 서민 생활의 필수품인 소금과 새우젓 등이어서 마포나루 여기저기에는 이들을 보관하기 위한 창고들이 세워져 있다. 염리鹽里, 염창鹽倉 등의 지명도 이 때문에 생긴 것이라 한다.

해거름의 분주한 발걸음들과 잡다한 호객행위 소리 속에서도 들큰한 국물 냄새가 사방으로 번지고 있었다. 나루터에서 짐을 다 부린 선주船主나 사공들, 그리고 거간꾼들의 두둑해진 주머니들을 노리고 색주집들이 부지런히 술과 음식들을 마련하느라 내는 냄새일 터였다. 지금쯤 젊고 반반한 얼굴을 가진 여자들은 몸단장하고 화장하기 바쁠 것이었다.

지방에서 몇 날 며칠을 배를 몰고 올라왔다가 이곳 색주집들의 노련한 수작에 걸려들면 모두 털린 채 빈손으로 다시 배를 몰고 가는 경우도 적지 않다고 한다.

나루터에는 배에서 내려진 짐들이 여기저기 쌓여 있었고 객주客主인 듯싶은 사람들이 이리저리 옮겨 다니며 짐들의 속을 열어 살펴보기도 하고 흥정을 걸기도 했다. 손이 좀 크다 싶은 객주들은 재빠르고 말주변이 좋은 거간꾼들을 두고 그들이 흥정하게 한다고 한다.

나는 대량의 생선 상자 더미며 새우젓 도가니들 사이를 돌아다니다가 문득 한 사내에게 눈길이 갔다. 높게 쌓인 생선 상자들 사이에서 생선들을 살피며 한 중년 남성에게 이것저것 묻고 있는 사내. 키가 크고 실팍해 보이는 어깨에 숱 많은 머리 등 뭔가 포구 바다 분위기와 어울리지 않아 보이는 데다 눈매마저 예사롭지 않았다. 범상치 않은 눈빛은 민첩해 보이는 동작들과 어딘지 일치하고 있었다.

'저 사내가 혹시 송동용이 아닐까…?'

나는 내심 궁금증이 일기는 했으나 그가 얘기를 마칠 때까지 기다려 보기로 했다. 확실치도 않은 것 가지고 남의 일을 방해할 생각은 없었기 때문이다. 그러나 나루에 와서 지금까지 본 중에는 부친의 묘사와 가장 일치하는 사내였다.

내가 나루터를 찾은 것은 바로 송동용이라는 사내를 찾기 위해서였다. 어제 안산 자락으로 찾아온 부친이 소개해 주겠다던, 중국어를 구사할 줄 알고 여러 무술에도 능통하다는 사내…

그러나 부친은 직접 소개를 하지 않고 나더러 마포나루에 가서 직접 찾아보라고 하는 것이었다. 그는 원래 잠시도 가만히 있는 성격이 아니고, 특히 시장 바닥 같은 북적이는 데를 좋아한다는 것이었다. 나 정도의 안목이라면 어렵지 않게 찾을 수 있을 것이라고도 했다.

찾아서는 먼저 어느 정도 이야기를 나누어 보고, 뭔가 통하는 게 있다 싶으면 그때 당신 얘기를 꺼내라고 했다. 송동용이라는 사내에게 뜸을 들여놓기는 했지만 실제 상대할 사람은 바로 한기 너이고, 그것도 오랜 시간에 걸쳐 커다란 일을 함께할 사람이니 조심스럽고 꼼꼼하게 살펴보라는 것이었다. 부친은 평소 이처럼 매사 용의주도했다.

바라보고 있는 중에도 생선 상자들이 하나둘씩 포개지고 있는 것으로 보아 얘기가 쉽게 끝날 것 같지는 않았다.

멀리 서강 쪽에는 해거름의 자태들이 서서히 나타나고 있었다. 하늘에 붉은빛이 번져가고 새떼들의 움직임도 분주해지고 있었다. 여기 저기서 오가는 사람들의 발걸음도 빨라졌다.

나는 물가 쪽으로 발걸음을 옮기며 담배쌈지와 곰방대, 부싯돌을 꺼내 담배를 피워 물었다. 물 건너 저쪽으로는 여의도 백사장이 보였고, 그 너머로는 남녘으로 이어지는 길이 시작되고 있을 것이었다. 나는 사내 쪽을 흘깃거리며 물가에 다다랐다. 담배 연기를 빨아들여 길게 내뿜다가 문득 토정土亭 이지함李之菡 선생이 떠올랐다.

이곳에서 흙으로 만든 집을 짓고 평생 은거했다는 토정, 그는 원래 충남 보령 출신이었다. 이른 나이에 부모를 모두 잃고 한양으로 올라온 뒤로 벼슬에는 별로 뜻이 없고, 이곳 마포 강변에 흙집을 짓고 살며 학문 연구와 유랑으로 점철된 생애를 보냈다고 한다.

그는 분명 흔히 볼 수 없는 기인奇人이었고 시대의 이단아였다. 그러나 그의 기벽과 남다른 행적은 치기나 광기에서 비롯된 게 아니었고, 오히려 적나라한 사람 그 자체의 삶이었고, 앞을 내다보는 선견지명의 안목에서 생겨난 것이었다.

성리학의 교조주의적인 독단들이 마치 사람들의 삶과 인성人性의 전부로만 여겨져 모든 행위의 절대적인 기준이 되었던 시대, 이에 반하면 무조건 사도邪道고, 불충이고, 불효고, 타도해야 할 대상이었던 시대, 그저 농사나 짓고 유교 경전이나 탐독하는 것을 전부로만 알던 시대의 폐단을 일찍부터 깨달았는지도 모른다.

그는 젊었을 때부터 유랑과 자유분방한 삶 속에서 사람 살의 진정한 모습을 추구하려고 했다. 평생에 걸친 가난 속에서도 천문, 지리,

의약, 복서 등 온갖 학문을 섭렵하여 공동체를 이루고 있는 사회, 그리고 국가가 지향하고 발전해야 할 진정한 방향을 제시하기도 했다.

그는 일찍부터 농본주의의 허실을 터득하고 있었던 듯하다. 농사에 투입되는 밑천이나 인력, 그리고 기간 등에 비해 그 소출은 늘 어느 범위를 넘어서지 못했기 때문이다. 그나마 심한 가뭄이나 태풍 등을 만나기나 하면 그야말로 일 년 농사가 헛일이 되는 경우도 비일비재하지 않았던가.

이에 비해 꼭 필요한 곳에 부족한 물품을 공급하는 상업이나 금, 은, 쇠 등을 채굴하는 광업 등은 짧은 시간과 많지 않은 인력만으로도 웬만한 일 년 농사보다도 훨씬 많은 이윤을 남길 수가 있다고 본 것이다.

또한 소금을 만들거나 물고기를 잡는 기술, 도자기를 굽는 기술, 중국인들이 끔찍이 좋아하는 산삼 재배기술도 사람들의 삶을 풍족하게 하는 데 있어서는 농사와는 비교가 안 된다. 때문에 조선은 흔히 말하는 중본억말重本抑末에서 빨리 벗어나야 한다고 생각했던 것 같다.

농업만 중시하고, 상업이나 공업 등은 말업이라 하여 등한시하고 억제하는 풍조에만 갇혀 있다면 조선은 결코 가난에서 벗어날 수 없으리라는 것도 알고 있었던 듯하다.

또한 의義를 높은 덕목으로 알고 재리財利를 천하게 여기는 유교적 사조에 대해서도 반론을 제기하였다.

나이 60이 다 되어 시중에 학식과 능력이 널리 알려지자 경기도 포천의 현감으로 제수되었는데, 이때 상소문을 올려 국가시책의 방향을 건의하였다. 이 상소문은 당시 정책의 폐단을 지적하고 민생을 알리려는 토정의 혜안이 잘 드러나 있는 것이었는데, 그중 나에게 잊히지 않는 구절은 다음과 같은 것이었다.

'대저 덕은 근본이요, 재는 지엽枝葉입니다. 그러니 근본과 지엽 중
어느 한쪽만을 폐할 수는 없습니다. 근본으로서 지말枝末을 견제하고,
지말로서 근본을 견제한 후라야 인도人道가 궁하지 않는 것입니다. 재
물을 생성하는 것도 또한 본말이 있으니, 농사가 근본이요 소금 굽고
쇠 다루는 것이 지말입니다. 본으로서 말을 제어하고, 말로서 본을 보
족한 연후에야 모든 재용財用이 결핍되지 않을 것입니다.'

그는 일찌감치 유교 윤리와 함께 재리도 중시해야 하고 농사와 함
께 상공업에도 관심을 기울여야 함을 역설하고 있다. 그는 민중이란
무엇보다도 먼저 풍족하게 살 수 있어야 하고, 국가시책도 그 방향에
중점을 두어 전개되어야 한다며, 재리 추구의 방식까지 제시하고 있
다. 당금의 실정으로 비추어 볼 때 그의 주장은 탁월한 선견지명이었
다.

연암이나 초정 등 흔히 말하는 북학파들이 그의 견해를 충실히 따
르고, 사회가 그러한 방향으로 변하고 있기 때문이다. 그러나 당시로
써는 너무 획기적이라고 생각되어서인지, 아니면 사대부들이 견제하
느라 그랬는지, 토정의 상소는 받아들여지지 못하고 말았고, 그는 실
망한 끝에 현감 직을 내던지고 말았다.

그는 무엇보다도 민생을 중요시했다. 먼저 백성들이 잘 먹고 잘살
아야 사회도 발전하고, 국가도 부강하게 될 수 있다고 생각했기 때문
이다. 민중들은 헐벗고 굶주리는데 유교 교리만 강조해봐야 제대로

지켜지는 건 없고 사회 불안만 가중될 것이기 때문이다.

화담 서경덕의 문하에서 동문수학했다는 율곡이나 토정 같은 이들의 건의를 제대로 수용하고 사회의 변혁을 꾀하였다면 그 후의 임진왜란이나 정유재란과 같은 대환란을 겪지 않을 수도 있었을 것이다.

나는 긴 한숨을 내쉬며 다시 곰방대를 꺼내 담배를 피워 물었다. 과거는 되살릴 수 없는 것인데 왜 생뚱맞게 오래전 일까지 되살피며 괴로워하는가 하다가, 문득 토정을 떠올린 건 다른 이유에서였는데 생각이 엉뚱한 방향으로 흘러가 버렸다는 것을 깨달았다.

되짚어보니 문득 토정을 떠올린 건 그가 한강 변의 다른 많은 장소를 두고 하필 여기 마포에 터를 잡고 살았을까 하는 것이었다. 그의 성격이나 행적으로 볼 때 마포보다는 오히려 인적 드물고 한적한 곳에 터를 잡아 둥지를 틀었어야 할 것이었다. 그런데도 그는 구태여 북적거리고, 시끄럽고, 냄새나는 이곳에 자리를 잡았던 것이다.

마포나루는 한양의 여러 나루 중에서도 단연 첫손가락에 꼽히는 나루다. 북적거리는 선박들로 보나, 하역되는 물량으로 보나, 사람들로 번잡함을 볼 때도 한강변에 이만한 나루터가 없기 때문이다. 그 이유를 들자면 무엇보다도 도성에서 가까운 거리인 데다, 서해안이나 삼남 지역으로 이어지는 교통의 편리함을 들 수 있을 것이다.

그 때문에 가장 적나라한 삶의 현장이 드러나는 곳이었을 것이다. 날것 그대로의 생동감이 넘치는 현장, 물산이 어떻게 운송되어 분배되고, 유통이 어떻게 이루어지고, 세태가 어떻게 변화하는지 가장 충실하게, 그리고 가장 가까운 거리에서 살펴볼 수 있는 곳… 이러한 매력이 여러 번다함을 감수하면서까지 그를 이곳으로 잡아끌지 않았을까.

그는 뼈대 있는 가문의 후손이었다. 따라서 다른 양반 자제들처럼 경서에만 집중하여 과거의 길로 나아갔다면 보다 쉽고 안락하게 살 수 있었을 것이다. 그러나 그는 삶의 진리가 경서 속에만 있지 않다는 것을 일찍부터 터득하고 있었고, 세상의 참모습도 유교적 안목과는 한참 떨어져 있다는 것도 잘 알고 있었던 듯하다.

그래서 사대부들이 흔히 꺼리는 의약, 복서, 음양, 술서, 관상 등 온갖 분야까지 섭렵하고, 밑바닥 인생을 살며, 나름대로의 삶의 진리를 추구했던 게 아니었을까.

그에게 중요했던 건 바로 현장이었고, 세태의 흐름이었으며, 서민들의 고단한 나날들이었다. 사람살이의 바탕도 현실에서 찾아야 하고, 진리도 바로 가까운 곳에 있으며, 떠받들어야 할 사람도 바로 서민들이었다.

이때 갑자기 뒤쪽에서 기척이 들렸다.

"혹시 혜강 선생님 아니십니까?"

우렁우렁한 목소리에 놀라 바라보니 아까 야적장에서 눈여겨보았던 사내가 두 손을 맞잡고 단정하게 서 있었다.

"그렇소만, 그렇다면 혹시…"

"예, 저는 송동용이라고 합니다. 제 눈썰미가 틀리진 않았군요. 일전에 종사관(혜강의 부친 최광현)님으로부터 얘기를 들은 데다, 아까 선착장 부근을 왔다 갔다 하시기에 지레짐작을 했습니다. 이곳 나루 사람이 아닌 것을 처음부터 알아보았습니다."

"그래, 일은 다 끝났습니까?"

"오후에 서해안에서 올라온 조기와 새우젓 흥정을 끝내고 객줏집 창고로 모두 옮겨 놓았습니다. 이로써 오늘 일은 마무리가 된 셈입니다."

"마침 잘 되었군요. 우리 어디 가서 얘기 좀 나눕시다."

나는 앞장서서 길을 재촉했다.

송동용이라는 사내

어느덧 양화진楊花津 너머로 노을도 사그라지고 대지에는 검은빛이 번져가고 있었다. 또 하루가 저물어가고 있었다.

"저는 본래 평안도 안주安州 출신입니다. 종사관님과는 안주 현감으로 부임해 오셨을 때 알게 되었지요. 종사관님이 아니었더라면 저는 아직도 안주 저잣거리에서 개차반 노릇을 하고 있었을 것입니다."

나루터 우측 외진 곳에 위치한 주막집 마당 한쪽에 자리를 잡자마자 송동용은 부친 얘기부터 꺼냈다. 그는 부친이 종사관 벼슬일 때 알게 되었던 탓인지 내내 종사관님이라 불렀다.

"저는 본디 서얼 출신입니다. 그것도 서자보다도 더 낮은 얼자 출신입니다. 어렸을 때는 아무것도 모른 채 어울려 놀다가 커가면서 또래 아이들과 주변 사람들의 눈빛이나 태도가 이상하다고 생각되면서 제 신분이라는 것을 알게 되었지요. 그때부터 저는 싸움꾼으로 변신하게 되었습니다. 누가 조금이라도 무시한다 싶으면 아이고 어른이고 할 것 없이 마구 달려들었습니다. 그 때문에 양반댁에 끌려가 맞기도 많이 맞았습니다."

이때 주모가 뚝배기 장국밥과 동동주 등을 들고 왔다.

받아 든 송동용은 익숙한 솜씨로 술을 따른 후 어찌할 바를 몰라 잠시 머뭇거리자 나는 먼저 건배를 제의했다. 송동용은 고개를 돌리고 단숨에 잔을 비운 후 또다시 동동주를 가득 채웠다. 혈기도 많고 가슴에 맺힌 것도 많아 할 말이 많은 사내처럼 보였다.

"머리가 여문 후로는 저잣거리에 출입하기 시작했습니다. 어차피 관가로 나가는 길은 막혀 있었기 때문에 상술이나 기술을 익혀 돈이나 벌어보려는 심산에서였습니다. 그런데 안주 저잣거리라는 데가 참 희한한 데였습니다. 안주는 홍경래 난리를 겪은 후로 반역향反逆鄕으로 찍혀 많이 피폐해 있었는데, 그나마 저자의 상권을 세 명의 물주들이 장악하고 있었습니다. 그들은 고리高利로 돈을 빌려주어 애꿎은 장사치들의 코를 꿰거나, 나라에서 내린 구휼미救恤米를 서리胥吏들과 짜고 빼돌려 서민들에게 팔아먹는가 하면, 소금을 매점매석하는 등 방법을 가리지 않고 치부를 해오던 자들이었습니다.

홍경래가 추종세력들을 이끌고 거사를 일으켰을 때는 맞아 죽지 않으려고 숨어 있다가, 정주성定州城이 함락되고 다시 이전과 같은 세상이 되자 이들은 또다시 안주 바닥에 나타나 예전과 같은 행태를 반복하고 있었습니다.

제가 열여덟 살 때 그중 가장 나이 많고 악질적으로 굴었던 늙은이를 눈여겨보아 두었다가 기회를 봐서 흠씬 두들겨 패주었습니다. 당연히 그 늙은이는 저를 관가에 일러바쳤고, 포승줄에 묶여 관가로 끌려갔다가 새로 부임하신 종사관님을 만나게 된 것입니다. 종사관님은 애초 제 사건을 단순히 재물을 뺏기 위한 강도 사건으로 치부하고 곤장이나 치고 형을 살게 하면서 해결하려다가, 후에 저간의 사정을 아시게 된 것 같습니다. 아마도 누군가가 물주들의 행패를 몰래 일러바쳤는지도 모릅니다.

며칠 후 동헌으로 저를 몰래 부르시더니 직접 이것저것을 캐물으셨습니다. 제 폭행 사건을 소상히 알고 계셨고, 놀랍게도 제 부친이 홍경래 난 때 서리 신분으로 반란군에 처형됐던 사실까지 알고 있었습니다.

그러면서 대놓고 얘기하지는 않으셨지만 제 폭행 사건이나 부친의 처형 사실을 불법으로만 생각하신 것은 아닌 듯했습니다. 원래 똑바른 분이어서 그랬을 수도 있고, 고향이 개성이어서 서북지방 사람들의 한을 평소 잘 알고 계셔서 그랬을 수도 있습니다. 당신의 심정은 당장 풀어주고 싶지만 관가의 일이란 내키는 대로 할 수는 없는 것이라며 한 가지 제안을 하셨습니다.

다음 달에 청나라 황제의 생신이 있어 나라에서 사신을 보냈는데, 사행使行 행렬이 안주 부근에 다다랐을 때 말몰이꾼이 하나가 갑자기 역질이 생겨 쓰러졌다고 합니다. 병도 위중해서 쉽게 나을 것 같지 않아 행렬이 지금 안주에 머물러 있는데, 저에게 대신 말몰이꾼이 되어 사행에 봉사할 수 있겠느냐고 물었습니다. 사신들을 잘 모시고 갔다가 무사히 돌아오면 제 죄를 치른 것으로 해주시겠다는 것이었습니다.

저는 뜻밖이었지만 내심 반가워 그 자리에서 하겠다고 했습니다.

제 신분을 사람들이 다 알고 있는 안주 바닥을 빨리 떠나고 싶었거든 요.”

“일종의 노역 같은 것이었군. 그렇지만 말몰이꾼이 되어 고관들을 모시고 연경까지 다녀온다는 것도 만만한 일이 아닐 텐데….”

“맞습니다. 저는 그저 하인이나 종놈 취급을 당하겠지요. 그러나 딴 생각을 할 여유가 없었습니다. 사실 감방 생활은 제게 별 문제가 아니 었습니다. 평소의 제 천한 삶도 크게 다르지 않았거든요. 다만 평소 에 보다 넓은 세상에 가서 세상이 어떻게 돌아가는가, 사람들은 어떻 게 사는가, 내 한 몸이 세상 어느 구석에 끼어서 무엇을 해야 할 것인 가 하는 생각들로만 가득 차 있었거든요. 그래서 생각지도 못했던 절 호의 기회라 생각하고 서슴없이 승낙을 한 것입니다.”

“그렇지만 말몰이꾼은 아무나 하는 게 아니지 않나. 말 다루는 기술 이 필요한 게 아닌가?”

“크게 어렵지 않습니다. 왜냐면 말은 집에서 기르는 개와 비슷한 점 이 많거든요. 원래 사람을 잘 따르는 데다, 주인의 생각이나 기분 상 태까지 알아낼 만큼 예민한 구석이 있어 평소 사람과 잘 통합니다. 또 한 겁이 많고 순하여 아주 위험한 경우를 제외하고는 사람을 공격하 는 경우가 없습니다.

제가 직접 말을 다루거나 키워보지는 않았지만 저잣거리에 출입하 면서 짐말들을 눈여겨봤었지요. 잔등에 곡식이나 장작 등을 싣고 시 장바닥을 오가거나, 관원들을 태우고 성 안팎을 누비는 관마 등을 보 노라면 말은 마치 하늘에서 사람들을 위해 내려보낸 것처럼 생각됩 니다.”

"그래, 사행은 어떻게 되었소."

"종사관님은 나리들에게 저를 소개하였고, 첫눈에 마음에 들어 하시더군요. 체격도 있고 힘 좀 쓰게 생긴 덕분인지, 아니면 종사관님이 미리 말씀을 잘해둔 탓인지 어렵지 않게 사행길에 따라나설 수 있게 되었습니다.

약 2개월간에 걸친 사행길은 결코 만만한 길이 아니었습니다. 인적 없는 벌판길을 몇 날 며칠 동안 헤매기도 했고, 시도 때도 없이 몰아치는 비바람 속에서 생명의 위협을 느낀 적도 한두 번이 아니었습니다.

더구나 저는 나이로 보나 신분으로 보나 가장 밑에 있어서 다른 사람들보다 갑절 이상 힘들 수밖에 없었습니다.

그러나 그러한 고충들은 가고 오는 동안 제가 보고 느낀 것에 비하면 아무것도 아니었습니다. 참으로 저는 우물 안 개구리처럼 살았더군요. 그렇게 크고, 화려한 세상이 있는 줄은 꿈에도 생각 못 했습니다. 제 처지만을 한탄하며 망나니처럼 보냈던 세월들이 한스럽기 그지없었습니다.

그러면서 크게 깨우침을 얻기도 했습니다. 무엇보다도 사람은 배움이 있어야 한다는 것이었습니다. 타고 난 신분이 어떻든 간에 배움을 갖추고 있으면 사람대접을 받을 수도 있고, 힘을 가질 수도 있다는 것이었습니다. 그게 학문이 되었든, 상술이 되었든, 무예가 되었든 일단 확실하게 갖춰야 한다는 것이었습니다.

실제로 청나라 사람들은 그 사람이 어떤 사람인가는 별로 중요하게 생각지 않는 듯했습니다. 그 사람이 무엇을 할 수 있고, 무엇을 가지고 있는가로 사람값을 매기는 것이었습니다.

아무튼 사행은 무사히 마쳤고, 나리들이 한양으로 돌아간 후 종사관님은 저를 따로 부르시더군요. 사신들이 일을 마치고 무사히 돌아올 수 있게 수발을 잘 해줘서 고맙다고 하시며, 제가 나이도 어리지만 성실하고 경우도 바른 젊은이라고 칭찬을 하더라는 것이었습니다.

그래서 저는 무릎을 꿇고 연경燕京 풍물 거리에서 몰래 사두었던 고급 은장도를 선물로 바치며 부탁을 드렸습니다. 비록 천한 몸으로 태어났지만 이제 사람 노릇을 하고 싶다고, 그러니 제게 무예를 배우게 해줍시사 하고 몇 번이고 절을 하며 간청을 드렸습니다.

종사관님이 비록 현감으로 계시지만 무과로 급제하신 줄은 이미 알고 있었습니다. 제가 살면서 이만한 기회가 다시 없으리라는 생각에 그저 종사관님을 붙들고 늘어진 것이지요.

종사관님은 저를 일으켜 세우시더니 잠시만 기다리라고 하시고는 사람을 시켜 네 권의 책을 가져오게 했습니다. 바로『무예도보통지武藝圖譜通志』라는 책이었습니다."

나는 일순 냉기가 엄습하는 것을 온몸으로 느낄 수 있었다. 이른바 북학파로 알려진 이덕무, 박제가, 백동수 등이 정조의 명을 받아 심혈을 기울여 완성한『무예도보통지』는 웬만한 벼슬아치라도 쉽게 소유할 엄두를 내지 못했다고 한다. 내용 자체만 해도 방대한 데다 총 24기에 달하는 모든 기예 하나하나를 그림으로 그려 설명해 놓고 있기 때문이다.

때문에 책 자체를 구하기가 쉽지 않았고, 막상 필사본을 접해도 가격이 대단히 비싸 쉽게 마음을 먹지 못했던 것이다. 그런데 이처럼 귀한 책을 천한 얼자 출신에게 선뜻 내주다니….

부친에게는 자신이 미처 모르고 있었던 자상함이 있었던 것일까. 아니면 머나먼 연경 사행길에 말몰이꾼으로 보냈다는 미안함 때문이었을까….

"종사관님께서는 뜻이 있는 곳에 길이 있다고 하시며 이 책을 보고 하나씩 연마해 보라고 하셨습니다. 어느 정도 숙달이 된 후에는 평양이나 의주 같은 대처로 가서 남들 대련하는 것도 보고, 때에 따라 상대를 정해 직접 맞붙기도 하며 실전을 익히라고 하셨습니다.

그렇게 해서 자신감이 생기면 이름 있는 고수高手를 찾아다니며 최고의 기량까지 익힐 수도 있지만, 구태여 그렇게까지 하지 않아도 자신 한 몸 지키는 데나 관청에 들어가는 데는 지장이 없을 거라 하셨습니다.

저는 이왕 발을 들여놓았으면 소문으로만 듣던 김체건金體乾 같은 사람처럼 최고의 무사가 되고 싶다고 했더니 종사관님은 손을 내젓는 것이었습니다. 너무 길고 힘든 길일뿐만 아니라 막상 고수가 된다 해도 예전처럼 대우받는 시대는 오지 않을 것이라고 하셨습니다.

이미 200여 년도 전에 사람들은 화약이라는 것을 섞어서 화포나 조총을 만들어 사용했는데, 앞으로 사람을 살상하거나 전쟁을 벌이는 데는 이쪽으로 발전한 기술로 이루어지지 창검이나 기마술 같은 방식으로 하는 시대가 아니라는 것이었습니다.

때문에 어느 정도 무예를 익힌 후로는 세상 물정도 좀 알게 될 것이니 그때 가서 자신의 길을 찾아보라고 하셨습니다. 제가 감읍하여 재배 삼배하며 하직 인사를 드리자 종사관님께서는 차후로도 어려운 일이 있으면 하시라도 찾아오라고 하시면서 책들을 다 익혔다고 생각되면 반드시 돌려달라고 하셨습니다. 쉽게 구할 수 있는 것도 아니고, 자신도 연구해 볼 게 많기 때문이라고 하셨습니다."

나는 부친이 사대부로서의 자질을 충분히 갖추고, 주위 사람들과도 격의 없이 지낸다는 것은 알고 있었지만 생판 모른 천민 젊은이에게 이렇게까지 대해줄 줄은 미처 생각지도 못했던 것이었다.

그러면서 사람이란 이렇게 깨어가는 것이구나 하는 생각이 들기도 했다. 그가 안주 저자에서 늙은 모리배를 주워 패지 않았던들, 그리고 청나라 사행길의 말몰이꾼이 병이 나지 않았던들 그의 운명은 어떻게 되었을지 모른다.

십중팔구 형기를 마치고 출옥한 후 또다시 저잣거리를 쏘다니면서 손톱만 한 이해관계에도 눈을 부라리고, 누가 천한 놈이라고 괄시하거나 하면 싸움판을 벌이며 하루하루를 보내겠지….

사람은 타고 난다기보다는 만들어지는 것이라고 할까. 어떤 일이 계기가 되어 새로운 경험을 하게 되고, 그 경험으로 인해 이제까지 모르고 있었던 것을 깨우치게 되고, 그 깨우침으로 자신을 변화시켜 가는 것… 이러한 과정이 바로 사람의 일생 아닐까. 단지 이러한 깨우침이나 변화의 과정도 아무에게나 주어지는 것은 아닐 것이다. 만약 그가 소심하고, 그저 자신의 한계 안에 머물렀다면 이러한 변화도 일어나지 않았을 것이다.

또다시 밀가루 반죽 생각이 떠올랐다. 밀가루에 물을 부어 주물럭거리면 밀가루 반죽이 된다. 이 반죽은 누군가의 마음 먹은 바에 따라 국수가 될 수도 있고, 빵이 될 수도 있고, 만두가 될 수도 있을 것이다. 그러나 그대로 두면 곰팡이가 슬고 상하여 결국 버리게 되고 만다.

사람은 생명력이 있고, 분별력이 있고, 의지가 있기 때문에 주위의 여건에 맞춰 자신을 변화시킬 수 있다. 밀가루 반죽을 국수로 만들고 만두로 만드는 것은 바로 누군가의 의지지만, 그저 백지상태와 같은 생명체를 어떤 사람으로 만드는데 가장 큰 작용을 하는 것은 바로 주위의 여건과 의지인 것이다.

경험은 분별력을 낳고, 분별력은 의지를 생성한다. 그 과정이 사람이지 재료만 가지고는 사람이라 할 수 없으며, 사람이란 처음부터 빵이나 국수로 태어나는 것도 아니다.

지난 일을 생각하며 감격에 겨워 쉬지 않고 쏟아낸 탓인지 송동용은 목이 컬컬한 모양이었다. 단숨에 동동주 한 사발을 비우고 국밥을 떠먹었다.

"저는 책을 싸 들고 집에 오자마자 밤을 새워가며 책장을 넘겨댔습니다. 참으로 정성을 많이 들여 잘 만든 책이더군요. 저처럼 한자 실력이 부족한 사람도 쉽게 알 수 있도록 무예 동작 하나하나마다 그림을 그려 설명을 하고, 병기의 종류, 병기의 역사, 조선식과 청나라식의 구분 등 별도의 스승 없이도 혼자 충분히 익힐 수 있도록 쓰여진 책이었습니다.

책장을 펼쳐놓고 권법拳法부터 익혀나갔습니다. 권법은 무예의 초보 단계지만 신체를 단련하고 몸을 날렵하게 만드는 무술의 기본이라고 할 수 있습니다. 저는 성질나면 엉겨 붙어 치고 패는 것으로만 알았던 주먹질이 멀리 삼국시대의 택견, 고려시대의 수벽手擘치기라는 역사를 가지고 있다는 것도 알게 되었고, 그 종류도 탐마, 칠성권, 일삼

보 등 수십 가지나 되는 것을 보고 큰 충격을 받았습니다.

권법을 어느 정도 익힌 후로는 대나무를 깎아 창과 활을 만들고, 저 잣거리에서 녹슨 검을 구해 혼자 집 뒷산에서 수련을 계속했습니다.

무술은 참으로 흥미진진한 것이더군요. 저는 만사를 제쳐놓고 정신 없이 빠져들었습니다. 무술을 익히는 동안에는 제 빈궁한 처지나 천출이라는 좌절감도 다 잊을 수 있었습니다. 또한 잡념이 사라지니 마음이 평안해지고, 자신감이 생기며, 머리도 맑아져 제 자신을 돌아보는 여유도 생기게 되더군요. 그러면서 옛사람들이 왜 무술을 무예, 또는 무도武道라고 불렀는지 알 것도 같았습니다. 무술 그 자체가 기예나 다름없는 것이고 또 하나의 도에 이르는 길이라는 뜻이었겠지요."

무술은 기본적으로 고도의 집중력에서 이루어진다고 한다. 이 친구가 만사를 잊게 되었다는 것도 이 집중력에서 비롯되었을 것이다. 온몸의 힘이 집중되어야 하고, 정신이 집중되어야 한다. 고난도의 무술일수록 이 집중력은 더욱 강화될 것이다.

그렇다면 이 집중력의 근원은 무엇인가. 바로 기氣가 아닐까. 팔다리에 갑작스럽게 힘이 생기는 것도, 정신이 투명하여 한 곳에 집중할 수 있게 되는 것도 결국 몸의 기가 모이고 뭉치기 때문에 가능해지는 것이다….

그래서 예전에 무술을 수련하는 무사들이 각종 기예 연마와 함께 내단內丹의 수련에도 공을 들였을 것이다. 호흡법을 위주로 한 내단의 수련은 결국 몸의 기를 원활하게 다루기 위한 방편이었을 것이다. 고도의 무술 경지에 다다르기 위해서는 기를 다스릴 줄 아는 것, 즉 기가 모이고 흩어지는 것을 자유자재로 하지 않고서는 불가능한 것인지도 모른다.

사람의 몸도 결국 정신이 결부되어야만 완전한 경지에 다다를 수 있는데, 그 매개역할을 기가 하고 있는 게 아닌가.

그런데 이전에 어디선가 우리 몸속의 기를 가장 잘 다스리기 위해서는 바로 자연 순환의 법칙과 일치시키는 것이라는 얘기를 읽은 적이 있다. 내공을 연마하는 것도 결국은 기를 원래의 상태대로, 자연 그대로의 상태로 만든다는 것이다.

무술의 단련에도 결정적인 영향을 미치는 기, 그리고 기를 단련하는 것은 바로 자연 순환의 법칙과 일치시키는 것…. 사람, 기, 그리고 자연… 나는 뭔가 혼란스러워져 그 이상은 나아가지 못했다.

송동용의 얘기는 계속되었다.

"활쏘기에도 많은 공을 들였습니다. 원래 우리 민족 무예의 근본은 바로 활쏘기 아니겠습니까. 그래서 대나무를 구부려 활을 만들고, 시누대로 화살을 만들어 열심히 쏘아댔죠. 예전에 누군가가 '참외 씨를 머리털로 꿰어 나뭇가지에 걸어놓고 활쏘기 연습을 해보아라, 참외 씨가 복숭아만큼 크게 보이면 활쏘기에 성공한 것이다'라는 말을 농담처럼 한 적이 있었는데, 그 말을 실감하겠더군요.

그런데 하루는 이런 일이 있었습니다. 아침상에 어머니가 냉수 한 그릇만 달랑 올려 내오시는 것이었습니다. 저는 무심코 웬일이냐고 물었더니 어머니는 아무 말 없이 눈물만 찍어내고 계셨습니다. 저는 그때서야 퍼뜩 제정신이 들었습니다. 제가 집안 사정을 전혀 헤아리지 못했다는 것을….

어머니는 원래 지극히 순종적인 분이었습니다. 남들에게 싫어도 싫다는 내색 한 번 않고, 어릴 때부터 제게도 꾸지람 한 번도 하신 적이 없었습니다. 노비 출신이어서 그런지, 아니면 원래 성격이 그런 건지 는 모르겠습니다. 저에게도 그저 제가하고 싶은 대로 하게 내버려 두었습니다. 그러면서도 제가 남들에게 천대받게 하지 않으려는 심산에서였는지 무엇이든 배우려 하는 데는 열성을 다해 도와주셨습니다.

그런데 어머니도 한계에 다다르셨던 모양입니다. 흉년이 들어 민심도 팍팍해지고, 일을 맡기는 사람도 없어 집안에 먹을 게 동이 나게 된 것입니다.

저는 그 즉시로 무예 연마의 뒷산행을 중지하고 이리저리 궁리하다가 의주義州행을 결심했습니다. 어머니의 슬픔을 달래드리기 위해서라도 돈을 벌어야겠다고 생각했고, 돈을 벌려면 일단 의주로 가야겠다고 생각했기 때문입니다.

의주는 청나라와 연결되는 관문이었습니다. 압록강 변에 위치하여 조선의 사신들이 청나라로 향하고, 청나라 사신이 조선으로 오면서 처음 밟는 조선 땅이었지요. 그래서 사람들도 많고 저잣거리도 활기가 넘치는 그런 곳이었습니다. 돈은 항상 이런 곳에서 돌기 마련이지요.

의주는 또 하나의 이점이 있습니다. 바로 중국어를 배울 수 있다는 것이었습니다. 의주에서 가까운 책문柵門은 청나라와 조선이 물산을 사고 파는데 있어서도 중심적인 지역이었지요. 자연히 청인들을 접할 수 있는 기회가 많아져 그들의 말을 배우기에 수월했습니다. 저는 사신들을 따라 청나라를 다녀오면서 또 하나 분명히 깨닫게 된 것은 조선과 청나라가 서로 문을 활짝 열고 많은 물산을 주고받아야 한다는 것이었습니다.

손바닥만 한 우리 조선이 사는 길은 청나라를 상대하는 길뿐일 것입니다. 좁은 땅에서 뻔한 것들만 가지고 서로 눈 부라리며 뺏어 먹으려고만 할 게 아니라 대국을 상대로 해서 크게 장사판을 벌이는 것입니다. 그러면 돈도 많이 벌 수 있고 우리에게 없는 것들을 많이 들여올 수도 있어, 서민들의 살림살이도 윤택해지고 나라 살림도 부유해질 게 아니겠습니까.

우리는 그럴만한 능력이 있습니다. 왜냐면 우리 인삼이나 한지韓紙 등은 청인들이 환장을 하고 찾는 것이거든요. 또한 소나 돼지가죽, 비단 등도 저들이 군침을 흘려대는 것들입니다. 그런데도 우리는 그저 사신들이 청나라를 왕래할 때 곁다리 붙어서 좀 사고팔거나, 아니면 관의 눈치를 봐가며 그저 애들 소꿉놀이 같은 장사만 하고 있지요.

물론 몰래 자기들끼리만 사고파는 밀수도 있습니다만 이런 식으로만 해서는 조선은 결코 잘 살지 못합니다. '농자천하지대본農者天下之大本'이라 하여 땅을 파서 농사만 짓던 시대는 이미 갔습니다. 장사를 잘만 하면 같은 노력을 들이고도 농사의 열 배, 스무 배 이윤을 올릴 수도 있지요.

우리는 청나라에 없는 것, 그리고 청인들이 못하는 것을 찾아 크게 장사판을 벌어야 합니다. 우리는 그것을 찾을 수 있습니다.

가령 인삼을 예로 들어보더라도, 청나라에서는 우리와 같은 인삼을 생산하지 못하기 때문에 눈에 불을 켜고 우리 인삼을 찾는 것입니다. 우리는 청나라와 토질도 다르고, 비나 바람 등이 다릅니다. 또한 사람의 손질도 뭔가 많이 다르기 때문에 좋은 인삼이 생산되는 것입니다. 마찬가지로 황기, 당귀, 감초 등의 약재도 이런 식으로 우리 땅에서 정성을 기울여 재배한다면 청인들이 좋아해 찾게 되고, 많은 돈을 받고 팔 수 있지 않겠습니까.

저는 이런 시대가 곧 와야 하고, 또 올 것이라 생각합니다. 제가 비록 말고삐를 잡고 잠시 둘러본 청나라였지만 우리와는 훨씬 다른 세상이 있다는 것을 분명히 느낄 수 있었습니다."

송동용은 또다시 목이 컬컬한 탓인지 단숨에 동동주 한 사발을 비우고 국밥을 서너 차례나 떠먹었다.

마포나루는 어둠에 잠겼고, 파장 탓인지 주막에는 사람들로 북적거렸다. 간간이 취기 어린 고함소리들도 터져 나왔다. 바람결도 한결 서늘해지고 있었다.

송동용이라는 인물, 이른바 서얼 출신에 이십 대 중반의 사내에게서 이런 얘기를 들을 줄은 천만뜻밖이었다.

뭐, 새삼스러운 얘기라고 할 수는 없었다. 바로 전 세대의 초정이나 연암도 청나라 사행 대열에 동참했다 들어와서 자신들의 저서에서 비슷한 얘기들을 늘어놓았기 때문이다. 그러나 이 자리에서 처음 만난, 그것도 부친에게서 일종의 호위무사 격으로 소개받은 사내에게서 이런 얘기들을 듣게 될 줄은 정말 생각지도 못했던 일이었다.

지금 장안에서 그 또래들은 어떻게 지내고 있는가.

아직도 대부분의 유생들은 멸망한 지 200년이 다 되어가는 명나라의 그늘에서 헤어나지 못하고 있다. 명나라만이 진정한 국가이며, 명나라의 주자학만이 최고의 학문이며, 명나라의 한족漢族만이 제대로 된 종족으로 알고 있는 것이다.

청나라를 세운 여진족들은 들판에서 사냥이나 하면서 먹고 살았던

야만인들이며, 그들에게는 학문이라 할 것도 없었기 때문에 청나라는 나라도 아니며, 비록 힘에 눌려 어쩔 수 없이 따르고는 있지만 그들은 예전처럼 떠받들 중화의 나라도 아니요, 황제라는 인물도 숭배할 것도 뭐도 없는 그저 야만족의 추장 같은 인물일 뿐이다….

그러면서 젊은이들은 각종 경서나 싸 들고 향교나 서당 등을 기웃거리며 과거 급제만을 최고의 가치로 여기고 있다. 노심초사 끝에 급제라도 하면 그나마 다행이지만, 그렇지 못한 사람들은 유생이니 양반이니 하면서 빈둥거리며 놀고먹기 일쑤다. 그야말로 찬물 먹고 이 쑤시고, 집에 쌀이 떨어져도 땀 흘리는 일은 천한 것들이나 하는 것이라며 외면하며 헛기침이나 해대는 것이다.

그러나 명나라가 그렇게 위대한 국가였다면 왜 불과 250여 년밖에 지탱하지 못했는가. 그리고 명나라 몰락의 원인은 내부 부패와 타락상에 따른 분열이었다. 청나라의 성공은 그 틈을 비집고 이루어진 것이다. 사실 청나라는 명의 많은 주변 민족 중 한 종족국가에 불과했고, 군사력도 또한 비교가 되지 않았다.

청나라의 강희제康熙帝, 옹정제雍正帝, 건륭제乾隆帝 시대는 중국 역사를 통틀어서도 빠지지 않을 만큼 뛰어난 통치의 시대로 꼽힌다. 나라도 안정되고 백성들의 살림살이도 풍족해져 그 어느 시대보다 번성을 구가하던 시절이었다.

이러니 한족이 지배하고 주자학을 숭상하던 명나라가 청나라보다 낫다고 할 게 뭐가 있겠는가. 야만족이라 하는 것은 그들의 삶의 터전과 생활 방식에서 생겨난 것이지 종족 자체가 열등하다거나 잔인해서 붙여진 게 아닌 것이다. 비록 척박한 땅과 황량한 자연에서 자라고 생활했지만 그들은 만주를 중심으로 큰 세력을 형성하고 결국 거대한 중화대륙을 차지했다. 그 중화대륙은 예로부터 이어져 온 정연한 통치체제와 뛰어난 학문 체제를 갖춘 국가였다.

그 이유는 어디에 있었을까. 그 해답은 바로 현실 중시에 있지 않았을까. 척박한 여건을 극복하려고 노력하고, 개인보다는 단합된 힘을 깨우치게 되고, 보다 풍요롭고 안락한 삶을 끊임없이 추구하는 과정에서 커다란 세력을 형성하게 되어 결국 중화대륙을 차지하지 않았을까.

보다 중요한 것은 바로 현실이다. 옛 성현의 말씀을 허공에 걸어놓고 거기에 맞추려고 할 게 아니라, 바로 주위를 유심히 둘러보고 거기에 맞추면서 성현의 말씀들은 간간이 쳐다보면 되는 것이다.

모는 사물은 발전하는 속성을 갖고 있다. 꽃은 더 예쁘게 되려 하고, 열매는 더 크게 열리려고 하며, 맹수는 더 사나워지려고 한다. 그래야만 오래 살아남을 수 있는 까닭이다.

그런데 그 준거는 바로 주위 상황이다. 그 사물이 처한 현실에서 주위의 같은 부류들과 경쟁해가며 발전하는 것이다.

사람의 세상살이도 마찬가지가 아니겠는가. 개인이고 나라고 바로 주위 사람들과 주변 국가들을 바라보며 발전하는 것이다. 주위의 실정을 파악하고 그들과 경쟁해가며 차별화를 기하는 데서 결과적으로 큰 성과도 이룰 수 있는 것이지, 갑작스럽게 영웅이 출현하거나 하루아침에 태평성대를 이루는 나라를 탄생시키는 것은 아닐 것이다.

따라서 만고불변의 진리란 결코 있지 않은 것이다. 불교나 도교의 진리가 과연 유교보다도 못하다고 단언할 수 있겠는가. 그 종교들도 얼마나 많은 시간 동안 얼마나 많은 지역에서 사람의 정신세계를 지배해 왔었는가. 그러나 결과적으로 그 폐해 또한 얼마나 심했는가.

구태여 진리를 정의한다면 만물은 끊임없이 변화한다는 것이다. 사람도 변하고, 주위 여건도 변하고, 도덕도 변하고, 법이나 이치도 변한다. 당연히 정치나 국가도 변할 수밖에 없다.

때문에 세상살이의 가장 큰 준거는 바로 처해진 현실 그 자체에서 찾아야 한다. 현실이 가장 직접적이고 보편적이기 때문이다. 무엇보다도 상식적이다. 마치 자연 그 자체와 같이….

송동용의 얘기들을 들으면서 끊임없이 이어지던 내 상념은 그의 기침 소리와 함께 깨어졌다.

"저는 조선과 청국이 자연스럽게 물자를 사고파는 세상이 곧 오리라는 것을 짐작할 수 있었습니다. 사람은 많아지고 먹고 사는 문제도 나아져 자연히 좋은 것을 가지려 하고, 새로운 것에 눈독을 들이게 되기 마련이기 때문입니다. 그래서 중국어를 배워야겠다고 생각한 것입니다. 그렇지만 제가 양반 자제나 있는 집 도련님들처럼 서당을 찾아 훈장님에게 배울 수는 없고, 길바닥에서 부딪치며 배워야 하는데 그러기 위해서는 의주가 가장 적합한 장소였습니다. 어차피 저 같은 처지에서 조선에서 살아남으려면 뭔가 별다른 것을 갖춰야 하는 수밖에 없을 것입니다. 저는 그 방편으로 무예와 중국어를 택한 것입니다.

의주에서의 장사는 뭐니 뭐니 해도 인삼 장사가 최고지요. 거래되는 양도 많고 이윤도 많이 남기 때문에 장사하는 사람들은 누구나 인삼에 눈독을 들이기 마련입니다.

원래 인삼은 사신들이 청국으로 향할 때 상인들이 곁다리로 따라붙어 북경에서 청상淸商들에게 넘기는 것이었습니다. 즉 사신들이 타는 말 외에 여러 짐말들을 덧붙여 거기에 인삼이며 종이, 금, 은 등을 싣고 가 청국 상인들에게 파는 장사 방식의 하나로 인삼이 거래되었던 것입니다.

그러나 사신이란 중요한 일이 있을 때나 오가는 것이어서 어쩌다 한 번씩 있는 일이고, 말 잔등 위에 복물卜物을 싣는 것도 한도가 있는 것이어서 자연히 수량이 미미할 수밖에 없었습니다. 이처럼 관에서 주도하는 무역을 개시開市라 했습니다.

그러나 사람들이 많아지고, 먹고살만해진 데다, 돈이 많이 돌게 되자 이런 방식으로는 청국 사람들이 찾는 물품들을 대지 못하게 되어 밀무역이 생기게 되었습니다. 흔히 이 밀무역을 후시後市라 했지요.

후시는 의주에서 100리 정도 떨어신 청국의 책문이라는 곳에서 이루어졌는데, 의주 상인들이 말에 짐을 싣고 기다리고 있다가 사신이 지나갈 때 뒤에 따라붙어 책문까지 갔습니다.

또 사신이 청국에서 일을 마치고 올 때면 그들이 가지고 온 복물을 운반하기 위해 말들을 책문까지 보냈는데, 이때도 그 말들 뒤에 따라붙어 책문까지 갔습니다. 책문에는 미리 소식을 알고 돈을 많이 가진 청국 상인들이 나와 있어서 의주 상인들이 싣고 온 물품들을 넘겨받았습니다.

비록 밀무역이라 했지만 사신 일행과 관원들도 다 알고 있었고, 그저 모르는 척 눈 감아 주고 있었지요. 사신이 행차할 때마다 있어 온 일이었고, 그 나리들에게도 이문利文 중 일부가 받쳐졌으니까요. 그런데 이 후시가 날로 커지고 책문에 청국과 의주 상인들이 북적거리게 되자 나라에서도 골치가 아팠던 모양입니다.

그래서 여러모로 궁리 끝에 아예 전면적으로 책문에서 물산을 거래하게 해주고 관에서 장사를 감독하게 했다고 합니다. 물론 거기서 세금을 거두어 나라 살림에 보태려는 생각도 있었겠지요.”

송동용은 목이 컬컬한 모양이었지만 이번에는 술 대신 물을 벌컥벌컥 마셔댔다.

“저는 돈을 벌기 위해 의주와 책문을 왕래하면서 참으로 이해하기 힘든 일이 있더군요. 그것은 왜 조선에서 그처럼 청국과 장사를 못 하게 했는가 하는 것이었습니다.

정말 청국에 가보면 없는 게 없어요. 언제든 무엇과도 맞바꿀 수 있는 은銀이나 돈도 우리와는 비교도 안 됩니다. 우리에게 충분히 있는 것들을 가져다가 우리가 꼭 필요한 것들과 맞바꾸면 서로 간에 얼마나 이득이겠습니까.

물자를 옮기는 것도 말 수십 마리보다 큰 배 한 척이 훨씬 낫습니다. 개성에서 배를 띄우면 의주나 책문도 갈 수 있고, 시일이 좀 많이 걸리면 연경 부근의 천진天津이라는 항구까지도 갈 수 있습니다.

연경까지 물자를 가지고 가면 중간 장사치들을 거치지 않기 때문에 책문에서보다 훨씬 많은 이윤을 남길 수도 있습니다. 그래서 배 몇 척만 활용하면 일 년 내내 책문에서 오가는 것보다도 훨씬 나을 수 있을 것입니다. 나라에서는 왜 이런 생각들을 못 하는 걸까요? 제가 잘못 생각한 것일까요?”

“그 말이 맞는 말입니다. 그러나 나라의 정책은 반드시 이윤이 많다, 적다, 실용적이다 아니다만 가지고 결정되는 것은 아닙니다. 왕실과 그를 떠받드는 조정의 방침이 가장 중요합니다.

예전의 명나라와 지금의 청나라 모두 바다를 매우 싫어했습니다. 바다는 배를 통해 많은 물산이 거래될 수 있어서 재부財富가 쌓일 수 있는 곳입니다. 그래서 부가 커지게 되면 그를 바탕으로 세력을 형성할 수 있게 되어 조정에 반란을 일으킬 우려가 있습니다. 특히 바다는 조정과 멀리 떨어진 데다가, 외국 사람들의 출입이 잦은 곳이어서 조정의 통제력도 잘 미치지 않고, 사람들의 식견도 달라 반란세력이 형성될 가능성이 큰 지역입니다.

여기에 해적이니, 왜구니 하여 바다를 이용한 무뢰배들이 해안가의 양민들에게 수시로 피해를 입히자 명나라와 청나라는 해금정책海禁政策이라는 것을 시행하게 됩니다. 바다에 외국 배 출입을 금지시키고, 어떤 곳은 어촌 사람들을 내륙으로 이주시켜 아예 사람이 살지 않는 마을로 만들어 버리기도 했습니다.

조선도 주로 상대하던 명나라와 청나라가 이런 정책을 취하니 자연히 그에 따를 수밖에 없었지요. 고려 시대까지만 해도 예성강을 중심으로 황해에 북적거리던 배들은 이렇게 모두 사라지게 된 겁니다. 대국이나 우리에게 바다는 잊혀졌고 그저 힘들고 시간이 걸리더라도 육지를 통해 왕래할 줄만 알게 된 겁니다."

"그랬군요. 나라 조정과 높으신 양반들의 뜻을 저 같은 사람들이 어떻게 알겠습니까. 제가 보기에도 뭔가 답답하고 이해되지 않아 해본 말일 뿐입니다. 아무튼 저는 의주와 책문 사이를 부지런히 오가며 짐을 날라주기도 하고 흥정에 개입하기도 하면서 점차 일을 익혀나갔지요. 그러면서 중국어도 열심히 익혔습니다. 원래 사행을 따라 연경에 다녀오면서 일상생활에 쓰이는 기본적인 중국어는 익힌 데다가, 제가 이를 악물고 배우려고 하니 빠른 발전이 있더군요.

어느 정도 돈이 모이기 시작하자 저는 홍정에 뛰어들었습니다. 흔히 거간꾼이라 하지요. 송상松商은 개성상인을 말하고, 의주 상인은 만상灣商이라 하는데, 송상들은 만상들과만 거래하지 책문까지 가서 청상들과 직접 거래하지는 않습니다.

그래서 의주에서의 거간꾼은 두 가지 역할을 합니다. 송상과 만상의 홍정을 붙이는 일과, 만상과 청상들의 홍정을 붙이는 일이지요. 저는 특히 책문에서 청상들과의 홍정에서 수완을 발휘했습니다. 중국어가 어느 정도 되는 데다가, 연경을 다녀오면서 청국 사람들의 습성을 눈여겨 봐둔 덕이지요. 그들을 상대하는데 그들의 생활 방식을 알고 모르고는 큰 차이가 있습니다.

그러다 한번은 책문에서 돌아오는 길에 비적匪賊 떼를 만났습니다. 만상들이 거래를 마치고 돌아오는 때는 항상 돈이며 보석 등 값진 것들을 가지고 있다는 것이 알려져 간간이 비적들이 달려든다고 합니다. 그래서 만상들도 힘 좀 쓰는 장정들을 대동하는데, 그때 만난 비적들은 숫자도 많았고 인상들도 험악해 웬만한 일에 꿈쩍도 하지 않는 만상들도 겁을 먹기에 충분했습니다.

그들은 창과 칼, 몽둥이 등을 들이대며 가진 것들을 모두 내놓으라 윽박질렀고, 만상들이 협상을 벌이려 하자 안 된다며 막무가내로 다 내놓으라는 것이었습니다. 만상들이 그렇게는 할 수 없다고 버티면서 결국 장정들과 비적 떼들 간에 싸움판이 벌어졌습니다. 저도 허리춤에 장검을 차고 있었기에 싸움판에 뛰어들었습니다만 저는 기마술을 익히지 않았기에 말을 타고 싸울 수는 없었습니다.

그래서 한 장정과 창과 칼을 맞바꾸기 하여 열심히 싸웠습니다. 이 때 제가 안주의 집 뒷산에 대나무로 창을 만들어 무예도보통지를 보며 익혔던 창술들이 상당한 도움이 되었습니다. 실제로 무예 24기 중에는 장창술長槍術과 죽창술竹槍術이 있습니다. 그러나 우리가 수적으로 열세인 데다 마상무술馬上武術, 즉 말 위의 싸움에 익숙지 않아 장정들이 점차 밀릴 수밖에 없었습니다. 자칫하면 실컷 번 돈이고 목숨이고 다 내놔야 할 판이었습니다. 저는 안 되겠다 생각하고 양쪽 무리들이 기마전에 열중하고 있는 틈을 타 한쪽으로 비켜서서 우두머리로 보이는 자를 노렸습니다. 그러다 그가 한 장정과 칼질에 열중해 있는 동안 옆쪽에서 머리를 향해 창을 날렸습니다. 운 좋게도 창은 곧바로 그의 턱을 관통하여 말에서 떨어져 피를 쏟아대자 도적들도 주춤하는 기색이었습니다. 때를 놓치지 않고 장정들이 함성을 지르며 달려들자 그들은 차츰 밀리다가 이내 자기들 우두머리를 끌어올려 말에 태우고 도망쳐 버렸습니다.

의주로 돌아온 뒤 제 소문은 삽시간에 퍼졌습니다. 그러나 저도 여기저기 상처를 입어 운신도 못 하고 집에서 쉬고 있었는데, 한 번은 어떤 노인의 방문을 받았습니다. 길거리에서 내 소문을 들었다며, 몸이 완쾌되는 대로 자기를 한번 찾아오라는 것이었습니다. 왜 그러시냐 했더니 자기가 젊었을 때 야뇌 백동수에게 가르침을 받아 무예를 좀 하는데, 소문에 듣기에 용감한 사내로 보여 자신의 무예를 전수해 주고 싶다는 것이었습니다. 저는 바로 뛰쳐 일어나 노인에게 넙죽 절을 올렸습니다. 며칠 내로 반드시 찾아뵙고 가르침을 받겠다며…

야뇌野餒 백동수!

조선 젊은이들에게 이 얼마나 가슴 뛰는 이름입니까. 당대 창검의 제1인자, 다시 못 볼 호쾌한 남아, 무武로서 문文을 이룬 진정한 무사…. 종사관님께 무예도보통지 책을 받아들었을 때 표지에 백동수라는 이름이 있는 것만 보고서도 저는 그날 밤 흥분되어 잠을 이루지 못했습니다. 제가 같은 세월을 함께 하지 못한 게 가장 아쉽고, 가장 닮고 싶은 사람이 바로 야뇌 어른이었기 때문입니다.

무예의 길

송동용은 노인의 거처가 의주에서 동쪽으로 10리 남짓 되는 압록강 변의 한 허름한 초막이었다고 했다. 거기서 노인은 말 한 마리, 개 한 마리와 함께 혼자 살고 있었으며, 아무것도 묻지 말고 자신을 그저 추풍秋風이라고만 불러 달라고 했다는 것이다.

"왜 그런 호를 갖게 되었는지는 모르겠지만 자세히 보면 어쩐지 쓸쓸한 구석도 있고, 한편으로는 서릿발 같은 냉기도 보여 추풍이라는 이름이 잘 어울리는 사람 같아 보였습니다.

추풍 선생은 야뇌 어른이 훈련원 주부主簿로 있을 때 병사로 있었다고 합니다. 즉 개인적으로 무예를 전수받기도 하다가, 야뇌 어른을 따라 훈련원에 들어가서 다른 병사들과 함께 무예와 병서兵書 강습을 받았다고 합니다. 선생은 야뇌 어른의 열성적인 모습과, 건장하고 힘이 넘치는 신체가 만들어내는 무예의 남성적인 미에 흠뻑 빠져들어 평생 무예의 길을 걷겠다고 다짐했다 합니다. 아마도 어른의 호탕한 성격과 문사적인 기질도 한몫했겠지요.

그 후 선생은 훈련원에서 봉사奉事직까지 올랐으나, 갑작스러운 정조 임금의 승하와, 벽파辟派들의 세도정치, 신유辛酉년의 천주교도들의 대량살상, 야뇌 어른의 독직 혐의 유배 등을 겪으면서 관가의 삶에 회의를 느껴 접기로 하고 평소 꿈꾸던 대로 압록강 가로 내려왔다 합니다. 선생은 이같은 관직 이야기뿐, 고향이 어디인지, 가족은 어디에 사는지, 집안 내력은 어떻게 되는지에 대해 일체 말씀이 없으셨고, 저도 선생께서 얘기하시기 전에는 묻는 게 도리가 아닐 것 같았습니다."

"그래, 무예는 어떻게 배웠소?"

"무예란 본질적으로 기로 시작해서 기로 끝나는 활동이라 할 수 있지요. 사람이 기를 모으면 수십 배에서 수백 배까지 힘도 발휘할 수 있다는 것을 알았습니다. 또한 전설적 검객 김광택처럼 재灰를 깔고 그 위에서 무예 시연試演을 해도 재 위에 별다른 흔적이 남지 않았다거나, 짚신 하나로 금강산을 다녀왔다는 어느 도인과 같은 얘기도 빈말이 아니라는 것을 알았습니다.

그런데 무예에 열중하다 보면 이러한 기가 몸속에서 피어오르고 약동하는 것을 느끼게 됩니다. 또한 자신이 그저 세상에 내던져진 생명체가 아니라 뭔가 이유가 있고, 해야 할 일이 있고, 경우에 따라 뭔가 도모할 수도 있다는 깨우침을 준다는 것입니다. 이러한 깨우침과 중국어 실력은 평민으로 태어났더라면 모르고 지냈을 수도 있습니다. 그래서 저는 서얼로 태어난 것을 고맙게 여기기도 했습니다.

자신의 실체를 깨닫게 되고, 자신의 쓸모를 알아가게 되면서 제 주변에 대해서도 점차 깨우치게 되더군요. 양반이나 서얼 같은 신분이라는 것, 관에서 이렇게 저렇게 해야 된다는 규율이나 법도라는 것도 결국은 사람이 만든 것이라는 사실입니다. 원래부터 그렇게 되어있었던 게 아니고 사람이 만들고, 그것으로 사람을 묶게 한다는 것입니다. 따라서 고정불변하는 것도 아니고 중요한 것도 아니었습니다.

자신에게서 기가 어느 정도 차게 되면 외부 사물에 대해서도 기를 느끼게 됩니다. 집에서 기르는 개, 뜰 앞에 피어있는 한 송이 꽃, 봄에 두터운 나무껍질을 뚫고 솟아나는 새순에서도 맥맥이 흐르는 기를 느낄 수 있습니다. 때문에 하나하나가 다 소중한 생명입니다. 저는 아직 젊고 초보적인 수준이어서 이 정도에 그쳤겠지만 나이 들고 수련을 많이 한 사람들은 훨씬 더 많이 느끼고 깨우치게 되겠지요. 즉 생명이 있는 것뿐만 아니라 없는 것에서도, 가령 물이나 바위, 빛, 비, 바람 같은 것에서도 기를 느낄 수 있으리라는 것을 말입니다."

송동용의 얘기들은 점입가경이었다. 이 친구에게서 이런 얘기까지 듣게 될 줄은 천만뜻밖이었던 것이다. 이런 현상을 뭐라 설명해야 하나. 머릿속이 안개가 풀어진 것처럼 몽롱하기만 했다. 문득 언젠가 근사록(近思錄; 중국의 주자가 여동래와 함께 엮은 책) 도물일체道物一體)편의 구절이 떠올랐다.

道之外無物, 物之外無道
도를 떠난 사물이란 없고, 사물을 떠난 도란 없는 것이다.

무예의 궁극도 결국은 도였던가. 기를 깨닫고, 자신을 깨닫고, 사물을 깨닫고, 자연을 깨닫고, 도를 깨닫는다…

그러나 이러한 깨달음은 원래부터 갖춰진 게 아니고, 단순한 싸움질에서 얻어지는 것도 아니다. 계속되는 수련의 과정에서 조금씩 알아가게 될 것이다. 즉 경험의 축적에서 깨우쳐가는 것이다.

"선생은 무예는 권법과 곤봉棍棒부터 시작해야 한다고 하셨습니다. 두 기술은 단단한 몸과 날렵한 동작을 갖추는데 반드시 거쳐야 할 과정이라는 것이었습니다. 그러나 저는 무예도보통지를 통해 기본은 익혔고 원래 싸움박질에는 이력이 좀 있어서 귓전에 흘려듣고 말았습니다. 그러자 대련을 한번 해보자고 해서 별생각 없이 선생과 한번 맞붙었다가 아주 혼이 나고 말았습니다. 저잣거리에서 주먹 좀 날렸다는 제가 마치 아이가 어른에게 얻어맞듯 된통 두들겨 맞고 말았습니다.

뭔가 큰 깨달음을 얻은 저는 그동안 책을 보며 혼자 수련했던 것들을 버리고 처음부터 다시 하기로 마음먹고, 몸풀기와 참공(站功: 내공 수련), 수기手技, 행보行步, 단권單券 등 권법의 기본기부터 익혀나갔습니다.

중국 명나라 때 무비지武備志를 간행한 모원의茅元儀는 점찍고 획 긋는 법을 안 연후에 팔법(八法: 서예 기법)을 가르치고, 말안장에 의지할 줄 아는 이후에 말 달리는 것을 가르쳤다 하듯이 권법도 이와 같다고 했다더군요. 저는 이 말을 가슴 깊이 새기고 수련에 몰두하였습니다. 어느 정도 기본기가 갖춰진 후로는 연鍊의 단계로 접어들었습니다.

무예도보통지 권법 부분에는 '권법에는 타법打法, 혈법穴法, 금법禁法 등이 있으나 그 요결은 연에 있다, 라고 했습니다.

연이란 하나의 권법에 숙련된 것을 말합니다. 이것저것 조금씩 하기보다는 한 가지 기법을 택하여 통달할 때까지 수련하는 게 좋다는 것입니다. 한 방향을 뚫고 나오면 결국 다 통하게 되고, 실전에서는 손발이 스스로 알아서 하게 되기 때문일 것입니다.

권법의 수련을 통해 힘과 자신감을 얻게 된 저는 곤봉을 잡기 시작했습니다. 곤봉이란 길이 7자 정도의 목봉木棒을 기준으로 공격과 방어를 하는 무술인데, 흔히 모든 무예의 기본이라 합니다. 무기 사용법이나 수족의 자세가 모두 곤봉술에서 비롯되었다고 하지요. 곤봉술은 중국의 소림파少林派가 가장 뛰어나 대부분은 그 기법을 따르고 있습니다.

곤봉술을 완전히 통달한 후로는 순조롭게 검술, 창술, 궁술弓術, 마상무예 등을 익힐 수 있었습니다. 추풍 선생이 원래 정통 무예인 출신이 아니고 훈련도감의 연무장鍊武場 출신이어서 무예 24기를 고루 가르치셨습니다. 제게는 그게 오히려 큰 도움이 되었지요."

"빠르게 익히셨군. 하기야 원래 바탕이 되어있었으니 수월했겠지. 그런데 안주에서 먹고 살기 힘들어 의주로 왔다면서 생활은 어떻게 해결하고 무예에 전념할 수 있었소?"

"하루 종일 무예만 한 것은 아니었습니다. 처음에는 거간꾼 일을 하면서 틈틈이 선생을 찾았습니다. 다행히도 선생은 늘 집에 계셔서 하시라도 제가 찾아가면 맞아 주셨습니다. 그런데 의주는 안주와는 달라도 크게 다른 데였습니다.

사람들이 북적거리고, 물자도 풍성하고, 돈도 많이 도는 곳이었습니다. 그러다 보니 자연 일거리도 많아 어머니는 팔을 걷어붙이고 삯바느질이며 숙수(熟手: 잔치 때 음식 만들어 주는 사람) 등의 일로 돈을 벌었습니다.

당시는 제가 거간꾼 일을 하면서 돈을 좀 만지게 되어 관가에 납속納贖하고 모친의 노비 문서를 없앤 후였습니다. 때문에 모친은 돈이 될만한 일이면 가리지 않고 달려들었습니다. 그러면서 제가 무예에만 전념할 수 있게 해주신 것입니다.

해가 있을 때 꼴을 베라 했다고 뭘 배우는 것도 때가 있기 마련이라며, 배울 때 몰아붙여 배워야 한다는 것이었습니다. 아무튼 모친은 제가 뭘 배우려 하는 데는 굉장히 열심이셨습니다. 제가 많이 배워 어떻게든 공을 세우면 관가에도 나갈 수 있고, 큰일도 할 수 있다며….”

송동용은 말을 멈추고 잠시 훌쩍거렸다. 나도 일순 목이 딱딱해지는 것을 느꼈다. 확실히 사람을 만드는 것은 집념과 노력이지 신분이나 타고 난 게 아닌 것이다. 비단 초정과 야뇌 같은 뛰어난 인재들이 아니더라도 바로 앞에 있는 이 사내와 그의 모친이 그걸 보여주고 있지 않은가.

“그래서 소싯적에 한문 공부도 열심히 시켰군.”

“그랬겠지요. 그때 좀 익힌 한문이 제 무예 수련에도 상당한 도움이 되었습니다. 무엇보다도 제 스스로 검보劍譜를 볼 수 있었을 뿐만 아니라 다른 관련 책들도 살펴볼 수 있어 빠르게 진척시킬 수 있었습니다.”

송동용은 다시금 목이 컬컬한지 막걸리를 들이키고는 김치를 젓가락 가득 집어 입속으로 욱여넣었다. 잠시 뜸을 들였다가 그의 얘기는 이어졌다.

“저는 무예를 중국어와 함께 살아가는 한 방편으로 생각하고 선택했습니다. 어쩔 수 없이 저같은 신분을 타고 난 사람들은 남들보다 뛰어난 것 한두 가지 정도는 갖추어야 험한 세상에서 사람 구실을 할 수 있을 거란 심정에서였습니다.

물론 제가 남들보다 힘을 좀 갖추고 있고 싸움에 소질이 있다는 것도 무예를 택하게 된 한 원인이 되었겠지요. 그런데 이렇게 선택한 무예가 제게 또 다른 세상을 알게 해주더군요. 뭐 관가로 나간다거나 신분이 달라지는 세상이 아니라, 사물을 새롭게 보게 해주고 제 자신을 깨우치게 해준다는 것이었습니다.

이전까지 저는 별로 쓸모없는 생명으로만 알고 있었습니다. 뜻 없이 세상에 와서 그저 괄시나 받으며 세월 보내다가 때 되면 사라지는 짐승과 같은… 그런데 무예에 빠져들면서 이러한 생각들이 크게 잘못된 것이며, 세상이 과연 무엇이고 또한 내 자신이 누구인가 하고 자신을 돌아볼 수 있게 된 것입니다."

나는 내심 감탄해 마지않았다. 이 친구에게서 이런 얘기를 듣게 되다니. 자신이 그동안 생각해 오던 것, 그리고 고민하며 연구하던 것과 유사한 맥락이 아닌가. 물론 그가 발견하고 느낀 것은 일시적이고 피상적인 것일 수 있다. 그러나 자신이 그동안 많은 책을 섭렵하고 많은 생각을 쏟아부은 끝에 얻은 종지宗旨와 맥이 닿아 있는 것이다.

일찍이 노자老子는 '去去去中知 行行行裏覺'이라 했다. 가고, 가고, 가다 보면 알게 되고, 행하고, 행하고, 행하다 보면 깨닫게 된다는 것이다. 무엇을 알게 되고 무엇을 깨닫게 되는가. 바로 이理이며 도道일 것이다.

세상살이 어느 분야에나 도는 있다. 그래서 道之外無物이라 하지 않았는가. 단지 그것을 깨우치고 못 깨우치고는 사람들마다 다를 것이다. 왜냐면 계속 정진하여 심원한 경지에 이른 사람만 있게 될 것이기 때문이다.

그리고 이나 도의 궁극은 서로 상통할 것이다. 그 궁극들은 바로 자연의 섭리에 닿아 있을 것이기 때문이다. 어차피 모든 생명의 원천은 자연이며, 종말도 자연이기 때문에, 모든 이치들은 비슷한 모습을 띨 수밖에 없는 것이다.

내 상념은 그의 얘기에 의해 깨어졌다.

"저는 3년 만에 무예 수련을 마쳤습니다. 마쳤다는 게 무예 달인이 되었다는 뜻이 아니라 선생께서 그만하라고 하신 것입니다. 제가 이유를 물었더니 내게 더 배울 것도 없지만 지금의 무예는 심신 수련과 자신을 지킬 수 있는 정도면 족하다는 것이었습니다. 도검봉창刀劍棒槍이 평상시에는 물론 전쟁에서도 쓸모없는 시대가 다가오고 있다며, 차후의 세상에서 모든 무기는 화약에 의거해서 만들어질 거라고 하셨습니다.

그분은 관가에 오래 계셨던 분이라 옳은 말씀이라고 여기고 하직 인사를 드렸습니다. 다만 제게 신체적으로는 물론 정신적으로도 큰 깨달음을 안겨준 무예 수련은 혼자서도 계속하겠다는 약속을 드렸습니다. 그리고 사람 사는 곳에 뛰어들겠다고 했습니다.

선생님과 작별한 제가 먼저 할 일은 종사관님께 무예도보통지 책을 돌려드리는 일이었습니다. 그때 종사관님은 임기를 마치고 안주를 떠나 한양으로 가신 후여서, 집안의 일들을 대충 수습하고 행장을 꾸려 한양으로 향했지요.

초행길이었지만 미리 적어둔 주소로 물어물어 종사관님 댁을 찾았습니다. 퇴청하실 때를 맞춰 대문 앞에서 기다리고 있었는데, 저를 보신 종사관님은 퍽 반가워하시더군요. 저는 그 자리에서 책을 돌려드리러 왔다며 넙죽 큰절을 드리자, 도리어 당황하시며 길가에서 왜 이러느냐고 일으켜 세워 안으로 끌고 가셨습니다.

저는 먼저 제게 커다란 전기를 마련해주신 종사관님에 거듭 감사의 말씀을 드리고, 그동안의 무예 수련 과정, 추풍 선생을 만나게 된일, 수련 중에 제가 느끼고 깨우치게 된 일 등에 대해 소상하게 말씀드렸습니다.

그리고 미천한 제게 사람 노릇을 할 수 있게 기회를 만들어 주시고 깨달음을 주신 것에 대해 다시 한번 감사의 말씀을 드렸더니 의주에는 언제 내려가느냐고 물으시더군요. 그래서 온 김에 한양 풍물을 좀 둘러보고 이삼일 후에나 내려갈 생각이라고 했더니, 며칠 동안 집안 사랑채에 묵으라 하시면서 아드님을 만나보라고 하시더군요. 지금 집에 있지 않고 공부한다고 안산 쪽에 가 있다면서 따로 기별을 넣을 테니 꼭 만나보라는 것이었습니다.

그래서 한 이틀 동안 도성 여기저기를 둘러본 후 이곳 마포나루에 사흘째 나와 있었습니다. 우람한 궁성도 좋고 번듯한 기와집도 좋지만, 저는 시장바닥에서 자라서 그런지 이런 곳이 제게 맞습니다. 북적거리고, 냄새나고, 뭔가 휙휙 돌아가고… 그야말로 사람이 사는 것 같고, 괜히 배도 부르고 부자가 된 것 같은 기분이 들기 때문이지요."

송동용은 만족스러운 듯한 표정을 지으며 자신의 얘기를 마쳤다.

자신과는 생판 다른 모습으로 살아온 그. 자신이 그저 책과 학문에 빠져 지내던 사이에 그는 몸으로 부딪치고 싸움과 무예를 익혔다. 그러나 얘기를 나눠본 결과는 어땠는가. 공감이 되는 부분도 적지 않았고, 내 자신도 미처 몰랐던 부분도 많이 있었다.

아마도 좀 더 길게 알고 지내면 그의 또 다른 모습들이 색다른 깨우침을 줄지도 모른다. 마치 시장바닥에서 느끼는 것처럼 생동감 있고, 사람 냄새나고, 원초적인 모습들이….

무엇보다 그는 세파에 그럭저럭 몸을 맡기는 흔해빠진 사내가 아니었다. 생각하고 느낄 줄 알고, 자신의 처지를 극복하려는 의지가 있는 사내였다. 앞을 바라보고 나아가려는 진취적인 정신의 소유자였다.

그는 초정이나 야뇌처럼 뛰어난 지성이나 체질을 보유한 사람은 아니었지만, 적어도 자신의 삶을 그저 녹록하게 다룰 사내는 아니었다. 그리고 피치 못해 밑바닥 삶을 살고 있기는 하지만, 그래도 세상을 바르게 보려 하고 일정한 범위에서 자신의 역할을 찾으려 하는 것이다.

이 정도면 자신의 중국행에 동참하는 데 적합하다고 할 수 있지 않을까. 웬만한 의사소통에는 지장이 없다는 중국어 구사력이나 남다른 무예를 빼놓고서라도 말이다. 거기에 자신의 신분에 대한 의식도 확고하고, 부친 광현에 대한 의리 등으로 볼 때도 험난한 여정에서 자신에게 함부로 대하거나 내팽개칠 위인은 아닐 것 같았다.

그는 아마도 내게 적합한 정도가 아니라 놓쳐서는 안 될 아까운 인물일지도 모른다. 내가 아닌 설사 부친이라 할지라도 이만한 조건을 갖춘 사내를 찾기도 결코 쉽지는 않을 것이다.

나는 마침내 결정을 내렸다. 청나라행에 그와 함께하기로. 그러나

그의 승낙도 받아야 한다. 그가 내 제의에 대해 뭔가 내키지 않는 기색
이 보이면 무리하게 함께할 수는 없는 노릇이다. 길고 험난한 여정에
언제 어떤 경우를 맞닥뜨리게 될지 모르기 때문이다.

　나는 청국행 얘기를 소상하게 늘어놓고 그를 설득시켜 보기로 했
다. 이제까지의 기미로 봐서 부친이 그에게 이번 일에 대해 어떤 언질
도 준 것 같지는 않아 보였다. 송동용이라는 사내를 치밀하게 살펴보
고, 그에게서 아낌없는 충성을 이끌어낼 수 있겠는지를 완전히 자신
에게 일임한 것이었다.

마포나루의 도고꾼들

어디에서부터 실마리를 풀어 얘기를 꺼낼까 모색하고 있는 중에 갑자기 주막 한쪽이 소란스러워졌다. 바라보니 주막 주인과 한 무리의 패거리들 사이에 격한 말싸움이 벌어지고 있었다.

"돈 주겠다는데 왜 말이 많아. 있는 술 다 동이째 내와."

"정말입니다. 오늘은 초저녁 손님이 많아 술이 일찍 떨어졌습니다. 오늘은 그만 돌아가시고, 다음에 오시면 제대로 대접해 드리겠습니다요."

그러자 무리들 중 어깨가 실팍해 보이는 한 사내가 남자 주인의 멱살을 움켜쥐었다.

"이봐, 정 없다면 딴 집에 가서라도 구해 와야 할 것 아냐. 손님을 내쫓는 법이 어디 있어?"

사내가 멱살을 쥔 팔을 바짝 추켜세우자 주모가 사이에 끼어들었다.

"왜들 이러시는 거유? 우리가 뭘 잘못했소?"

주위에 사람들이 모여들었고, 나와 송동용도 그쪽으로 다가갔다.

"솔직히 말해봐, 우리에게 술 팔기 싫어 그러는 거지? 네 놈 속셈 누가 모를 줄 알아?"

"아닙니다. 정말 오늘은 술이 없다니까요."

그러자 사내는 멱살 잡은 팔을 다시금 추켜세우더니 곧바로 사내를 내팽개치고 말았다.

"왜 우리한테 행패유? 도대체 왜 이러는 거유?"

주모가 다급하게 달려들자 사내는 사정없이 턱 부근을 후려쳤다. 주모도 외마디 비명을 지르며 나동그라지고 말았다.

모여든 사람들은 웅성거리기 시작했으나 그들의 기세에 눌려 어쩔 줄 몰라 하고 있었다. 다른 사내가 손을 탈탈 털며 침을 내뱉었다.

"에이 재수 없어! 여기 뒤집어엎고 다른 데로 가자고…"

그러자 사내들은 평상과 마루로 달려가 술상과 그릇들을 집어 던졌다.

"그만들 두시오!"

갑자기 송동용이 앞으로 나서며 소리쳤다. 그러자 일순 동작은 중지되었고 그들은 웬 놈이냐는 표정으로 송동용 쪽을 바라보았다. 일행은 모두 4명이었고, 한쪽에는 갓과 도포 차림의 뚱뚱한 사내가 팔짱을 낀 채 무심한 얼굴로 서 있었다.

"이게 무슨 짓들이요. 술이 없다는데 왜 행패요?"

"넌 뭐야 이 자식아. 뭔데 남의 일에 끼어들어?"

사내들은 눈을 부라리며 송동용 쪽으로 다가왔다. 그도 지지 않고 맞섰다.

"왜 애꿎은 주인장들을 괴롭히는 거요?"

"저것들이 먼저 잘못한 거야. 술이 있으면서도 내놓지 않는 거야."

"술이 있건 없건 주인장이 팔기 싫다면 싫은 거 아니요?"

순간 '이런 애송이 같은 자식이…' 하며 한 사내가 몸을 날려 발차기를 시도했다. 그러나 그의 오른발은 바로 송동용의 손에 잡혀 허공으로 들려지고, 동용의 왼발이 그의 왼발마저 걷어차자 사내는 붕 떴다가 그대로 나동그라지고 말았다.

그러자 사내들은 일제히 달려들었다. 난타전이 시작되었고, 땅바닥에 쓰러졌던 사내도 잽싸게 일어나 싸움에 끼어들었다.

송동용의 주먹질과 발차기는 탁월했다. 옆에서 달려드는 놈의 아랫배를 내지르는가 하면 뒤에서 달려드는 놈의 턱을 후려치기도 했다. 그러나 사내들도 만만치 않았다. 전후좌우에서 송동용의 빈틈을 파고들었고, 땅바닥에 팽개쳐져도 곧바로 다시 일어났다. 시장바닥 같은 데서 싸움질에 이력이 난 솜씨들이 분명해 보였다.

싸움은 쉽게 끝날 것 같지 않았다. 시간이 지날수록 혼자 네 사내를 상대해야 하는 송동용이 불리해질 것이었다. 나는 이러지도 저러지도 못해 오금이 저려왔다. 내가 끼어들어도 송동용에게 별 도움이 되지 않을 만큼 살벌한 싸움판이었다.

이때 문득 바로 전에 늘어놓던 그의 검술 얘기가 떠올랐다. 무기가 있다면 한결 나을 것이었다. 나는 재빨리 주위를 둘러보다 한쪽에서 지게 작대기가 눈에 띄자 곧바로 달려가 움켜쥐고는 그의 이름을 부르며 눈앞으로 내던졌다. 송동용은 허공으로 날아오는 지게 작대기를 잽싸게 낚아챘다.

전세는 일변했다. 송동용의 몸은 나는 듯이 빨라져 허공으로 솟구치는가 하면 핑그르르 돌며 사정없이 가격을 해댔다. 봉술에 이처럼 현란한 동작이 있는 줄은 나도 미처 상상하지 못했다.

짧은 기합 소리가 터뜨려질 때마다 사내들은 하나씩 목이며 가슴팍을 부여잡고 땅바닥에 쓰러졌다. 이내 싸움판은 평정이 되었고, 송동용은 작대기를 움켜쥔 채로 한쪽에 여전히 팔짱을 긴 채 묵묵히 바라보고만 있는 도포 차림의 사내에게 다가갔다. 그리고는 지게작대기를 곧바로 그의 목에 겨누었다.

"행패 그만두겠소, 안 두겠소?"

"……"

여전히 말이 없자 송동용은 작대기의 끝을 목울대 부근에 바싹 갖다 댔다. 뚱뚱한 중년 사내는 흠칫하며 한 발 뒤로 물러섰다.

"행패 그만두고 여기 손해 끼친 것 변상하시오."

"아, 알았소…"

중년 사내는 도포 자락 속의 허리춤을 더듬었다. 이때 또다시 사내 둘이 각각 커다란 돌멩이를 움켜쥐고 송동용의 뒤로 다가갔다. 나는 다급하게 뛰어들며 소리쳤다.

"동용! 뒤쪽…"

송동용은 잽싸게 몸을 돌렸다. 곧 작대기를 세우며 전투태세를 갖추었다.

"그만들 두어라!"

중년 사내가 일갈하자 두 사내는 멈칫했다.

"그만해라. 너희들이 상대할 사람이 아니다."

사내들은 두 팔을 늘어뜨렸고 중년 사내는 허리춤에서 꺼낸 전대에서 엽전들을 꺼내 주인장에게 던졌다.

"오늘 우리가 취하기도 했고, 잘못도 했으니 이만 그치겠네. 마음만 먹으면 자네를 박살 낼 수도 있지만 젊은 친구가 용기가 가상해서 그냥 가는 것이니 그리 알게."

중년 남자는 사내들을 이끌고 어둠 속으로 사라졌다. 둥글게 모여 섰던 사람들도 흩어졌다. 우리도 손을 털며 자리를 뜨려 하자 주인장 내외는 부득부득 끌어 평상에 앉혔다.

곧 깔끔하게 차린 술상이 나왔고, 주인장은 옆자리를 차고앉아 직접 술을 따랐다. 눈치가 빠른 사람인 모양인 듯 눈길은 동용에게 주고 있으면서도 술은 내게 먼저 따랐다.

"도대체 뭐 하는 패거리들이요? 저들이 뭐길래 이리 막무가내로 행패를 부리는 거요?"

"칠패시장(七牌市場: 남대문시장)의 도고都庫꾼입니다. 이현(梨峴: 배오개로 현재의 광장시장)시장에 물건을 대기도 하고요. 도포 입은 사람이 도고이고 나머지는 심부름꾼들입니다."

"도고꾼이라니요?"

"지방에서 올라오는 산물들을 나루에서 사들여서 시장 상인들에 보내주는 사람들입니다. 이 나루는 특히 해산물, 소금, 젓갈의 집산지여서 도고꾼들의 위세가 대단합니다. 저들이 맘만 먹으면 시장 어물전쯤은 단박에 뒤집을 수 있기 때문에 아무도 저들을 함부로 하지 못합니다. 돈도 많고, 관가로, 사대부 집안으로 든든한 뒷배들도 갖추고 있는 사람들이 많습니다.

오늘 저 도고는 대구 출신의 박 첨지라 불리는 사람으로 이 나루터에서도 평판이 안 좋은 사람이지요. 큰 물량을 한 번씩 떼면 저렇게 술 마시고 휘젓고 다니기 때문에 모두 상종하려고 하지 않습니다. 원래 시전市廛에서 심부름이나 하던 사람이었는데, 오다가다 도고 일을 익히게 되고, 사상도고私商都賈가 크게 일어나게 되자 그 바람을 타고 도고꾼이 되어 돈푼깨나 만지게 되면서 저렇게 설치고 다닌답니다."

"사상도고라니요?"

"도고는 관상도고와 사상도고가 있지요. 관상도고官商都賈는 관과 손을 잡고 도고 일을 하는 사람들을 말하고, 사상도고는 자기들 자본으로 사사로이 도고 일을 하는 사람들을 말합니다.

원래는 종로의 육의전六矣廛, 시전 상인들을 상대하는 관상도고만 있었으나, 사람과 물산이 많아지고 난전(亂廛; 무허가 점포)이 여기저기 생겨나자 사상도고라는 게 만들어졌습니다. 곧 사상도고들은 시세를 타고 우후죽순처럼 생겨났고 큰 재미를 보게 된 사람들도 늘어나게 되었지요.

난전과 사상도고들이 번성하게 되자 나라에서는 육의전 등에게 금난전권禁難廛權이라는 것을 주었습니다. 관을 상대하는 상인들이 사상私商들에게 자꾸 치이게 되자, 이들을 보호하려고 사사로운 난전들을 쥐락펴락할 수 있는 권한을 준 것입니다. 그렇지만 그게 마음대로 되겠습니까?

사람들이 많아지고 세상도 달라졌는데 관에서 이렇게 저렇게 장사해라 한다고 해서 말이 제대로 먹히겠습니까. 지금 시장바닥은 관이

주무르는 게 아니라 돈이 주무릅니다. 때문에 관상도고와 사상도고 간에, 사상도고들도 자기들끼리 경쟁이 치열하지요. 도고꾼들이 평상시에도 힘깨나 쓰는 짐꾼들을 거느리고 다니는 것은 그 때문입니다. 자기 과시도 할 겸, 위세를 보여 남들에게 겁을 주려는 것이지요."

"그저 물건만 사고파는 줄로 알았던 시장바닥에도 그런 내막이 있었군요. 그나저나 주인장은 참 아는 것도 많으십니다, 그려."

그러자 그는 멋쩍게 웃었다.

"이 바닥에서 그럭저럭 30년입니다. 저도 장삿속으로 나갔다면 지금 이 꼴로 살고 있지 않았겠지요. 젊었을 때 한밑천 잡아 뭐 좀 해보겠다고 닥치는 대로 설쳐대다가 그만 중병을 얻고 말았습니다. 간신히 목숨은 연명했지만 그 뒤로 몸에 힘이 빠져 아무것도 할 수 없었습니다. 그래서 여기서 호구지책으로 주막을 열고, 이런저런 사람들을 상대하고 얘기를 들어주다 보니 그야말로 '풍월 읊는 서당개' 정도는 된 셈이지요."

주인장은 쓸쓸하게 웃으면서 스스로 술을 따라 단숨에 비웠다.

잠시 침묵이 이어지자 주변에서 흘끔흘끔 눈치를 보던 술꾼들이 하나둘씩 술병들을 들고 다가왔다.

"이 장사한테 한 잔 따라드리고 싶소. 아까 정말 멋있었소. 그리고 통쾌했소."

송동용은 다소 당황하며 한쪽 무릎을 세우고 술을 받았다.

"무식헌 것들이 돈푼이나 만지게 되면 세상 다 얻은 것처럼 설쳐댄다니까. 그나저나 참 큰일이여. 세상이 점차 이런 꼴로 되어가고 있으니. 자, 내 술도 한 잔 받으시오."

술꾼들은 한 마디씩 거들면서 너나없이 한 잔씩 따라주었다.

강 쪽에서 불어오는 바람이 점차 차가워지고, 별빛은 한결 도드라져 보였다.

오늘 처음 만난 송동용이라는 사내, 그에게서 많은 얘기를 들었고 뜻하지 않게 무뢰배들의 출현으로 무예 시연까지 보았다. 아직 겪어 보지 못한 게 있다면 그의 중국어 구사 솜씨인데, 그의 품성으로 봐서 허튼 말을 할 것 같지는 않았다.

부친도 여러모로 생각해 보고 내게 소개해 주었을 것이다. 그러나 나처럼 그의 속 깊은 얘기나 무예 시연을 직접 대하지는 못했을 것이다. 그래서 어찌 보면 그를 만나게 된 게 하늘이 주신 기회인지도 모른다.

이제 내 차례다. 그를 설득시켜 나와 동행할 수 있도록 만들어야 한다. 아직 부친이 어떤 언질을 주지는 않은 듯해 보이므로 내 과업을 소상히 털어놓고 그의 동의를 끌어내야 하는 것이다…

반계 선생의 자취를 찾아서

나는 부친에게 중국으로 향하기 전에 전라도 진안현鎭安縣의 마이산馬耳山과 경상도 경주의 금척리金尺里를 둘러보고 오겠다는 계획을 밝혔다. 금척이라는 사물의 자취를 찾아 대해 좀 더 알아보기 위해서였다. 그러자 부친은 잘 생각했다며, 가는 김에 진안에서 그리 멀지 않은 남원부로 향해 서도리 노봉마을의 친지도 찾아보라고 편지까지 써주었다. 서도리 노봉마을에 우리 삭녕朔寧 최씨 집성촌이 있다는 얘기는 진작부터 들어온 터였다.

편지 겉봉에 최상현崔象鉉이라는 이름이 쓰여져 있는 것으로 봐서 내게는 아저씨뻘 되는 사람이었는데, 비록 시골에 은둔하고 있지만 다방면에 지식이 풍부하여 조언을 구하면 적잖은 도움이 될 거라고도 하셨다.

동용은 중국행에 동행하자는 제의를 받고 뛸 듯이 기뻐했다. 원래 잠시도 가만히 있지 못하는 성격인 데다, 언젠가 마음 편하게 중국 여행을 한번 해보고 싶다는 게 오랜 꿈이었다고 했다. 일부러 돈을 들여서라도 가보고 싶었는데, 내가 절호의 기회를 마련해 주었다며 넙죽절까지 하기도 했다. 물론 짐작하지 않은 바는 아니었지만, 나도 이 험한 세상에 그와 동행한다고 생각하니 든든한 느낌이었다.

동용과 나는 남행南行을 위해 남대문시장에 가서 튼튼한 말들을 골라잡고 행장을 꾸렸다. 동용은 이런 일에 이골이 난 듯 스스로 알아서 척척 해냈다.

그는 나와 말머리를 같이하기가 부담스러운 듯 한쪽 말에는 짐만싣고, 자기는 내 말 고삐를 잡고 걸어가겠다고 했으나 나는 지금 한시도 아까운 때라며 만류해 같이 말을 타고 갔다.

우리는 수원을 거쳐 천안, 공주, 논산, 익산 노선을 택해 부안현에이르렀다.

한양에서 진안현으로 가려면 천안에서 대전을 거쳐 금산으로 향해야 할 것이다. 따라서 이 행로는 금척의 실체를 추적해 보려는 의도와는 다른 길인데, 굳이 이 노선을 택한 것은 남쪽으로 내려오는 김에 반계磻溪 유형원 선생의 자취를 찾아보기 위해서였다. 어느 땐가 선생의저서 반계수록磻溪隧錄을 접하고 큰 충격을 받은 뒤로, 반계는 오랫동안 내 흠모의 대상이었다. 그래서인지 그가 칩거했던 변산邊山의 우반리愚磻里라는 곳을 꼭 한번 들러보고 싶었다.

가서 어떻게 하겠다는 뚜렷한 목적이 있는 것도 아니었고, 오래전인물이라 새롭게 알게 될 것도 없겠지만, 그저 막연히 찾아보고 싶고끌리는 것이었다. 그러나 한양에서 너무 멀리 떨어져 쉽게 엄두를 내지 못했었다. 그래서 이때 아니면 언제 와볼 수 있을까 싶어 크게 마음 먹고 발걸음을 향한 것이다.

익산에서 김제를 지나 줄포茁浦 쪽에 이르는 길은 호남의 대표적인 평야 지대 중의 한 곳이어서 한참 푸르러진 벼가 바다처럼 펼쳐져 있었다. 그 사이에서 간간이 밀대 모자를 쓰고 흰옷을 입은 농부들의 모습이 보여서, 얼핏 보면 시 한 수는 거저 나올 것 같은 목가적인 정경이었다. 그러나 우리가 보고 있는 것은 그저 물 위에서 반짝이는 기름 같은 것에 불과한 것일 뿐임을 잘 알고 있었다.

저 아름다운 녹색 땅을 두고 얼마나 많은 탐욕과 갈등이 점철되었으며, 또 얼마나 많은 한과 눈물이 받쳐졌으랴. 그러기에 일찍이 반계는 한양에서 모든 명리를 버리고 이곳 줄포만까지 내려와 썩어빠진 농정農政과 사회제도를 바로잡기 위한 대작大作을 저술했을 것이었다.

나는 반계수록을 아직 한 번밖에 읽어 보지 못했다. 그러나 무려 200여 년이나 전에 이런 책이 쓰여졌다는 사실에 경탄을 금치 못했고, 그 합리성과 민본사상에 또 한 번 놀라움을 금치 못했다. 그런데도 그의 책은 무려 100년 동안이나 빛을 보지 못하고 처박혀 있었고, 영조英祖 임금에 의해 크게 평가되면서 세상에 널리 반포되게 되었다고 한다.

우리 민족에게 불행한 점은 현자가 부족한 게 아니라, 현자의 사상을 무시하고 수용하지 못한 데 있었다고 생각된다. 경우에 따라서는 그들을 제도권에서 축출하고 말살시키기도 한다. 그게 자기들 밥그릇을 지키기 위한 것일 수도 있고, 자신들보다 우월한 존재에 대한 질투 때문일 수도 있다. 또한 이해하고 수용할만한 능력이 되지 못했던 탓도 있을 것이다.

그러면서 세상은 질곡에서 헤어나지 못하고, 빈부의 격차는 점점 더 벌어지고, 부패와 분열은 점차 더 심해져 나라는 망조가 들어가는 것이다. 판단의 기준을 자기와 자기가 속한 집단부터 찾는 사회, 남들을 배척하고 적으로 돌리는 사회, 변화를 거부하고 등한시하는 사회는 결국 그 사회에 의해 망하게 되어있는 것이다.

반계는 양반 가문에도 불구하고 젊은 나이에 과거를 포기하고, 명리도 포기하고, 저술著述로 경세제민經世濟民해보겠다는 일념 하나로 한양에서 멀리 떨어진 이쪽 시골로 내려와 틀어박혔다. 그리고 대략 20년의 세월을 바쳐 불후의 저서들을 남겼다. 그러나 생전은 물론, 사후에도 100여 년이나 그가 주장한 시책들의 원용은 고사하고 가치도 인정받지 못하고 먼지만 뒤집어쓰고 있었다.

만약 사대부들이 생전에라도 그의 저서들의 가치를 알아보고 가르침을 수용했더라면 오늘날 조선사회는 전혀 다른 모습으로 달라졌을지도 모른다. 달라지지 않았더라도 최소한 이처럼 도탄에 빠지지는 않았으리라. 그의 책을 읽는 내내 감탄과 함께 그런 아쉬움은 가슴을 쳤었다.

우리는 이윽고 줄포만에 다다랐다. 바람이 없는 탓인지 바다의 잔잔한 모습은 마치 커다란 청색 비단을 깔아 놓은 듯했다. 동용은 내내 녹색 일색인 들판을 지나 푸르른 바다까지 다다르자 마치 토끼처럼 흥분해 날뛰었다. 북쪽의 내륙에서만 살아서 이런 풍경에 익숙지 않은 탓이겠으나, 한 편으로는 그처럼 자연 그대로를 받아들이지 못하는 내 자신이 대비되어 아쉽기도 했다.

포구의 허름한 주막집에서 송동용에게 민어회를 잔뜩 안기고 우리는 보안면 쪽으로 향했다. 현지 사람들은 우반리보다는 반계골이라는 지명에 더 익숙해 있었는데, 유형원의 반계라는 호는 바로 고을 이름에서 딴 모양이었다.

유형원이 칩거했다는 서당은 반계골에서도 팔봉대산이라는 산의 중턱에 위치해 있다고 했다. 그래서 행길에서 산길로 한동안이나 올라야 했다. 막상 다다르니 시골에서 흔히 볼 수 있는 작은 살림집에 불과했다. 짐작은 하고 있었지만, 직접 대하고 보니 저런 집에서 과연 그만한 대작을 썼단 말인가 할 만큼 초라한 규모였다. 하기야 강진에 있는 정약용의 다산초당茶山草堂도 다녀온 사람들 얘기로는 너무 작고 초라해 이 집이 맞는가 하고 몇 번이나 확인했다고 한다.

말에서 내려 앞쪽을 바라보자 드넓은 평야 지대가 펼쳐져 있었고, 그 끝에는 줄포만이 보였다. 한 폭의 그림처럼 평화로운 정경이어서 우리는 숨을 고르며 잠시 넋을 잃고 바라보았다.

집 앞으로 다가가자 뒤쪽에서 한 사람이 나타났다. 상투 차림의 초로의 남자였다.

"어디서 오셨습니까?"

"한양에서 왔습니다. 부안 쪽에 일이 있어서 왔다가, 시간 여유가 좀 있어서 찾아와 봤습니다. 반계 선생님은 평소 제가 많이 존경하는 분입니다."

"먼 걸음 하셨습니다. 이 집은 조부께서 기거하시던 곳인데, 이렇게 가끔씩 찾아오시는 분들이 있어 지금은 사당祠堂으로 꾸며놓고 제가 돌보고 있습니다."

그는 반계 선생의 6대손孫이라 했다. 나이는 많아 보이지 않았지만 글줄 깨나 읽었음 직한 느낌을 갖게 했다.

"전망도 좋고 산으로 둘러싸여 학문하기에는 좋은 장소인 것 같습니다."

"원래 변산 자체가 조선의 10승지지(十勝之地: 병란 등을 피할 수 있고 거주 환경이 좋은 10곳) 중의 한 곳이라 했지요. 그런데 여기 우반라는 변산 중에서도 가장 명당자리라고 했습니다. 남쪽은 툭 터져 있고, 뒤쪽으로는 산으로 둘러싸여 한없이 아늑한 느낌을 주는 곳이지요."

"그렇다면 반계 선생이 대작을 생산하신 게 그저 혼자만의 노고는 아닌 모양이군요. 지덕地德도 적잖이 입은 모양입니다 그려."

"하하! 글쎄요. 저는 풍수가가 아니라서 거기까지는 잘 모릅니다. 하지만 이곳은 조부와만 인연이 있는 곳은 아닙니다. 교산蛟山 허균과 연암 박지원도 이 우반리에서 책을 저술했다고 알려져 있습니다."

"허균과 박지원도요?"

나는 깜짝 놀라 엉겁결에 큰 소리를 내고 말았다.

"그렇습니다. 허균은 관가에 오래 계셔서 비교적 상세히 알려져 있는 편이고, 박지원은 그저 얘기로만 전해지고 있습니다.

허균은 원래 명문가 출신에다 자유분방한 기질로 파직과 복직을 반복하는 파란 많은 공직생활을 보냈지요. 광해군 때 충청도 공주 목사로 있다가 암행어사의 장계에 의해 또다시 파직되어 이곳에 내려왔습니다. 공직에 있느라 미뤄두었던 홍길동전을 쓰기 위해서였던 것 같은데, 구태여 이곳을 택한 것은 평소 잘 알아 염두에 두고 있었던 것 같습니다.

그는 이곳 정사암靜思庵에서 머물렀다고 하는데, 그와 부안의 명기 매창梅窓의 유명한 염문도 그때 이루어진 것이라 합니다.

박지원의 허생전許生傳이라는 소설에는 변산이 무대로 등장하지요. 변산에 들끓던 도적들을 교화해서 섬으로 이주시켜 양민으로 만들었다는 내용이 있는데, 그가 구태여 변산을 무대로 삼은 것은 변산에서 거주하면서 집필했기 때문이 아닌가 하고 추정하는 것입니다. 확실한 얘기는 아닙니다.“

“그랬군요. 그런데 좀 특이한 점이 있는 것 같습니다. 허균이나 박지원이나 소설을 썼지만 단순한 소설이 아니라는 것입니다. 뭔가 현실을 개혁하고 이상적인 나라나 사회를 꿈꾸었다는 것입니다. 이러한 내용은 반계 선생의 주장과 일맥상통하는 면이 있는 것 같습니다.

홍길동전은 적자, 서자의 차별이 없고, 탐관오리가 없는 바른 정치를 행해 만백성이 행복한 율도국律島國 건설을 얘기하고 있습니다. 그는 평소 모든 사람들이 평등한 자격을 갖고 주인이 되는 민본사상을 주장했는데, 관가에 있으면서도 서얼이나 기생들과도 격의 없이 어울렸던 것은 그러한 사상의 단면일 것입니다. 또한 유교에서 꺼리는 불교나 도교에 심취하기도 했다는데, 홍길동전은 소설을 통해 파격적인 자신의 사상을 나타내려 한 것 같습니다.

또한 박지원도 허생전에서 조선 현실을 풍자할 뿐만 아니라, 변혁을 촉구하고 이상 사회를 추구하는 내용을 담고 있습니다. 선비나 도적들, 정승 등을 등장시켜서 말입니다.

그런데 반계 선생은 이와는 다르게 수록隨錄이라는 이름을 빌려 직접적으로 개혁을 얘기하고 있지요. 제도적인 개혁을 통해 민생을 안정시키고 나라를 부강하게 해야 한다고 했습니다. 그를 위해 토지제도, 군사제도, 과거제도 등 다방면에서 과감한 개혁이 필요하다고 역설했습니다.

변산의 산자락에 위치한 우반리에서 이러한 맥이 형성된 것은 우연의 일치일까요. 아니면 이른바 풍수에서 말하는 지덕의 소산이라고 할까요?"

"하하, 무얼 하시는 분인지는 모르겠지만 책권 깨나 가까이하신 분 같습니다.

그분들은 모두 변산에는 잠시 머물렀기 때문에 지덕의 소산이라고 보기는 어려울 것 같습니다. 다만 변산이라는 지리적 여건이 다른 지역과는 좀 다르기 때문에, 여기 와서 사람 사는 모습들이나 좀 색다른 문물들을 보고 느끼면서 남다른 개혁성향을 키우게 되었다고는 할 수 있을 것 같습니다.

변산은 예로부터 중국과의 무역로 상에 위치해 있어서 변화의 바람에 민감한 곳이었지요.

고대로부터 조선 반도와 중국의 가장 중요한 무역 노선은 황해를 사선으로 가로지르는 길이었습니다. 이른바 사단항로斜斷航路라고 했지요. 중국 절강성 부근에서 바다를 횡단하여 우리 전라도 끝에 있는 흑산도에 이르는 뱃길이었습니다. 흑산도에서 경주나, 개성, 한양 등으로 향하곤 했는데, 위쪽으로 올라갈 때는 중간 기착지를 변산 앞의 위도蝟島라는 섬으로 삼았습니다. 섬이 고슴도치처럼 생겼다 하여 위도라 불리는 이 섬에서 정박하여 식수나 식료품 등을 공급받은 후, 다시 북상하여 개경이나 한양 등에 이르곤 했습니다.

절강성은 양자강이 가까워 고대로부터 중국의 가장 중요한 무역 거점이었지요. 자연히 외국의 물산이나 각종 소식, 사상의 집결지이기도 했습니다. 거기서 일단 집결했다 상인과 선박들을 통해 사방으로 전달되었지요. 그 덕분에 자연히 변산도 타 지역에 비해 새로운 소식이나 사상을 빨리 접할 수밖에 없었습니다.

허균이나 박지원, 그리고 우리 조부께서 이곳에서 업적을 남긴 것은 그런 영향과 무관치 않다고 생각됩니다."

옛말에 '거목 사이로 걸어가니 내 키가 더욱 커졌다'고 했던가. 또한 맹자의 모친은 자식 교육을 위하여 세 번씩이나 이사를 마다하지 않았다고 했다. 사람은 주위 여건에 영향을 받기 마련인 것이다. 처음부터 완성되어 있는 것이 아니라, 보고 느끼고, 추측해 가면서 세상을 파악하고 자신의 세계관을 형성해 가는 것이다.

그들은 반드시 이곳이 아니더라도 자신의 견해와 사상을 담은 책을 쓸 수는 있었을 것이다. 그러나 그 내용이나 경향은 여기에서 쓴 것과는 차이가 있었을 것이다. 그 차이는 실제 보고, 느낀 것들의 다름이나 규모에서 오는 차이일 것이었다.

"아쉬운 점은 세 선각자들의 이상이 당대에 빛을 보지 못했다는 것입니다. 허균은 역모로 몰려 비참하게 생을 마감해야만 했고, 조부의 사상은 100여 년이 지나서야 겨우 받아들여지게 되지요. 박지원은 두 분처럼 뚜렷한 주장을 담은 건 아니었지만, 은연중 부국이민富國利民과 인본사상人本思想을 내세우고 있는데, 역시 주목을 받지 못했다는 것입니다."

"아마도 대다수 선각자들의 운명이겠지요. 그저 과거에 응시하거나, 권력에 줄을 대어 재빨리 주도권에 편입해서 출세와 안락만을 탐하는 시대 아니었습니까. 그들은 또한 자신들만의 벽을 높이 쌓고 밥그릇을 지키려 물불을 가리지 않고 있는데, 사회의 누적된 모순이나 나라 장래가 무슨 대수이겠습니까?"

"그러나 선비들의 책임도 없는 것은 아니었습니다. 저리 가 보십시다."

우리는 사당 안으로 향했다. 고색이 깃든 사당의 한쪽 벽에는 퇴색한 한지에 예서체隸書體의 한자가 가지런히 쓰여져 있었다.

─벼슬을 하는 양반들은 과거를 보아 출세를 하고, 현행 악습들을 자신에게 유리한 것으로 확신하며, 벼슬을 하지 않는 양반들은 혹 독선주의의 도덕을 운운하기는 하나, 국가 사회에 대한 고려는 전혀 하지 않기 때문에 결국 정치는 날로 어지러워지고 백성의 살림은 날로 파탄되어 가고 있다─

"눈에 익은 글인데요. 어디에서 봤더라?"

"조부의 반계수록 발문跋文에 나오는 글이지요. 조부가 멀리 이 곳에 내려오게 된 심경을 밝히고 있는 글입니다. 나라가 망조가 든 데에는 썩어빠진 정치나 부패한 관가만이 아니라, 선비들의 책임도 없지 않다는 것을 주장하고 있는 것입니다."

"그래서 훌륭한 책을 저술하여 모순된 사회체제와 상황에 대한 선비로서의 책임을 다해 보겠다는 것이었군요."

"그랬던 것 같습니다. 조부께서는 평소 책을 등불로 비유를 했다고 합니다. 어둠을 밝히고 길을 보여주는 등불처럼, 사람들을 일깨우고 시대의 몽매함을 걷어내 앞으로 나아가게 하는 존재로 말입니다. 따라서 선비란 관가에 나아가 뜻을 펴지 않을 바에는, 자신을 태워 어둠을 밝히는 등불처럼 일신을 바쳐 학문적 성과를 이루어 세상을 이끌어야 한다고 생각하신 것 같습니다."

"음…"

마치 나 들으라고 한 소리 같았다. 그러나 바깥문을 닫고 들어앉아 책만 본다 해도 학문적 성과를 이루기란 결코 쉽지 않은 노릇이다. 때문에 섣불리 덤벼들었다가 이도 저도 아닌 채 그저 회한만 안고 노년을 맞게 되는 경우가 흔할 것이다…

"조부는 이곳에서 그저 책장만 뒤적이며 연구를 하신 것 같지는 않습니다. 주변 농촌들의 생활 모습들을 유심히 관찰하고, 직접 농사에 참여하기도 하면서 터득한 생생한 체험을 바탕으로 토지제도의 개혁 방안을 세우신 것 같습니다.

토지를 국가가 공유하고 농민들에게 일정량의 경지를 나눠주자는 우리 식의 균전제均田制라든지, 경자유전耕者有田의 원칙에 따른 자영 농민을 육성해서 민생의 안정을 기하고 나라 살림을 바로잡자는 주장 등은 다 현장에서 얻은 체험을 바탕으로 이루어진 것입니다.

또한 조부는 다른 여러 분야에 대해서도 과감한 개혁안을 주장했는데, 주로 원천적이고 상식적인 입장에서 도출된 안들이었습니다. 조부는 그런 게 바로 천리天理라고 생각하신 것 같습니다.

가령 조세 제도도 조(租: 조세)와 공물貢物을 합쳐 경세經稅라는 이름으로 수확량의 20분의 1로 해야 한다는 것이라든지, 군역軍役도 각 집안의 농사와 연계시켜서 하자는 것이라든지, 말썽 많은 과거제를 폐지하고 추천을 받아 관원을 임명하는 공거제貢擧制를 시행하자는 게 그 사례들이지요. 또한 노예제도를 비롯한 신분제나 직업 세습제 타파 등 여러 개혁안은 모두 스스로 관찰하고, 고금의 제도 중에서 가장 타당하다고 생각하고, 누구에게나 평등하다고 여겨지는 방안으로 도출된 것들입니다.

조부도 원래 유학자였습니다. 그래서 이理나 기氣의 역할은 잘 알고 있었지만, 그 자체에 매몰되지 않고 과감하게 현장에서의 체험과 실제 구현에 연결시켜 실생활에 공리적인 방향으로 발전시켜 간 것입니다. 조부는 이러한 방안이 바로 천리를 따르는 것이며 왕도라고 생각했던 것 같습니다.

그러나 안타깝게도 그분의 개혁안이 당시에는 받아들여지지 못했다는 것입니다

그나마 다행인 것은 영조 임금이 늦게나마 가치를 알아보고 널리 배포시킨 점입니다. 또한 재야 선비들에게 각광받아 후학들에게 큰 영향을 미쳤다는 것입니다. 성호星湖 이익이나 순암順菴 안정복, 다산 등이 조부에게 큰 학문적 빚을 지고 있지요. 그분들도 이곳에 한두 번씩 모두 다녀갔다고 합니다."

"나도 동감입니다. 조정에서 진작부터 하잘것없는 당쟁을 멈추고 가슴을 열어 그분의 사상을 수용했다면 지금 우리 현실이 이렇게까지 되지는 않았을 것입니다. 그런 아쉬움도 제가 이곳을 찾게 된 원인 중

의 하나일 것입니다."

우리는 사당으로 들어가 향을 피우고 신주에 참배를 했다. 나는 두 손을 모으고 머리를 깊이 숙이면서 내 자신이 추구해야 할 길이 바로 반계 선생을 이어받는 길이 되리라는 것을 운명처럼 느꼈다.

나는 후손의 배웅을 받고 길을 내려오면서 뿌듯한 심정으로 후손의 얘기들을 곰곰 생각해 보았다. 그중에 특히 선명하게 남아있는 것은 상식적인 것이 바로 천리라는 말이었다. 물론 처음 듣는 말은 아니고, 반계의 저서에서 여러차례 등장했었다. 그런데 왜 그는 인간 세상의 도리를 얘기하면서 천리라는 말을 사용했을까? 그리고 상식과 천리는 한참 멀리 떨어진 것 같은데 왜 동등한 위상으로 치부했을까?

또 하나는 영조 임금이 반계 선생 저서들의 가치를 알아보고 감탄하고 배포시켰다는 사실이다. 얼마 전에 부친은 안산 자락까지 찾아와서 금척 얘기를 꺼내면서 영조와 정조 임금 얘기를 꺼냈었다. 왕실에서 금척은 내내 잊혀지고 있다가 영, 정조 시대에 크게 부활했다는 것이다.

조선 사회의 누적된 병폐들을 해소하고 이상적인 국가 건설을 위해 힘썼던 두 임금들, 그들은 금척의 고귀한 가치를 다시 강조하고 왕실의 일상에 등장시키고 있다. 더구나 정조는 과감하게 금척을 다시 찾으려고까지 하지 않았는가.

그런데 영조의 금척에 대한 애착과 반계 선생의 저서의 배포, 그리고 정조의 개혁정치와 금척에의 집념 등은 혹시 어떤 상관관계가 있는 것은 아닐까. 금척에 내포된 이념과 개혁사상 사이에 뭔가 상통하는 부분이 있었기에, 영명한 군주로 알려진 영, 정조에 의해 같이 받아들여지지 않았을까.

이 의문은 전주로 향하는 동안 내내 머릿속에서 떠나지 않았다.

전주의 경기전

 우리는 태인을 거쳐 모악산母嶽山을 지나 전주全州에 다다랐다. 진안의 마이산으로 향하려면 일단 전주를 거쳐야 한다. 그런데 전주는 태조 임금을 모신 경기전慶基殿이라는 건물이 있어 어차피 들러야 할 곳이었다. 이곳에 태조 임금이 모셔진 이유는 가문의 본향이기 때문이다. 선조들이 일정한 세력을 가진 토호土豪로 뿌리박고 살았다고 한다.

 익산에서 부안 변산의 우반리로 향하는 길이나, 우반리에서 전주로 오는 길은 실상 초행길인 데다 만만치 않은 길이었다. 하지만 비교적 순조롭게 길을 찾을 수 있던 것은 친구 고산자古山子 김정호가 준 지도 덕분이었다. 청구도靑邱圖라는 명칭의 이 지도는 바로 2년 전에 그가 완성한 것으로, 내가 서문序文을 써 주기도 했던 지도책이다.

 종전의 해동여지도海東輿地圖를 참조해 만들었으며, 기존의 방격법方格法에서 벗어나 평환법平環法이라는 방법을 사용하여 만든 지도

이다. 방격법이란 지도를 사각형으로 구분하는 방식이고, 평환법은 원형으로 구분하는 것인데 방격법에 비해 거리와 방향이 보다 정확하다는 장점이 있다.

또한 청구도는 서양에서 수입된 지식을 활용하여 경위선 표식과, 기하원본幾何原本의 확대축소법을 적용하여 가장 과학적으로 제작된 것이다. 전국 주현州縣의 산천, 강, 읍치邑治와 한양까지의 거리, 각 읍邑의 군軍, 호戶, 전田 곡곡穀의 수를 군현郡縣 별로 기록하여 그 규모를 쉽게 파악할 수 있다. 여기에 지도를 책첩冊帖으로 만들어 보기도 좋고 사용하기에 편리하게 만들어졌다.

출발하기 전에 고산자의 집에 들러 남쪽으로 유람간다고 알리니, 함께 못가 유감이라며 대뜸 지도부터 챙겨주는 것이었다. 나도 서문을 써주기 전에 지도를 몇 번 살펴봤는데, 그 치밀함과 과학성에 감탄부터 나오는 것이었다.

30대 초반의 나이에, 그것도 혼자 이만한 지도를 만들었다는 게 진정 믿기지 않았다. 그렇다고 해서 뭐 특출한 능력을 가진 것도 아니었다. 그저 집념의 소산일 뿐이었다. 집념은 사람을 만들고 대작을 탄생시키기도 하는 것이었다.

청구도 지도 하나와 튼튼한 말 한 마리면 조선 천지 어디든 찾아갈 수 있을 것 같았다.

양반 고을이라는 기풍이 있는 데다 음식문화로 이름 높은 전주에 다다랐을 때, 동용이 정성을 다해 나를 섬기는 것에 보답도 할 겸 해서 먼저 식당부터 찾았다. 전주옥이라는 집이었는데, 그리 크지 않은 집이었지만 음식만은 상다리가 휘어지게 나왔다. 이렇게 차리는 것이 원래 이 고을의 관행인 모양이었다. 우리는 한 상 잘 차려 먹고 모처럼 정승이 된 것 같은 기분에 젖어보기도 했다.

고도古都 전주, 사방이 산으로 둘러싸인 크지 않은 고을이었지만 후백제의 견훤甄萱이 수도로 삼았었고, 조선왕조가 들어선 이후로는 풍패지향豊沛之鄕, 즉 왕의 고향이라 하여 유수부留守部가 설치되기도 했던 곳이다.

우리는 길을 물어 태조 임금의 어진御眞이 봉안되어 있다는 경기전慶基殿으로 향했다. 전주가 이씨 왕조의 본향本鄕임을 나타내고 태조를 기념하기 위해 세웠다는 경기전은 감영監營에서 가까운 거리에 위치해 있었다. 널따란 터에 숲이 울창한 가운데에 번듯하고 견고하게 지어진 건물이었다. 그러나 입구에는 나졸이 지키고 있어 출입을 제한하고 있었다. 내가 평민 신분이라는 것이 마음에 걸리기는 했으나 일단 얘기나 꺼내 보기로 했다.

"안으로 좀 들어가 볼 수 있겠습니까?"

"어디서 오셨습니까?"

"한양에서 왔습니다. 전주 유람 온 길에 태조 임금님을 모신 진전이 있다 하여 둘러보고 참배도 하고자 왔습니다."

젊은 나졸은 한양에서 왔다는 얘기에 놀라는 눈치였다. 잠깐만 기다리라고 하더니 안으로 황급히 들어갔다. 잠시 후 나졸은 중년의 관원과 함께 나타났다.

"한양에서 오셨다고요? 무엇 하는 분이시오?"

"과거 준비하는 사람입니다. 생원시에는 합격했고, 대과 준비하는 중에 남원 쪽에 갈 일이 있어 도중에 잠시 들렀습니다."

"남원 쪽에는 무슨 일로?"

"서도리라는 곳에 우리 문중 일가들이 사십니다."

"서도리라면… 혹시 삭녕 최씨?"

"그렇습니다. 부친은 최광현이라 하고, 훈련도감에 재직하셨습니다."

"하하, 삭녕 최씨 양반이지. 내가 아는 사람도 있고. 자, 들어오시오. 나는 여기 근무하는 참봉 배원택이라 하오."

우리는 의외로 순조롭게 안으로 들어갈 수 있었다. 안쪽에는 또 다른 문이 있었는데 내신문內神門이라 한다고 했다. 문 안으로 들어서자 석판石板으로 된 번듯한 길이 이어져 있었고 그 끝에는 정전正殿으로 보이는 건물이 단정하게 세워져 있었다.

"이 길은 신도神道라고 임금의 영혼이 다니는 길이라 하여 아무나 가서는 안 됩니다. 자, 이쪽으로 오시오."

배 참봉參奉은 앞장서서 걸었고 우리는 그 뒤를 따랐다. 정전에 다다라서도 오른쪽에서 계단을 올라갔다. 능묘나 향교, 서원書院에서처럼 동입서출東入西出 원칙을 따르는 모양이었다. 배 참봉이 문을 열어 젖히자 정면에 커다란 태조 임금의 어진御眞이 모셔져 있었다. 우리는 탄성을 가까스로 억누르며 자신도 모르게 두 손을 모으고 고개를 숙였다. 이윽고 고개를 들고 바라보니 태조 임금 상은 푸른색 곤룡포에 가슴과 양어깨에는 화려한 금빛 용이 수繡 놓아져 있었고, 머리 위의 관모官帽에는 2개의 각角이 솟아있었다.

"임금의 관모는 흔히 익선관翼善冠이라 하여 매미의 날개를 본떠 만든다는데, 태조 임금의 관모는 좀 다르군요."

"다른 건 그뿐만이 아니지요. 곤룡포도 원래 푸른색이 없습니다. 푸른색은 신하의 관복 색이지 임금의 복색이 아니기 때문입니다. 그래서 왜 푸른색 곤룡포를 입고, 각이 솟은 관모를 썼는지는 태조 임금만이 알 일입니다.

지금은 이 자리에 고이 모셔져 있지만, 세종 임금 때 봉안된 이후로 갖은 우여곡절을 겪었지요. 임란과 호란 때 보전을 위해 각지를 전전했고, 한양에 가기도 했다가 화재를 피해 향교로 이전하기도 했습니다. 원래는 전국 다섯 지역에 모셔졌는데, 다른 곳은 병란 등으로 없어지고, 여기와 함경도 영흥의 준원전濬源殿에 모셔진 것만 남아있습니다. 전주는 가문의 본향이고 영흥은 태조 임금이 탄생하신 곳인데, 두 곳의 어진만 남아있는 것을 보면 그림도 어떤 기를 받는 모양입니다."

배 참봉과 나는 서로 바라보며 웃음을 터뜨렸다. 이때 문득 좌측 벽에 커다란 그림 하나가 눈에 띄었다. 짙은 남색 하늘에는 해와 달 같은 것이 있고, 그 아래로는 산봉우리들이 연이어 있는 그림이었다.

"저 그림은 무엇입니까?"

"일월오봉도日月五峰圖라는 그림이지요. 경복궁 근정전이나 창덕궁 인정전 등에서 임금의 어좌 뒤에 펼쳐져 있는 그림입니다. 그러나 하나로 고정되어 있는 그림이 아니고 여러 개로 되어있어 임금이 거둥하는 곳이면 언제, 어느 곳이나 동행하며, 붕어하실 때는 같이 매장까지 한다는 그림입니다."

"아주 중요한 그림이군요. 그런데 그림이 왜 저렇게 그려졌을까요? 무슨 의미를 담고 있는 것일까요?"

"누구도 얘기해주지 않으니 잘 모릅니다. 흔히 해와 달은 왕과 왕비를 나타내며, 명산을 나타내는 5개의 봉우리와 바다를 나타내는 물결무늬는 천하를 상징하는 것이라고들 합니다. 그래서 천하를 다스리는 왕권을 나타내는 그림이라고들 하나, 확실한 것은 아니고 그저 추측일 뿐입니다. 저 그림의 비밀도 태조 임금만 알고 있을지도 모릅니다. 뭔가 태조와 관련이 있으니 저렇게 배석해 놓았겠지요."

배 참봉은 그저 평범한 어조로 얘기했으나 왠지 내게는 굉장히 인상적인 그림이었다. 대개 이러한 전각에는 어진만 모셔놓고 제사 지내는 것으로 알고 있는데, 한쪽에 그림을 걸어놓는 것도 잘 납득이 되지 않았다. 나는 그림의 윤곽과 색조를 새기듯 눈에 담았다.

우리는 내신문을 거쳐 밖으로 나왔다. 나는 덕분에 잘 감상했다며 하직 인사를 하려다가 문득 떠오르는 게 있어 물어보기로 했다.

"참, 여기 오목대라는 곳이 있다는데, 어디쯤 있습니까?"

"오목대를 어떻게 아셨습니까?"

"태조 임금이 고려 장군 시절에 남원의 황산대첩에서 왜구들에게 대승을 거두고, 귀환 길에 머물렀다고 들었습니다."

그러자 배 참봉은 동남쪽에 보이는 나지막한 언덕을 가리켰다.

"저쪽에 보이는 언덕이 오목대입니다. 오동나무가 많아서 오목대라고 불렸는데, 귀환 길에 저곳을 들러 대첩의 승리를 자축했다고 하지요. 그때 임금께서 흥에 겨워 대풍가大風歌를 불렀다는데, 동행했던 정몽주가 그때 노래를 듣고는 태조의 심중에 혁명의 뜻이 있음을 간파하고 자리를 박차고 일어났다고 합니다."

"대풍가라면 중국 한나라 고조 유방이 불렀다는…"

"그렇습니다. 천하를 얻은 고조가 반란을 진압하고 돌아오는 길에 고향인 패현沛縣에 들러 친지들과 연회를 베풀면서 불렀다는 노래지요. 인재를 얻어 천하를 다스리겠다는 포부를 담고 있어 정몽주의 반감을 불러일으킨 것 같습니다. 그렇지만 태조께서는 황산대첩의 대승으로 백성들의 인기를 한 몸에 받은 데다가, 진안의 마이산에서 꿈속에서 금척을 받았다고 하니 흥에 겨울만도 하겠지요.

오목대 안쪽에는 이목대梨木臺라고 불리는 곳이 있는데, 그쪽은 원래 태조의 5대 조祖인 목조穆祖 이안사가 살았던 곳입니다. 그래서 고향 친지들에게 금의환향했다고 자랑도 할 겸 해서 오목대를 택한 것 같습니다."

"그런데 태조 가문은 이 조용한 고을에서 어떻게 수천 리나 떨어진 북방까지 가게 되었을까요? 이곳이 평야 지대도 많고 살기에 훨씬 나을 것 같은데…"

"하하, 거기에는 이런 사연이 있습니다. 이안사 님은 전주의 호족豪族 출신이었지요. 그는 한 기생을 좋아했는데, 전주로 부임한 산성별감山城別監도 그 기생이 마음에 들었던지 수청을 들라고 했다 합니다. 그 소식을 들은 이안사가 별감에게 찾아가서 따지다가 서로 싸우기도 한 모양입니다. 원래 그 집안은 고려시대에 무신들을 지내 체력도 대단하고 성미도 급했다고 하니, 별감이 당해내지 못했겠지요.

그런데 이 사건이 상부에 보고가 되어 큰 문제가 될 것 같자 이안사 님은 가솔들을 이끌고 강원도 삼척으로 이주를 하게 됩니다. 그런데 공교롭게도 후에 이전의 산성별감이 또다시 삼척의 안찰사로 부임해 오자, 다시 가솔들을 이끌고 이주를 결심하게 됩니다. 처음에 함경도 의주宜州에 정착했다가, 이어서 원나라에 복속되면서 두만강을 건너게 되지요. 태조 가문은 북방에서 여진족들과 어울리면서 큰 세력을 형성하게 됩니다. 이 세력은 고려 말 이성계라는 맹장을 탄생시켰고, 이후 조선을 건국하는데도 큰 기반이 되었다고 할 수 있습니다.

만약 이안사 님이 전주에 그대로 머물러 살았더라면 이성계라는 맹장도, 조선의 건국도 없었을지도 모릅니다."

"그렇게 보면 산성별감이 가문의 원수가 아니라 큰 공신이었군요."

우리는 모처럼 커다랗게 웃음을 터뜨렸다.

동용과 나는 사람 좋은 배 참봉과 하직하고 오목대로 향했다. 오목대는 가까운 거리였고, 그리 높지 않은 언덕이었지만 막상 올라서니 전주 고을이 한눈에 바라다보였다. 더구나 뒤쪽에 우뚝 솟은 산僧岩山에서 산줄기가 완만하게 이어져 있어서 지세도 만만치 않아 보였다. 언덕의 중심부에는 자그마한 비각碑閣이 세워져 있었고, 그 안에는 역사적 유래를 알리는 비석이 세워져 있었다.

이 언덕에서 태조 임금은 옛 선조들에게 내심 새 왕조 건국에 대한 의지를 알렸을까. 그래서 대풍가를 불렀을까. 내내 막역한 사이였던 정몽주는 세상을 다 가진 듯한 포만감에 사로잡힌 태조를 보며 어떤 생각을 했을까. 새로운 탄생은 항상 구각舊殼의 탈피를 수반한다. 그는 자신과 고려에 닥칠 운명을 예감하고 있었을까.

전주를 발아래로 내려다보며 이런 생각들을 떠올리다가 어느덧 오후가 기울고 있는 것을 느꼈다. 우리는 말머리를 돌려 언덕을 내려갔다.

"이제 어느 쪽으로 가십니까?"

"진안현 쪽으로 가봐야 할 것 같네."

진안의 마이산 행

우리는 아래 행길로 내려와 소양면所陽面 쪽으로 말머리를 돌렸다. 소양면 끝에 곰티재熊峙라는 재가 있고, 그 재를 넘으면 진안현 부귀면富貴面이 시작된다고 한다.

말들도 종일 걸은 탓인지 허위허위 곰티재를 올랐다. 부귀면에 다다라 초입에서 사람들에게 물어 마령면馬靈面으로 들어서자 마이산의 자태가 나타나기 시작했다. 곧 두 봉우리의 완전한 모습이 드러나자 동용과 나는 엉겁결에 오오! 하고 탄성을 터뜨렸다. 마치 인간이 다듬어 만든 거대한 구조물처럼 나란히 서 있는 두 바위 봉우리, 풍수에 문외한인 보통 사람들이 보기에도 뭔가 범상치 않은 기운이 깃든 것처럼 보이는 봉우리들이었다.

우리는 남쪽 입구로 향했다. 산의 입구에 들어선 지 얼마 되지 않아 곧 널따란 터가 나타났다. 우리는 말에서 내려 잠시 쉬기로 했다.

주변을 둘러보니 문득 오른쪽에 있는 풍화 어린 암벽 아래에 馬耳

洞天, 駐蹕臺라고 새겨져 있는 글씨들이 보였다.

"태조 임금의 자취가 남아있구나."

"무슨 말씀입니까?"

"동천洞天이란 경관이 뛰어난 곳을 말하고, 주필駐蹕이란 임금이 거둥길에 잠시 머무르거나 묵어가던 것을 의미한다네. 아마도 태조는 여기에 병사들을 주둔시켜 놓고 안쪽으로 향했을 것일세."

곧 황혼이 다가와 우리는 몸을 일으켜 안쪽으로 향했다. 머지않아 숫제 바위로 된 산의 거대한 몸체가 드러났다. 억겁 세월의 풍화가 깊숙이 배인 고동색의 벼랑, 곳곳에는 끝내 견디지 못하고 떨어져 내려 만들어진 흠집들이 군데군데 나 있었다.

우리는 넋을 잃고 바라보다 한 사찰에 다다랐다. 일주문도 없는 아담한 절이었는데 한쪽 기둥 위에 금당사金堂寺라는 현판이 걸려 있었다. 내 예측이 맞아 들고 있었다.

"이 절에 오려고 온 것입니까?"

"아닐세. 어차피 해가 저물기도 해서 이 절에서 하룻밤 묵어야 할 것 같네."

"하룻밤 묵으려면 바깥의 주막집 같은 데로 가야지, 왜 산속의 절에서 묵으려 하십니까?"

"하하, 이유가 있으니 오자고 한 것이네. 곧 알게 될 것일세."

곧 젊은 스님이 다가와 합장하며 인사를 건넸다. 나는 스님과 몇 마디 얘기를 나눴고, 스님은 안쪽으로 향했다. 이윽고 다시 나온 스님은 오른손으로 동그라미를 만들어 보였다.

"다행히 요사채에 빈방이 있다 하니 묵을 수 있을 것 같네."

사찰 음식을 처음 맛본 것은 아니었지만, 적막한 산중이라 그런지 산채로 된 저녁 식사는 유달리 담백했다. 우리는 식사 후 한쪽에서 모닥불을 피고 둘러앉았다. 주지 스님은 연잎 차를 돌렸다. 적적했던 탓인지 우리를 반겨하는 기색이 역력했다.

나는 우리가 오게 된 연유를 늘어놓았다.

"우리 절은 태조 임금의 행보와는 관련이 없고, 아마도 저 위쪽 소나무 숲속에 뭔가가 있을 겁니다. 그러나 그 속내에 대해서는 우리도 잘 알지 못합니다."

주지는 두 손으로 찻잔을 감싸 안으며 담담하게 얘기했다.

"그럼 누가 알고 있습니까?"

"아마도 부근 고을에서는 아는 사람이 없을 겁니다. 소나무 숲이 우거져 대낮에도 어두컴컴하다고 합니다. 혹자는 그 안에 무슨 돌무더기 같은 것들이 쌓여 있다고도 합니다."

"왜 사람들은 알려고 하지 않을까요?"

"앞쪽에 금표비禁標碑가 세워져 있고, 포졸들이 지키고 있기 때문입니다. 금표비에는 허락 없이 무단출입하는 자는 중죄로 다스린다고 명시되어 있고, 호랑이 같은 포졸들이 늑대 같은 개를 데리고 항상 눈을 번득이고 있습니다. 그 때문에 아무도 가까이 가려 하지 않고 알려고도 하지 않습니다."

"현청의 관원들은 출입할 수 있지 않습니까?"

"아닙니다. 저곳은 현의 통제권이 미치지 못하는 특수한 곳이지요. 관원들도 출입했다는 사람이 없고, 알려고도 하지 않습니다. 한양의 중요한 부서에서 직접 관리하는 것 같습니다."

"도대체 뭐가 있길래 그처럼 애지중지하는 것일까요?"

"그저 태조가 이곳에 머물 때 꿈속에서 하늘의 계시로 금척을 받았다고 하니, 그 일을 기리는 제단 같은 것을 만들어 놓지 않았을까 하고 추측할 뿐입니다."

"그런 구조물은 왕조의 가장 중요한 유산일 수 있기 때문에 엄격하고 비밀스럽게 관리할 필요가 있겠군요."

몇 마디 얘기를 더 나눈 후 주지는 합장을 하고 돌아갔고, 우리는 다 사위어진 모닥불 앞에서 한동안 더 앉아 있었다. 동용은 내 말을 기다리는 듯하다가 이윽고 먼저 말을 꺼냈다.

"어떻게 하실 겁니까? 이대로 돌아갈 수는 없는 것 아닙니까?"

"맞는 말이네. 좀 생각을 해보세."

"아무튼 그 안에 무엇이 있는지는 반드시 알아야 할 것입니다. 금척과 관련된 것이라면 먼지 하나까지라도 챙겨야 우리 일을 제대로 할 수 있을 것입니다. 정 안되면 저 혼자라도 몰래 숨어 들어가 그 안에 무엇이 있는지 반드시 확인하고 오겠습니다."

"오늘 밤 자면서 상의를 해보세."

얼마 후 우리는 요사채로 향했다. 우리는 말소리를 죽여가며 늦게까지 방책을 상의해 보았다.

다음 날 사시巳時 경, 우리는 사찰 문을 나섰다.

우리는 합장을 하고 돌아서는 주지의 뒷모습이 이윽고 시야에서 사라지자 말머리를 돌려 위쪽으로 향했다. 숲은 하늘이 보이지 않도록 우거지고 새소리, 계곡 물소리들은 경쾌하였으나 마음은 긴장으로 무겁기만 했다.

곧 울창한 송림松林이 보였다. 동용은 내게 눈짓을 보내고는 재빨리 오른쪽으로 말을 돌려 숲속으로 사라졌다. 나는 일부러 고려시대 가요인 청산별곡靑山別曲을 커다랗게 읊조리며 앞쪽으로 다가갔다. 붉은색으로 쭉쭉 뻗은 소나무들 아래에 다다르자 갑자기 개가 나타나 짖어대기 시작했다. 검은색 개였는데, 체구가 컸고 눈매가 살벌했다. 말을 멈추었는데도 개는 계속 짖어댔고, 이윽고 건장한 중년 남자가 나타났다. 놀랍게도 복장이 한양의 관청 앞에서 볼 수 있는 수문장守門將 차림이었다.

"누구시오?"

"한양에서 온 유람객입니다. 아래 금당사에 들렀다가 처음 보는 절경에 취해서 예까지 올라와 봤습니다."

"멀리서 오시긴 했는데, 여긴 아무나 오는 데가 아니요, 저 앞에 있는 금표비 못 보았소?"

"경치 감상하느라 보지 못했습니다. 죄송합니다. 그런데 왜 못 오는 데라고 하시는 겁니까? 그저 멋진 소나무 숲뿐인데…"

"그건 알 것 없소. 아무튼 여기는 일반 사람들이 오는 데가 아니니 빨리 돌아가시오."

이때 숲 안쪽에서 또 한 사람이 나타났다. 그는 포졸 차림의 복장이었는데, 나이도 적어 보이고 인상이 다소 온화해 보이는 사람이었다. 중년 사내와 함께 이곳을 지키는 사람인 듯했다.

그는 잠깐 나를 훑어보더니 중년에게 말을 꺼냈다.

"딴 데도 아니고, 한양에서 왔다니 적적한 판에 얘기나 좀 나누시지요. 안에만 안 들어가면 되지 않습니까?"

그러자 중년은 잠시 생각하는 듯하다가 이윽고 시선을 내리깔며 수궁의 의사를 보였다. 나는 안도의 숨을 내쉬며 말에서 내렸다. 한쪽으로 가서 나뭇가지에 고삐를 묶고 돌아서자 그들은 바닥에 가로 놓여 있는 커다란 나뭇등걸을 가리켰다. 나는 안장에서 육포와 어포를 몇개 꺼내 그들에게 다가갔다. 남행길에 비상식량으로 준비해 온 것들이었다.

육포는 그들에게 바치고 어포는 개에게 던져줬다. 개는 금방 달려들었는데, 어포는 개를 그 자리에 묶어두는데 제격일 것 같았다.

"한양에서 무엇 하는 사람이시오?"

"과거 준비하는 사람입니다. 소과小科는 통과했고, 대과大科 준비하다가 봄철도 되어 머리도 식힐 겸 해서 혼자 유람 나왔습니다."

"이거 귀한 분이 오셨구만. 그러신 줄 모르고 실례가 많았소이다"

"아닙니다. 관가의 일로 복무 중이신데 제가 방해를 드린 것 같아 죄송할 따름입니다."

그러자 젊은 사내는 흘끗 중년의 눈치를 보더니 말을 꺼냈다.

"이분도 한양에서 오셨습니다."

"옛? 어떻게 한양에서 이 먼 곳까지…"

중년은 자조적인 웃음을 띠며 젊은 사내의 어깨를 두드렸다.

"왜 또 남의 아픈 데를 헤집어? 좋은 얘기도 많은데…"

"말씀하기 곤란하시다면 얘기 안 하셔도 좋습니다. 저야 뭐 지나가는 과객에 불과하니까요."

두 사람 모두 말없이 육포 조각을 질겅질겅 씹었다. 드러내지는 않았지만 맛있어하는 표정이 역력해 내심 회심의 미소를 지었다. 중년은 연이어 두 개를 먹은 후 곰방대를 꺼내 들었다. 나는 익숙한 동작으로 부싯돌을 쳐 불을 붙였다. 중년은 연기를 두어 번 내 뿜은 후 젊은 사내를 바라보았다.

"저 아래 민가에 가서 막걸리 좀 있는가 알아봐. 좀 얻어먹었으니 우리도 보답을 해야 할 게 아닌가?"

나는 손사래를 치며 벌떡 일어섰다.

"저는 괜찮습니다. 그냥 내려가겠습니다."

"모처럼 한양에서 귀한 손님이 오셨는데 세상 소식도 좀 듣고, 나도 핑계 대고 술 좀 입에 대야겠소."

하면서 중년은 내게 한쪽 눈을 끔쩍해 보였다. 잠자코 있으라는 표시 같았다. 실상은 젊은 사내를 곁에 두지 않으려는 듯해서 나는 마지 못한 척하며 자리에 앉았다.

사내가 말을 타고 아래쪽으로 사라지자 중년은 곧바로 입을 열었다.

"나는 한양에서 어영청御營廳에 근무했었습니다. 여기 온 지는 10년 되었습니다."

"그런데 어찌 이 먼 곳까지 오게 되셨습니까?"

"유배당해 와 있는 것입니다. 죄를 저지른 군졸들에게 감방 대신 흔히 택하는 방법이지요. 나라에 중요한 장소나, 능묘, 유적 등을 지키게 하는 것입니다. 저 안쪽도 뭔가 나라에서 중요하다고 생각하기에 이렇게 지키게 할 것입니다."

문득 나는 무엇이 있느냐고 묻고 싶었지만 화제를 돌리기로 했다.

"그랬군요. 그런데 무슨 일로 죄를 지으셨는지 물어도 되겠습니까?

제가 보기에는 범죄와는 거리가 먼 인상이신데…"

"하하, 살다 보면 자기 뜻대로 되지 않아 본의 아니게 죄를 짓게 되는 경우도 많지요. 나는 원래 궁술에 남다른 소질이 있어서 어영청까지 들어가게 되었지만, 곧 생각지도 못했던 기류에 휩싸이게 되었소이다. 내가 모시던 상관 한 사람이 저녁에 심부름 좀 해달라는 것이었습니다. 나는 당시 30을 갓 넘긴 군졸이었던 데다, 그저 남의 집에 조그만 상자 같은 것을 전달하는 일이어서 별생각 없이 응했습니다.

그런데 그런 일이 서너 차례 더 있게 되자 나도 도대체 상자 안에 무엇이 들었는지 궁금하기도 했소. 그래서 몰래 열어보았습니다. 상자는 봉해져 있었지만, 열어보고 다시 원상태대로 하는 것은 어려운 일이 아니었습니다.

열어보자 놀랄만한 내용이 들어있었습니다. 일종의 비밀결사 같은 모임에 대한 것이었습니다. 이전에 장용영壯勇營이라고 정조대왕의 친위 군영이 있었는데, 그때의 군관들이 주축이 되어 비밀스럽게 만든 모임인 듯했습니다."

"장용영이라면 저도 들은 적이 있습니다. 대왕이 만들었다 승하하신 후 정순왕후에 의해 혁파되어 타 군영으로 뿔뿔이 흩어지고 말았다고 들었습니다."

"그렇소. 노론 벽파辟派들의 세상이 되면서 장용영 출신들은 내쫓기거나, 훈련도감, 어영청 등으로 흩어져 버리고 말았다고 합니다. 다른 군영에서는 자연히 개밥에 도토리 신세가 되어 무시당하고 승진도 되지 않아 불만이 쌓였겠지요. 게다가 그들은 정조의 승하를 자연사自然死로 생각지 않아 그에 대한 부채의식도 상당한 듯했습니다.

그들은 원래 임금에게 충성을 다하는 친위부대로 창설되었고, 조선의 최고 정예 무사 집단이었다는 자부심도 강했을 것입니다. 그래서 원래의 취지를 계승하고, 때가 되면 다시 장용영을 부활하기 위해 불만을 가진 현역 병사들을 포섭해서 비밀결사를 만든 모양이었습니다."

"원래의 취지를 계승한다는 것은 임금을 호위한다는 뜻입니까?"

"그렇습니다. 지금 조정은 세도가들이 쥐락펴락 하기 때문에 임금이라고 해도 언제 어떻게 될지 모르는 모양입니다. 그래서 일단 유사시에는 왕실 수호에 최선을 다하고, 평소에는 은밀히 세도가들을 견제하여 왕권을 수호하자는 것이었습니다. 그게 바로 자신들의 젊음을 불사르게 한 정조대왕의 뜻을 받드는 것이고 장용영을 부활시키는 길이라고 했습니다. 나는 그런 내막도 모르고 그저 퇴직한 군관들과 현역 병사들 사이의 가교 역할을 했던 셈이지요."

나는 자신도 모르게 등골에 한기가 스치고 지나갔다. 군 내부에 그런 일이 있었다니. 그런데 이 중년은 왜 내게 이런 얘기를 다 털어놓는 것일까?

"그런 일이 있었군요. 그래서 어떻게 되었습니까?"

"나는 숫제 모르는 체하고 상자만 전달했습니다. 그런데 어디에서 어떻게 사단이 났는지 그만 탄로가 나고 말았습니다. 누군가가 배신해서 일러바쳤겠지요. 온 군영이 발칵 뒤집어 졌습니다. 훈련도감의 대장이 직접 나섰다는 소문이었고, 나도 붙들려가서 혹독하게 심문을 당했습니다.

그러나 나는 상자를 전달한 집들을 다 불지는 않았습니다. 좀 안면이 있는 사람들은 끝내 모르는 체하고 잡아뗐습니다. 그래서 전달한 숫자도 얼마 되지 않는 데다가, 아무 속도 모르고 그저 상관 심부름만 한 죄밖에 없다고 하여 감방살이나 퇴출은 면하고 이렇게 여기 와서 지킴이 노릇을 하고 있는 것입니다."

나는 부친 덕분에 군역軍役은 면제받았지만, 아마도 군대 내에서 항명抗命이나 사조직 결성 같은 일들은 커다란 죄목으로 다스릴 것이었다. 따라서 직접 가담을 했든 안 했든 상자를 돌렸다는 사실 자체만으로도 어떤 식으로든 문책을 당했을 건 뻔했다. 또다시 등줄기에 한기가 스쳤다.

중년은 곰방대를 들어 담배 연기를 깊숙이 빨아들인 후 길게 내뿜었다. 나는 또다시 개에게 어포 조각을 던져줬다. 그 재미 때문이었는지 개는 내 주변에서 떠나질 않았다. 이 정도면 동용은 숲속에서 안심하고 작업을 할 수 있을 것이었다.

"내가 처음 보는 사람에게 왜 이런 얘기를 꺼내는지 아십니까?"

그는 나를 빤히 바라보며 또다시 자조적인 웃음을 띠었다.

"얘기는 잘 들었습니다만, 그 사유까지는 잘 모르겠습니다."

"이번 여름이면 유배 기간이 끝나기 때문입니다. 그러나 나는 어영청으로 복귀하지는 않을 것입니다. 어디 산속에 틀어박혀서 도나 쌓을 생각입니다. 비록 군졸로만 있었지만 나는 분명히 깨달았습니다. 세상은 법과 도의가 지배하는 게 아니고, 힘과 욕심이 지배한다는 것을… 그래서 더 이상 사람들과 부대껴 사는 데 환멸을 느껴 산속으로 들어갈 생각입니다."

이때 아래쪽에서 말 타고 오는 젊은 사내의 모습이 보이자 중년의 얘기는 빨라졌다.

"저 친구는 나를 보좌하기도 하고 감시도 할 겸 해서 붙여둔 겁니다. 때문에 얘기는 여기서 끝내는 게 좋겠습니다. 그리고 어쨌든 이 숲속은 들어가지 않는 게 좋겠습니다. 나는 별 탈 없이 근무하다가 때가 되면 이곳을 벗어나야 하기 때문에 국법을 어기고 싶지는 않습니다."

"저도 충분히 이해할 수 있습니다. 괘념치 마십시오."

"실상 안에 가도 뭐 특별하게 보잘 것도 없습니다. 군데군데 돌로 무더기를 쌓아두거나 외줄 탑을 여기저기 세워놓은 것들뿐입니다. 그런데 이름들은 또 있어서, 천지탑이니, 오방탑이니, 중앙탑이니 하고 그럴듯하게 붙여 놓았습니다. 뭐가 그리 중하다고 중앙에서 사람까지 내려보내 지키라 하는 것인지 납득하기가 쉽지 않습니다."

이윽고 젊은 사내가 다다라 우리의 얘기는 중단되었다. 말에서 내린 사내는 술과 안주를 들고 와 바닥에 늘어놓았다.

진안의 물이 맑은 탓인지, 아니면 사람이 적어 소량만 빚는 탓인지 한양의 막걸리와는 완전히 다른 맛이었다. 그러나 지금 그들은 공무로 근무 중이고, 나는 동용에 대한 생각이 뇌리 한쪽을 메우고 있어서 막걸리 맛을 음미만 하고 있을 수는 없었다. 시간이 어느 정도 되었다 싶을 때 자리에서 일어섰다.

말을 타고 오던 길을 되돌아 주필대 쪽으로 향했다. 무성한 숲의 향기와 쉼 없이 터뜨려지는 새소리들은 내내 발길을 붙잡았으나, 나는 그런데 빠질 심적인 여유가 있을 리 없었다. 동용은 과연 제대로 작업을 마치고 올 수 있을까?

말의 걸음을 재촉해 주필대에 다다르자 잠시 후 어디선가 동용이 불쑥 나타났다.

"기다리고 있었습니다. 잘 보고 왔습니다."

"대단하군. 아무튼 몸 날랜 거 하나는 알아줘야 해."

"제가 대단해서가 아니라 나리께서 시간을 벌어준 덕분입니다."

우리는 한쪽 바위 아래 으슥한 곳으로 가서 자리를 잡고 앉았다. 동용은 품속에서 접혀진 한지를 꺼냈다.

"숲속에 돌로 쌓여진 탑들을 대충 그려본 그림입니다. 맨 위에 고깔 모양의 커다란 돌탑이 2개 있고, 그 아래에 5개의 외줄탑이 있습니다…"

동용은 차분하게 설명해 나갔다. 대충 그렸다는 동용의 얘기와는 달리 탑들의 위치가 비교적 꼼꼼히 그려져 있었고, 탑과 탑들 사이의 거리도 어림잡아 밝혀놓았다.

문득 숲 앞에서의 중년의 얘기가 떠올랐다. 천지탑, 오방탑, 중앙탑 등… 5개의 외줄탑은 오방탑五方塔을 가리키는 모양인데, 그렇다면 고깔 모양의 2개의 돌탑은 천지탑天地塔을 가리키는 것일까…?

직접 본 것만은 못하겠지만, 이 정도만으로도 탑들을 배치하여 무엇을 나타내려 했는지 추측해 볼 수 있을 것 같았다. 그러나 이 자리에서는 곤란하다…

"수고했네. 자, 다음 행선지로 향하세."

우리는 밖으로 나와 말에 올라탔다.

"이제 어디로 갑니까? 경상도 경주로 향합니까?"

"아닐세. 그 전에 잠시 좀 들러볼 데가 있네. 먼저 남원 쪽으로 향하세."

우리는 마령면에서 곧바로 임실 쪽으로 빠지는 길로 향했다.

죽헌 어른을 만나다

우리는 남원부 초입의 사매면巳梅面에 다다라 서도리書道里로 향했다.

이곳에 400여 년 된 삭녕 최씨 세거지가 있다는 얘기는 오래전부터 전해 들었지만 한양에서 멀리 떨어진 탓에 한 번 와보기도 쉽지 않았다. 어느 때에 친우들과 지리산에 유람 갈 때 한번 들러보려고 마음먹고 있었지만, 그나마도 서로 시간을 맞추기가 쉽지 않아 잊고 지냈었다. 그런데 뜻밖에 생각지도 못했던 기회가 생긴 것이다.

조금 가다 보니 오른쪽에 커다란 느티나무가 있고, 그 아래에 조그만 정자가 보였다.

"좀 쉬었다 갈까?"

동용은 그러겠다며 말을 세웠다. 생각해 보니 마이산에서 출발한 후 한 번도 쉬어 본 적이 없었던 것 같았다. 말을 매고 정자에 올라서자 동용은 곧 떡과 물을 들고 왔다. 나도 문득 허기가 느껴졌다.

왼편으로는 멀리 웅장한 산의 능선이 이어져 있었고, 오른편으로는 그리 높지는 않았지만 산세가 병풍처럼 펼쳐져 있었다. 왼편의 그림 같은 산 능선은 지리산이 분명해 보였다. 떡은 쑥인절미였는데, 진기가 있어 한 끼 끼니 정도는 충당이 될 것 같았다.

떡을 다 먹을 때쯤 한 노파가 다가왔다. 잔뜩 굽어진 허리로 지팡이에 의지해 걸음을 옮기고 있었으나 눈빛만은 맑아 보였는데, 우리가 외지 사람이라는 것을 알아보고 호기심 어린 표정으로 물었다.

"어디서 오신 분들이라우?"

"멀리 한양에서 왔습니다. 여기 최상현이라는 어르신이 사신다는 얘기를 듣고 찾아뵈러 왔습니다."

"아, 그 죽헌 선생, 여기 살지라우. 저 위에 저수지 지나 오른편으로 올라가서 두 번째 집입니다. 큰 어른이시고 모르는 게 없는 분이시라우."

노파는 잘 살펴 가라며 다시 지팡이에 의지해 걸음을 옮겼다. ㄱ자로 굽어진 허리로 뒤뚱거리며 옮기는 걸음을 보니 마치 많은 세월 지난한 삶의 유산인 것만 같아 안쓰러움을 금할 길 없었다.

죽헌竹軒 선생과의 만남은 이렇게 이루어졌다.

머리는 백발이고 허리는 구부정했지만 피부는 주름살 없이 팽팽하기만 했다. 선생은 우리를 반갑게 맞아 주었고, 나는 부친이 보낸 것이라며 인삼 한 포를 건넸다.

부친의 편지는 받자마자 그 자리에서 읽어 내려갔다. 50대 중반 이후로 몸이 안 좋아 주로 집에서만 지낸다는 선생은, 그 덕분에 미뤄두었던 책을 실컷 읽을 수 있어 행복했다고 했다.

"부친 광현과는 부모끼리도 알고 지냈고, 나이도, 성향도 비슷하고 해서 간간이 서찰을 주고받았지. 치현이 아들을 양자로 들였다고 얘기는 들었는데, 이렇게 만나보게 될 줄은 몰랐군."

선생은 친근감 있는 눈길로 빤히 바라보았다. 나는 찾아온 목적을 비교적 소상하게 말씀드렸다. 단지 금척을 찾으러 청나라까지 간다는 얘기는 하지 않았다.

"하하, 그래 금척에 대해 알고 싶다고?"

"그렇습니다. 저는 단지 태조 임금께서 조선을 건국하면서 하늘로부터 점지받았다는 것을 나타내기 위해 꾸며낸 이야기로만 알고 있었습니다. 이런 류의 설화들은 왕조 창업의 권위와 정당성을 부여하기 위해 역사에서 종종 등장하기도 하니까요.

그러나 자료를 찾아보고, 이리저리 알아보니 그게 아니었습니다. 금척이 그저 신비감을 자아내기 위해 지어낸 단순한 사물만은 아니었습니다. 그래서 우리가 모르고 있는 사실이 있을 수도 있겠다 싶어 처음부터 자세히 조사해 보기로 했습니다.

그러기 위해서는 태조가 고려 무장으로 있을 당시 꿈속에서 하늘로부터 받았다는 현장이라 할 수 있는 진안의 마이산부터 찾아보기로 했습니다. 이런 제게 부친께서 거리도 가까운 곳에 사시고, 많은 학식을 갖춘 어르신도 찾아뵈라고 하셨습니다. 그래서 오늘 오전에 마이산을 들렀다가 이렇게 찾아왔습니다."

"하하, 거리가 가깝다는 것은 맞는 얘기지만, 아는 게 많다는 것은 틀린 얘기 같군. 그저 시골구석에서 농사일 틈틈이 책권이나 읽은 정도 가지고…"

"부친께서 허튼소리는 하지 않으십니다."

"나도 그건 알고 있지만 광현이는 사람이 좋아 원래 남 험담은 할 줄 모르는 사람이야. 아무튼 아는 게 있으나 없으나 소개한 값은 해야 겠으니 우리 밖으로 나가세. 답답한 집안에서 이럴 게 아니라 시원한 자연 속에서 이야기하세."

동용과 나는 댓돌 아래로 내려섰고, 어른은 지팡이를 챙겼다. 걸음 걸이가 불편해 보이기는 했으나 심하게 절뚝거리는 것 아니어서 마음 이 놓였다. 어른은 우리를 산자락의 풀섶 길로 끌고 갔고, 어느 정도 지났을 때 자그마한 구릉이 나타났다. 어른은 곧 자리를 잡았다.

"이 자리가 좋을 것 같군. 사매면도 내려다보이고, 멀리 지리산 능 선도 보이니 말야."

"뒤쪽에 펼쳐진 산은 뭐라 부르는 산입니까?"

"이쪽은 노적봉露積峰, 저쪽은 벼슬봉이라 부르는 산이지. 병풍처 럼 펼쳐져 있지만 서북쪽으로 산세가 허해 기맥氣脈이 그쪽으로 빠져 나간다는 얘기가 있었어. 그래서 저 아래쪽에 물을 가둬 저수지를 만 들어 기맥을 담고 보존했다고 해. 그런데 풍수상으로 맞든 안 맞든 저 수지를 만든 건 잘한 거야.

남원의 다른 지역은 지리산 자락에서 내려오는 물들이 풍성한데, 이곳은 물이 적어 농사짓기 곤란한 데야. 게다가 음양의 이치에도 한 쪽에 물이 있어야 해. 선조들은 저수지를 만들어 두 문제를 모두 해 결한 거지."

"어떤 현자가 마을에 저수지의 필요성을 풍수설을 끌어들여 그럴듯 하게 얘기한 것일 수도 있겠군요."

'그럴 수도 있지. 하지만 풍수라 해서 거저 만들어진 얘기들은 아니야. 생명체와 마찬가지로 땅에도 기氣가 있고, 그 기를 잘 다스리며 맞게 살자는 게 풍수의 바탕이니 말야. 흔히 양택陽宅이니 음택陰宅이니 하며 집 자리, 묏자리 잡는 것만 풍수로 알고 있는데, 그건 애들 장난 같은 얘기들일 뿐이야. 원래 사람이 주어진 자연에 적응하고, 어울려 조화롭게 살자는 게 바로 풍수 정신이야. 사람이 자연을 떠나서 어떻게 살 수 있겠어?"

문득 뭔가가 눈앞에서 번쩍이는 것만 같았다. 나는 그동안 그저 천지의 기 같은 커다란 기만 생각했지, 구체적인 사물의 기, 땅의 기 같은 데는 생각이 미치지 못했었다. 기, 즉 내 식으로 말하면 신기神氣는 모든 사물 하나하나에 다 스며있다…

"마이산 금척 얘기를 하자면 무학대사 얘기를 빼놓을 수 없는데, 무학대사나 신라 말기 도선국사나 모두 풍수의 대가로 알려져 있어. 그런데 그 사람들이 집터나 묏자리 잡아주려고 풍수를 배웠을 것 같애?"

"그렇다면 어르신은 무엇 때문이라 생각하십니까?"

"바로 자연을 배웠기 때문이야. 쉽게 말해 자연의 이치를 터득했기 때문이지. 때문에 풍수는 저절로 알게 될 수밖에 없지. 사람은 자연 속에서 태어나 잠시 불꽃처럼 살다가 다시 자연 속으로 돌아가. 형체를 만들어 주는 것도 자연이고, 생명의 기를 불어넣어 주는 것도 자연이야. 따라서 사람에게 가장 큰 권능을 가지는 것도 자연이고, 가장 큰 스승도 자연이야.

도선이나 무학이 괜히 국사나 왕사가 된 게 아니야. 유, 불, 선을 비롯한 모든 지식에 통달했기 때문에 큰 스님이 될 수 있었고, 왕조 창업을 보좌할 수 있었던 거야. 그저 불교만 알아가지고 어떻게 새 왕조의 창업에 동참할 수 있었겠어."

얘기 듣는 중에 또다시 뭔가가 번쩍하는 것 같았다. 아마도 가장 큰 스승이 자연이라는 말을 들었을 때 같았다. 그동안 머릿속에서만 어렴풋하게 맴돌던 게 갑자기 뚜렷하게 감이 잡히는 것 같았다. 그러나 지금은 그런 얘기에 심취할 때가 아니다.

"아까 마이산 금척 얘기를 하자면 무학대사 얘기를 하지 않을 수 없다고 하셨는데, 무슨 뜻입니까?"

"흔히 태조가 마이산에서 왕조 창업에 대한 천명의 계시로 하늘로부터 금척을 받았다고 하지. 꿈속에서 하늘의 신인神人이 금척을 건네주면서 '이 자로 삼한 강토를 헤아려 보라'고 했다 하네. 그런데 그렇게 되기까지는 무학대사의 역할이 컸던 것 같아.

아마도 태조가 처음부터 새 왕조에 대한 욕심을 가지고 있던 것은 아니고, 조야에 워낙 신망이 높으니까 주위에서 부추겨 점차 백성의 뜻과 하늘의 뜻을 알게 된 것 같아."

"무학대사와 정도전이 많은 보좌를 했던 것으로 알고 있습니다만, 무학대사가 마이산의 금척과 무슨 상관관계가 있습니까?"

그러자 어른은 커다랗게 헛기침을 하고, 허리춤에서 담배쌈지를 꺼냈다. 내포된 얘기가 만만치 않은 것임을 짐작게 했다. 나는 곰방대에 담배가 다 채워질 때를 기다려 부싯돌로 불을 붙였다.

어른은 담배 연기를 길게 내뿜은 후 또 한 번 헛기침을 했다.

"자네 황산대첩黃山大捷이라고 알고 있지?"

"태조가 고려의 장군으로 있을 때, 남원 운봉현에서 왜구들을 크게 물리친 전투로 알고 있습니다."

"그렇지. 고려의 운명이 판가름 날만큼 큰 전투였지. 당시 고려는 왜구들에 비해 전세가 비교도 되지 않았지. 병력이나, 병장기나, 강행군으로 인한 병사들의 체력 저하 등의 모든 게 부족했지만 태조는 열세를 딛고 전투를 역전시켜 대승을 이끌었지.

그 전투는 고려 왕조를 보존해줬을 뿐만 아니라, 왜구들의 씨를 말려 우리 서남 해안에 평화를 되찾아 주기도 했어. 당연히 이성계라는 장군의 명성을 천하에 떨치게 만들게 하기도 했어.

그런데 이후 태조의 행로 중에 이상한 점이 보이는 거야. 남원에서 곧바로 전주로 향하지 않고, 오수獒樹에서 진로를 변경해."

"진안으로 가기 위해서였군요."

"그렇지. 그런데 당시 태조는 혼자가 아니었어. 따르는 군사들도 있었고, 왜구들로부터 노획한 수많은 말과 병장기 등 전리품이 있었어. 게다가 길도 변변히 나 있지 않은 산길이었지. 그런데도 굳이 태조는 전주 남원 간 대로를 버리고 진안으로 가는 길을 택해. 더구나 그는 이쪽이 초행初行이어서 지리도 제대로 알 턱이 없었지."

"왜 그랬을까요? 혹시 무학대사 때문이었을까요?"

"그렇지. 부친 닮아서 눈치 하나는 빠르군. 무학대사가 사전에 언질을 주어 진안 행을 부추겼을 가능성이 있어. 왜냐면 오수에서 진안으로 향하는 길에 상이암上耳庵이라는 사찰이 있는데, 이 사찰에서 무학대사와 태조가 조우했다는 설화가 전해지고 있기 때문이지."

"그런데 뭔가 좀 이상하군요. 태조가 진안의 마이산으로 향한 건 무학대사의 권유였다는데, 꿈속에서 하늘로부터 금척을 받았다는 사실

말입니다. 그렇다면 무학대사는 그러한 결과를 미리 알고 태조를 끌어들였을까요? 아니면 우연의 결과였을까요?"

"하하, 그 일은 어디 기록에도 나와 있지 않아 두 사람만이 알고 있는 일일 수밖에 없네. 우리는 그저 대강을 추측해 볼 수 있을 뿐이지."

잠시 침묵이 이어졌고, 어른은 다시 먼 데를 바라보며 장죽을 들어 연기를 길게 내뿜었다. 무학이라는 인물이 태조의 꿈도 해몽해 주고, 한양으로 수도의 터도 잡아주는 등 태조를 많이 보좌한 줄은 알고 있었지만, 이렇게까지 깊이 관여되어 있는 줄은 모르고 있었다.

"무학은 고려 말기 타락의 극치를 달리던 사회상을 보고 새나라 건국을 피치 못할 과정으로 생각했겠지만, 신라 말의 도선국사와는 다른 꿈을 가지고 있었던 것 같네."

"무슨 말씀입니까?"

"도선은 불교적 이상 국가를 꿈꾸었던 것 같네. 도선의 절대적인 보좌에 힘입어 왕조를 창업한 왕건이 국교를 불교로 지정한 게 그 증거라 할 수 있지. 그러나 고려 말기에는 일부 불교의 타락상이 극에 달하여 또다시 새로운 왕조의 국교나 국가의 이념으로 삼기에는 불가능했을 것이네. 그래서 유교를 국교로 삼게 되었을 걸세."

"정도전과 그 일파들이 밀어붙인 결과 아니었습니까?"

"그런데 무학은 그들과 전혀 다른 사상을 가지고 있었단 말이네. 후에 태조가 승하한 뒤로 무학이 유학자들에게 많은 핍박을 받기도 했는데, 표면적 이유로는 그가 불도佛徒라는 것이었네. 그러나 무학도 고려 말의 불교의 폐해에 대해 익히 알고 있었고, 많은 비판을 가하기도 했던 인물이었어. 그래서 우리가 모르는 다른 이유가 있었을 수도 있어."

"그렇다면 무학의 사상이나, 그가 꿈꾸었던 국가는 과연 어떤 것이 었을까요?"

그러자 어른은 고개를 돌려 나를 빤히 바라보았다.

"자네가 밝혀보게. 부친은 자네가 머리도 좋고 소싯적부터 서책도 많이 접해 박학하다니 밝힐 수 있을 걸세."

나는 무어라 대꾸를 할 수 없어 잠자코 있었다. 고승高僧들은 대부 분 물처럼 바람처럼 산 사람들이다. 그래서 속내를 잘 드러내지도 않 고, 인간 세상에 자취 남기기도 꺼려하는 사람들이다. 무학도 그런 사 람들 중 하나일 텐데, 그 남다른 속을 어떻게 헤아린단 말인가.

그러나 어떤 방안이 있을지도 모른다. 왜냐면 그는 태조를 도와 조 선 건국에 크게 기여하는 등 현실 참여도 마다하지 않았기 때문이다.

나는 문득 이때다 싶어 마이산에 갔던 얘기를 꺼냈다. 그리고 품속 에서 동용이 그린 그림을 꺼내 펼쳐 보였다. 그러자 어른은 놀라움을 금치 못하며 나와 동용을 번갈아 바라보았다.

"큰일 했구만. 지금까지 이런 일을 한 사람이 없었는데…"

"제가 저 친구를 잘 만난 덕분입니다."

"아무튼 대단해. 그 숲속의 일에 대해서는 누구도 알지도 못하고, 알려고도 하지 않았는데. 하기야 사람의 능력이 다 같을 수는 없으니 까…"

어른은 그림을 받아들고 유심히 쳐다보았다. 나는 석탑들에 천지 탑, 오방탑, 중앙탑 같은 이름들이 있다는 것도 얘기했다. 그러나 어른 은 들었는지 어떤지 그림만 뚫어져라 바라보았다. 그러다 갑자기 고개를 들더니 동용을 바라보았다.

"젊은이, 미안하지만 내 심부름 하나 해주겠는가?"

동용은 자세를 바로 하며 고개를 숙였다.

"분부만 하십시오. 어떤 심부름도 마다하지 않겠습니다."

"우리 집에 가서 안사람에게 물건 하나 달라고 하게. 벽장 안에 있는 것인데, 박달나무로 만들어진 상자이고 덮개에 고동색이 칠해져 있다네. 그렇게만 얘기하면 알아서 찾아줄 걸세."

동용은 곧바로 집 쪽으로 뛰어갔다. 어른은 다시금 그림을 유심히 살펴보았다.

잠시 후, 동용이 상자를 들고 뛰어왔다. 어른은 상자를 열고 곱게 접어진 한지를 꺼내 펼쳤는데, 놀랍게도 전주 경기전에서 봤던 일월오봉도가 그려져 있었다.

"이 그림이 처음이 아닌 모양이군. 놀라는 걸 보니."

"전주 경기전에 갔을 때 태조 임금 어진 옆에서 봤습니다. 색깔만 좀 다를 뿐 같은 그림이군요."

"나도 경기전에 두어 번 갔더랬지. 그때 그림에 특별한 느낌을 받고 기억해 두었다가 집에 와서 그대로 모사해 본 거야."

어른은 동용이 그린 그림과 일월오봉도를 나란히 펼쳐놓았다.

"이제서야 일월오봉도의 의미를 알 것 같군."

일월오봉도

마이산 석탑 군. 위쪽이 수마이봉이고, 중
앙에 천지탑, 아래에 세 원추형 탑이 있다.

아래에 있는 세 원추형 탑. 사람 人자 형태를 하고
있다. 주변에 외줄탑들이 있다.

천지탑과 오방탑

"무슨 뜻입니까?"

그러자 어른은 헛기침을 한 후 목소리를 가다듬었다.

"어때? 두 그림이 닮은 것 같지 않은가?"

나는 뚫어져라 바라보았지만 아무런 생각도 떠오르지 않았다. 동용도 마찬가지인 모양이었다. 동용의 서툰 솜씨에 비해 일월오봉도의 장중함도 한몫했을 것이었다.

"흔히 일월오봉도에서 해와 달은 왕과 왕비를 나타내고, 5개의 봉우리는 우리나라 대표적인 5개의 명산을 나타낸다고 하지. 그리고 아래쪽의 물결무늬들은 바다를 나타내 결과적으로 왕실의 통치권을 나타내는 그림이라고들 하지. 그런데 자세히 뜯어보면 이러한 해석은 뭔가 크게 잘못되어 있다는 것을 알 수 있네.

먼저 일월오봉도에서 산이라고 하는 5개의 봉우리들은 바위가 첩첩이 쌓인 형태로 그려저 있네. 우리 선조들은 그림에서 산들을 서런 형태로 그리지 않는다네."

"그리고 보니 특이하군요."

"특이한 건 그뿐만이 아니지. 흔히 바다를 상징하는 것으로 알고 있는 아래쪽의 물결무늬들도 바다가 아닐세. 여기 보면 군데군데 포말泡沫이 있는데, 바다 같으면 이런 포말이 어떻게 생기겠는가?"

자세히 보니 5개의 봉우리 아래쪽과 물결무늬 여기저기 흰 포말이 보였다. 아무튼 어른의 관찰력이 놀라울 따름이었다. 문득 내게도 한 생각이 떠올랐다.

"그리고 보니 해와 달도 이상하군요. 보통 한 그림에 해와 달을 같이 등장시키는 것을 보지 못한 것 같은데…"

"바로 보았네. 이치상으로 해와 달이 같이 있을 수는 없지. 그래서 해와 달이 음양을 상징하고, 5개의 봉우리는 오행을 상징한다는 사람들도 있는 모양이지만 그러한 해석도 무리이기는 마찬가지라네. 그렇다면 아래쪽의 물결무늬들과 양쪽에 버티고 있는 소나무들은 무엇을 나타내는가 하는 설명도 있어야 하기 때문이지.

여기 소나무들도 사실 정상이 아니야. 우리 화가들은 그림에 이런 식으로 소나무를 그리지 않는다네. 흔히 커다란 산 아래 집이나 사람과 함께 아담하게 그리지."

어른은 언제 이런 것까지 다 생각했을까. 임금의 어진과 배석한 그림이어서 그 중량감 때문에 흔히 그저 지나치기 쉬운 그림을 어른은 꼼꼼하게 분석하고 있다. 이러한 분석은 그저 이루어진 것은 아니리라. 그동안 쌓아온 많은 지식과 관찰력이 뒷받침되었기 때문일 것이다.

"그동안 일월오봉도의 의미를 많이 생각했었는데, 이제야 좀 알 것 같군."

"무슨 말씀입니까?"

"나는 그 그림이 금척을 상징하는 그림이 아닌가 하고 생각되네."

"금척이라고요?"

나는 엉겁결에 소리쳤다.

"그림 자체가 희한한 그림인 데다가, 같은 그림이 한양의 경복궁이나 창덕궁 어좌 뒤에도 있다고 하네. 또한 흔히 진전眞殿에는 어진御眞 하나만을 모셔놓는데, 태조의 어진은 일월오봉도를 배석시킨 것을 보면 뭔가 심오한 의미를 가졌다고 생각할 수밖에 없어. 그래서 평소 무엇을 상징하는 그림이 아닐까 하고 생각했는데, 이 젊은이의 그림은 내 추측이 맞았다는 것을 확인시켜 준 것 같네."

"어떻게 맞다는 말씀입니까?"

"젊은이의 그림에는 고깔 모양의 석탑이 5개가 있고, 나머지는 모두 외줄탑으로 되어있어. 고깔 모양의 5개의 석탑은 일월오봉도의 5개의 봉우리를 나타내는 것일 수 있어. 또한 아래쪽의 물결무늬라는 것들은 외줄탑들을 나타내는 것일 수 있어. 무늬들이 그저 단선單線으로만 되어있지 않고, 몇 개의 선으로 중첩되어 그려져 있는 것은 외줄탑의 돌들을 나타내는 것일 수도 있어.

게다가 해와 달은 마이산의 암마이봉, 수마이봉을 나타낸 게 아닌가 하는데, 진안 주변에는 오래전부터 두 봉우리들이 음양을 상징한다는 속설이 전해지고 있었지."

들을수록 놀라운 얘기들뿐이었다. 그러나 쉽게 납득은 되지 않았다.

"그렇다면 양쪽에 커다랗게 버티고 있는 소나무들은 무엇을 의미하고 있을까요?"

"소나무들은 석탑들이 소나무 숲속에 있다는 것을 나타내기 위한 것이 아닐까? 가봤다니 알겠지만 석탑들이 있는 곳은 송림이 울창한 곳이라네."

그러고 보니 그럴 듯도 했다. 실상 두 소나무는 전체 그림에서 대단히 불균형을 이루고 있다. 이 사실도 어른이 깨우쳐 주지 않았다면 모를 뻔했다.

어른은 헛기침을 한번 한 후에 얘기를 이어갔다.

"진안 지역에는 예로부터 우리 서남부의 대표적인 두 강인 금강과 섬진강의 발원지가 마이산이라고 알려져 있어. 실제로 산 내부에는 물줄기들이 있어 흐르고 있는데, 남쪽으로 흐르는 물은 섬진강이 되고, 북쪽으로 흐르는 물은 금강이 된다고 하지.

그런데 그림 속의 봉우리들을 보면 양쪽으로 2개의 물줄기들이 보이지. 이 물줄기들은 금강과 섬진강을 나타낸 게 아닌가 하네."

어른의 얘기들이 잘 맞아 들어가는 게 신통하기까지 했다. 때문에 도리어 이러한 얘기들을 곧이곧대로 다 받아들여도 되는 것인가 하는 의구심마저 들었다.

"내가 왜 이러한 추측까지 하게 되었냐 하면, 태조 임금이 마이산에서 하늘로부터 금척을 받았다는 설화가 전해지고 있기 때문이네. 비록 꿈속에서 받은 거라지만, 태조에게는 왕조 창업을 결심하게 된 결정적인 계기가 되었다고 하기에, 마이산에 그를 나타내기 위한 기념물 같은 것을 만들어 놓았을 수 있다는 것은 충분히 생각해 볼 수 있지.

또한 일월오봉도는 조선 임금들이 거둥하는 데는 어디에나 동행했다고 하네. 심지어 무덤 속에도 함께 들어갔다고 하니, 그저 왕권을 나타내는 평범한 그림이었다면 그렇게까지 할 필요가 있었을까? 그러나 금척의 상징물이라면 가능하네. 금척은 그 속에 내포된 사상 외에도 여러 기능이 있었다고 알려지고 있지. 가령 병든 사람을 치유하고, 죽은 사람도 회생시킨다는 기능 같은 것이라네.

그래서 마이산 소나무 숲속의 석탑들은 금척을 나타내기 위해 만들어진 것이고, 일월오봉도는 그 조형물들을 형상화한 것이라고 생각하게 된 것이네. 아마도 왕실 어느 깊숙한 곳에는 실제로 원형 그대로의 금척을 만들어 보관하고 있을지도 모르지."

나는 엄청난 얘기들을 한꺼번에 들은 탓인지 머릿속이 혼란스럽고 잘 정리가 되지 않았다.

그러나 얘기 중에 머릿속을 맴돌던 의문이 새삼 떠올랐다.

그런데 마이산의 석탑들 중에는 천지탑이니, 오방탑, 중앙탑 같은 이름들이 있다는데, 어떤 탑들을 말하는 것일까요?"

"나도 그게 궁금한데…"

어른은 다시금 동용의 그림을 들춰서 세세히 바라보았다. 그러나 그 시간은 그리 오래 가지 않았다.

"그림 위쪽에 보면 커다란 고깔 모양의 탑이 2개 있고, 그 아래쪽에 5개의 외줄탑이 있어. 이 2개의 탑이 천지탑이고, 아래쪽의 5개의 외줄탑이 오방탑이 아닐까?"

"그럴듯하군요. 천지라는 것은 일단 천天과 지地를 의미하니 2라는 수와 연관이 있고, 오방五方은 동, 서, 남, 북, 중앙이라는 다섯 방위를 말할 테니 5라는 수와 연관이 있는 것 같습니다. 그런데 왜 천지탑과 오방탑이라는 이름을 붙였을까요?"

"그 이유는… 천지탑이 천하대장군, 지하여장군을 의미하기 때문인 것 같네. 원래 천하대장군은 지상에서 오방을 감독하고 살핀다고 했고, 지하여장군은 지하를 감독하고 살핀다고 했네. 말하자면 땅地을 나타내고 있는 거야."

"그렇다면 맨 아래쪽 3개의 고깔 모양 탑은 무슨 의미로 세워놓았을까요"

"글쎄, 생각해 봐야겠는걸. 얼핏 보기에는 사람 人 자 같기도 한

데… 그러면 하늘 天을 나타내는 탑도 있어야 구색이 맞는데…"

어른의 얘기는 더 이상 진전되지 않았다. 나도 얼핏 노자老子 책에서 봤던 天一. 地二, 人三 이 떠올랐으나, 천 1을 의미하는 탑이 없어 추정하기가 곤란했다.

이때 문득 한 생각이 섬광처럼 스쳤다.

"혹시… 위쪽에 있는 수마이봉이 천 1을 의미하는 게 아닐까요?"

그러자 어른은 놀란 눈으로 쳐다보았다.

"기발한 생각이군. 그럴지도 모르지. 우리 각자 좀 더 생각해 보기로 하고, 이제 날도 저물었으니 집에 저녁 먹으러 가세. 저녁 먹고 더 이야기를 나눠보세."

무학대사의 꿈

저녁 식사는 산채 찬餐에 토끼탕을 곁들인 것이었다. 산토끼 고기로 끓였다는 탕은 처음 먹어보았는데 담백한 맛이었고 고기도 연했다. 모처럼 만에 맛보는 별미였다. 어른은 식사를 마치고 동용과 나를 뒷산의 두텁바위라는 곳으로 데리고 갔다.

사위가 고요한 탓인지 자그마한 계곡의 물소리들이 들려왔고, 앞산에서는 달이 떠오르고 있었다.

"제대로 얘기하려면 임실로 향해 성수면聖壽面에 있는 상이암上耳庵이라는 절에 가서 해야 하는데, 보다시피 내 몸이 그다지 성치 못해 먼 길을 가지 못하니 양해해 주기 바라네."

"이렇게 알려주시는 것만 해도 감지덕지인데요. 상이암이라는 절은 저희가 가는 길에 들러보겠습니다.

그러니까 태조 임금께서 황산대첩 후 남원으로 향했다가, 전주로 곧바로 올라가지 않고 오수獒樹라는 곳에서 상이암으로 향했던 것은 무학대사가 기다리고 있었기 때문이었군요."

"그랬을 걸세. 미리 사람을 시켜 기별을 넣었겠지.

상이암에 전해지는 설화에 의하면 태조가 그곳에서 무학대사의 권고에 따라 하늘을 향해 열성적인 기도를 드렸고, 마침내 응답을 받았다고 하네.

하늘이 태조의 기도에 응답하여 용이 나타나 세 번이나 목욕을 시켜 주었다고 하는데, 일설에는 신령한 동자승이 그랬다는 얘기도 있다네. 또한 꿈속에서 하늘에 서광이 비치고 흰 무지개가 개경의 자미궁紫微宮으로 뻗쳐 있는데, 허공에서 성수만세聖壽萬歲 소리가 세 번 메아리쳤다고 하네."

"자미궁이란 무슨 궁을 말하는 겁니까?"

"자미궁이란 임금이 있는 궁을 말하네. 원래 하늘의 자미성紫微星에서 비롯되었는데, 자미성이란 하늘의 삼원三垣 중 자미원紫微垣에 있는 별이며, 임금의 별로 알려져 있다네.

성수만세란 임금의 만수무강을 기원한다는 뜻으로, 두 얘기 모두 하늘로부터 왕조 창업에 대한 계시를 받았다는 것을 상징한다는 것으로 풀이한다네.

태조는 이 일을 기념하기 위해 상이암에 삼청동三淸洞이라는 휘호를 내렸다는데, 그를 새긴 비석이 절의 한쪽에 어필각御筆閣에 보관되어 있네."

"상이암을 한자로는 어떻게 씁니까?"

"윗 上자에 귀 耳자를 쓰는데, 태조가 왕위 등극 후 그 절의 이름을 상이암이라고 개명하게 했다 하네. 원래는 도선암道詵菴이라는 이름이었대."

"상이암이라… 마이산보다 앞에, 혹은 먼저 만났다는 의미로 지어진 이름일까요?"

"아마도 그렇겠지. 또한 거기 산을 성수산聖壽山, 마을 이름을 성수면聖壽面이라고 부르는데, 성수라는 명칭은 원래 임금과 관련되어 생겨난 것이라네."

나는 말 없이 고개만 끄덕였다. 마이산은 태조에게 조선 창업의 결정적인 계기가 되었던 산인만큼 그와 관련된 이름이라는 해석은 무리가 없어 보였던 것이다.

"무학대사의 실제 목적은 그곳에서 기도를 드리라는 것보다는 마이산으로 인도하기 위해서였던 것 같네. 아마도 일찍부터 마이산을 염두에 두었던 것 같아. 부근에 대사의 자취가 많이 남아있기 때문이네. 여기 외에도 임실의 해월암海月庵, 무주의 북고사北古寺, 안국사安國寺 등에도 대사가 은거했다는 얘기가 전해지고 있다네."

"왜 대사는 그렇게 마이산에 집착했을까요? 정녕 마이산이 신령스러운 산이었기 때문일까요?"

"범인들이 그런 것을 어떻게 알겠나? 하지만 남다른 기氣를 가진 산이 없지는 않은 모양이네. 이를테면 백두산이나 강원도 태백산, 강화도 마니산 같은 산들이 그런 산들이겠지. 선조들이 괜히 그런 산에서 천제단이나 참성단 같은 단을 쌓고 하늘에 제사를 지냈겠나.

마이산도 예전부터 인근 주민들 사이에서는 신기神氣가 있는 산이라고 회자되어 왔었지. 그래서 살다가 갑자기 곤경에 빠진 사람들이나, 애가 없거나 아들을 낳고 싶은 아낙네들이 찾아와서 지극정성으로 빌어 상당한 효험을 봤다고들 한다네.

아마도 무학은 일찍부터 마이산의 특별한 기에 주목을 해왔던 것 같아. 그가 진안 주변의 사찰에 은거했던 것은 마이산과 이성계를 연결시키기 위해 원력願力을 불어넣으려고 기도한 것으로 보이기 때문이네.

그러다 태조가 황산대첩에서 대승을 거두고 귀환하려 하자 절호의 기회라고 생각하고 이곳에서 태조를 기다린 것 같아."

"그렇다면 태조가 마이산에서 기도하고 꿈속에서 금척을 받았다는 것은 무학대사의 영향도 있었겠군요."

"내막은 몰라도 대사의 공이 없지는 않을 것 같네. 무엇보다 태조를 마이산으로 향하게 한 게 대사였으니까. 그리고 대사에게는 범인이 갖지 못한 특별한 능력이 있었던 것 같아. 상이암을 택해 태조에게 하늘에 기도를 드리게 하고, 그 응답을 받았다고 하니까.

그리고 태조에게는 금척이 생면부지의 사물이었겠지만, 대사는 이미 알고 있었을 가능성이 커. 원래 無學이란 칭호가 더 이상 배울 게 없다는 의미에서 생겨났다고 하지 않은가. 게다가 태어난 곳도 옛 신라 지역이었고, 성도 박씨였다네.

금척에 대한 첫 기록은 신라의 시조 박혁거세에서 비롯되었다네. 혁거세도 꿈속에서 하늘의 신인으로부터 왕조 창업의 징표로 받았다고 하지 않은가."

"어른 말씀은 무학대사가 박혁거세 후손일 가능성이 있다는 것입니까?"

"그럴 가능성이 없지는 않을 것이네. 왜냐면 금척의 비밀이 박혁거세 가문에만 전해 내려왔다고 하기 때문이네.

　신라의 도선국사도 태종 무열왕의 가문 출신이라는 소문이 있었지. 도선과 무학은 닮은 점이 한두 가지가 아니야. 심지어 탄생 설화도 아주 비슷해. 갓난아기를 숲속에 두었는데, 무학은 학들이 날아와서 보호하고 있었고, 도선은 비둘기와 독수리가 보호하고 있었다네. 차이점은 새들의 종류만 다를 뿐이네.”

　“그렇지만 제가 어디에선가 듣기로는 두 인물 모두 비천한 출신이라고 하던데요. 무학은 모친이 벙어리 또는 노비였다고도 하고, 부친 없이 오이를 먹고 낳았다고도 합니다. 도선 역시 모친이 처녀 때 냇가에서 빨래를 하다 위에서 떠내려온 오이를 먹고 낳았다고도 합니다. 외람된 말씀입니다만 오이를 먹고 낳았다는 것은 아무 남자에게나 몸을 줬다는 의미 아니겠습니까?”

　“그런 설화들은 위인들의 행적을 윤색하기 위해 흔히 사용되는 수법이야.

　위인들이란 흔히 현실의 기존 질서를 깨뜨리고 새로운 세상을 여는 사람들인데, 그러자면 불타는 개혁 성향의 소유자여야 하지. 그들의 성향을 나타내기 위해 천한 출신이라는 것을 강조하는 경우가 많아. 그러나 도선과 무학은 범인들의 성공 사례와는 비교가 안 돼. 나라의 국사國師, 왕사王師라 불리던 인물들인데 타고난 자질과 큰 학문 없이 되겠어?”

　어른은 장죽을 꺼내 곰방대에 담배를 채워 넣었다. 나는 또다시 부싯돌을 꺼내 불을 붙였다.

　“사실 상이암에서도 도선과 무학은 인연을 맺고 있어. 절의 처음 이름이 도선암이었다는 것은 도선국사가 지은 암자라는 뜻이지. 풍수의 대가인 도선이 이 부근의 산들을 두루 살펴본 후, 성수산을 보고 탄복을 금치 못하며 다음과 같이 말했다고 하네.

天子奉朝之像 象峰別立 次次出現, 批山與則邦家興 批山亡則邦家亡
천자를 맞이할 성지이며, 봉우리들이 별도로 서 있으니 후대에도 계속 이어질 것이다. 산과 함께 하면 나라와 집안이 흥할 것이요, 산을 잃으면 나라와 집안이 망할 것이다.

도선은 그 후 송도松都로 가서, 아직 초야에 있던 왕건王建에게 이곳에 와서 100일 기도를 권유했다 하네. 왕건은 곧바로 받아들여 여기서 100일 기도를 마쳤고, 다시 골짜기 맑은 물에 3일을 더 기도하자 마침내 관세음보살로부터 반응이 왔다고 해. 새 왕조 창업과 관련된 계시 성격의 반응이겠지.

왕건은 기쁨을 억누르지 못해 돌 위에 환희담歡喜潭이라고 새겼다는데, 실제로 절 내에는 환희담이라 새겨진 석판이 전해지고 있어.

도선은 이 사실을 기념하기 위해 그곳에 암자를 짓고 도선암이라 했다고 해."

나라의 중심부에서도 멀리 떨어진 시골 골짜기의 한 암자에서 고려에 이어 조선의 시조까지 계시를 받다니…

그 얘기들을 과연 그대로 받아들여도 되는 것일까? 그 외에도 또 하나의 의혹을 떨쳐 버릴 수는 없었다.

"그런데 왕건과 우리 태조가 동일한 장소에서 기도를 드렸는데, 왜 왕건에게는 관세음보살이 응답하고, 태조에게는 하늘이 응답했을까요?"

그러자 어른은 나를 빤히 바라보더니 이윽고 웃음을 터뜨렸다.

"하하, 날카로운 안목이군. 과연 학문을 할 자격이 있어. 왜 그처럼 차이가 났다고 생각해?"

"왕건은 도선이 권유했고, 태조는 무학이 권유해서 그랬을까요?"

"바로 그 차이야. 도선이 숭배하는 대상과 무학이 숭배하는 대상이 달랐기 때문이야. 내가 낮에 얘기했었지? 무학의 사상이나 꿈꿨던 나라를 알아보라고. 그게 바로 태조가 하늘로부터 응답받은 것과 관련 있을 거야."

어른의 얘기를 바로 납득하기는 쉽지 않았지만 시간을 두고 차분하게 생각해 보기로 했다.

맞는 얘기든 아니든 죽헌 어른 이분은 참으로 대단한 사람이라는 생각이 들었다. 이런 분이 어씨 세상에 나가지 않고 이처럼 후미진 골짜기에서 웅거만 하고 있었을까. 진정 아쉬운 심정이었다.

밤이 늦어져 우리가 자리를 털고 일어났을 때 하늘에는 온통 별들의 천지였다.

다음 날, 우리는 임실의 오수면獒樹面으로 향해 진안으로 향하는 길로 접어들었다. 상이암에 가보기 위해서였다.

길을 따라가다가 사람들에게 물어 오른쪽 소롯길로 접어들자 곧 산길로 이어졌는데, 숲이 우거진 데다 왼편에는 계곡을 끼고 있어 마치 선경仙境을 오르는 것 같은 느낌이었다. 산새들만 지저귀는 적막한 길이 한동안 이어지다 이윽고 평평해지며 절이 나타났다. 그리 크지는 않았으나 단정하게 세워져 있었고, 분위기가 느껴지는 절이었다.

뒤쪽으로는 성수산이라는 산이 솟아있었고, 앞으로는 작은 연봉連峰이 이어져 있었다. 얼핏 보기에는 그저 별다를 게 없는 고즈넉한 절이었을 뿐, 내심 기대했던 특이한 느낌이 드는 절은 아니었다.

옛적 탁월한 두 풍수의 대가가 선택한 형세를 범인이 어찌 알겠는가 하는 생각에서 더 이상의 모색은 포기하고, 한쪽 비각碑閣으로 다가가자 안쪽에 비석이 세워져 있었다. 비각의 현판에는 御筆閣(어필각)이라 쓰여 있었고, 비석에는 과연 힘찬 글씨로 三淸洞이라 새겨져 있었다.

절의 뒤쪽으로 향하니 어른의 말대로 그리 크지 않은 석판이 세워져 있었다. 석판을 고정시키기 위해 위쪽에 또 다른 석판과 돌을 올려놓은 게 보였다. 가까이 다가가자 歡喜潭(환희담)이라는 글씨가 가늘게 새겨져 있었다.

어느 틈에 노스님 한 분이 다가왔고, 우리는 절의 역사와 산세山勢 등에 대해 얘기를 나눴다. 그러나 어제 죽헌 어른에게 들었던 얘기와 별반 다를 것은 없었다.

그래서 다음에 종종 들러 덕담德談도 나누고 법문法問도 듣고 하겠다며, 약간의 시줏돈을 드린 뒤 하직 인사를 하고 말았다.

우리의 다음 행선지는 경주였다. 설화에 의하면 신라를 건국한 시조 박혁거세도 꿈속에서 하늘의 신인으로부터 금척을 받았다고 하니 그 현장도 둘러보고, 금척리金尺里라는 곳도 방문해 보기 위해서였다. 금척리에는 30여 기의 무덤이 있다는데, 이 무덤들은 금척과 관련되어 만들어진 것이라 했다.

박혁거세에 나타난 신인神人도 금척으로 나라를 바로 잡고 자손 대대로 전하라고 했다 한다. 그래서 신라 왕들은 금척을 소중히 보관하여 대대로 전했는데, 어느 땐가 신라 왕실에 금척이라는 보물이 있다는 사실이 당나라 황제에게 알려졌다. 당 황제는 신라에 사신을 보내 금척을 보여달라고 청했으나, 신라로서는 아무리 당 황제라고 해도 나라의 보물을 내줄 수 없어서 여러모로 궁리 끝에 경주의 한쪽에 30여 기의 무덤을 만들어 그 중 어느 한 곳에 묻어버렸다는 것이다.

경주의 금척리라는 지명은 이러한 사실과 관련해서 생겨난 것이며, 현재도 30여 기의 무덤이 고스란히 전해지고 있다고 한다. 또한 그 후에 금척을 어느 무덤에 묻었는지 모르게 되어 신라가 멸망한 원인이 되었다고도 한다.

이 설화는 고려시대 신라의 지지地誌인 동경지(東京誌: 동경은 고려 시대 경주의 지명)에 실려 있다. 어떤 사실적 근거 없이 구전설화口傳說話로 떠도는 내용을 옮겨 놓은 것이겠지만, 조선과 유사한 내용들을 담고 있다. 국가 창업과 관련되어 등장하고 금척 수수收受의 과정도 비슷한 것이다.

그러나 신라에서는 조선보다 1400여 년이나 먼저 등장하고, 역사상 처음으로 언급되어 반드시 들러보아야 할 것 같았다.

지리산으로 향하는 일가족

경주로 가기 위해서는 먼저 장수長水로 가서 함양, 거창, 대구를 거쳐 경주로 향해야 한다. 한양에서 내려오는 이제까지의 행로도 만만치 않았지만 길은 비교적 잘 나 있는 편이었다. 그러나 앞으로의 노선은 길도 험한 편인 데다 국토 남쪽을 가로지르는 길이어서 마음 단단히 먹어야 할 것 같았다.

장수에서 곧바로 함양으로 향하는 길은 제대로 나있지도 않고 험하기만 해서, 먼저 인월리引月里라는 곳으로 향해 함양으로 넘어가야 할 것 같았다.

인월이 가까워오자 지리산의 능선이 드러나기 시작했다. 동용은 감탄사를 연발하며 길을 재촉했다.

인월에 다다르자 이제까지와는 다른 지리산의 웅장한 자태가 드러났다. 산들의 능선은 하늘 위에 걸쳐 있었고, 높은 봉우리는 구름에 싸여 있었다. 생각 같아서는 그 어느 기슭으로 곧바로 말을 몰아 달려가고 싶기만 했다. 동용도 비슷한 생각이었는지 내게 말을 건넸다.

"장관이군요. 적당한 곳에서 잠시 멈춰 좀 둘러보고 가면 어떨까요?"

"좋은 생각이긴 한데, 마음이 그리 여유롭지 않네. 어쨌든 잠시 쉬면서 차분히 생각해 보세."

마침 따가운 햇볕 때문에 등줄기에 땀이 흘러내리기도 했다. 우리는 가까운 시냇가로 향했다.

말을 묶어놓고 물가로 향하자, 한쪽에서 냇물에 발을 담그고 있던 아이들이 후다닥 일어나더니 그 위쪽에 있던 부모에게로 달려가는 것이었다. 후줄근한 차림의 중년 부부도 우리를 바라보며 경계의 시선을 보냈다. 아마도 갓 쓰고 도포를 입은 내 차림 때문인 듯해서, 갓을 벗어 손에 든 채로 다가갔다.

"나는 관가의 사람이 아닙니다. 대구 쪽으로 가는 과객일 뿐입니다."

그러자 부부는 경계의 시선을 풀긴 했으나 몸 사리기는 여전했다. 동용이 부드럽게 말을 건넸다.

"이 부근에 사십니까?"

"아닙니다. 함양 쪽에서 왔습니다."

"나들이 오셨습니까? 지리산 쪽으로?"

그러자 부부는 아무 말도 하지 않았다. 차림이나 표정으로 봐서 여유롭게 나들이나 올 형편은 아닌 듯했으나 동용이 짐짓 말을 꺼내 본 것이었다.

나는 동용에게 손짓으로 지시를 내리고, 도포를 벗어부친 후 자리

를 잡고 앉았다. 동용은 말에게로 가서 봇짐 속을 뒤져 콩과 들깨 강
정을 한 움큼 꺼내 그들에게로 다가갔다. 길 가다가 출출할 때 간식거
리로 마련해 둔 것이었다. 그들은 두어 번 사양하다 받았으나, 막상 받
자 곧바로 나누어 먹어대기 시작했다. 동용과 나는 외면한 채 멀리 지
리산 능선을 바라보았다.

"잘 먹었습니다. 이거 초면에 폐를 끼쳐서…"

곧 사내는 다가와 뒷머리를 긁적이며 굽실댔다.

"아닙니다. 아이들도 좋아하니 저희들도 기분이 좋습니다."

"사실 저희들은 지리산에 살러 가는 것입니다."

그러면서 사내는 한쪽 버드나무 밑을 가리켰다. 거기에는 꾀죄죄한
짐 보따리들이 놓여있었다. 사내는 작심한 듯 자리에 앉았다.

"지리산에 살러 가다니요? 사람 사는 마을을 두고 왜 산으로 살러
간다는 것입니까?"

"어제 함양에 난리가 났었습니다."

"난리라니요? 누가 쳐들어오기라도 했단 말씀입니까?"

"그게 아니고, 고을 사람들이 들고일어났습니다. 관아에 쳐들어가
몽둥이찜질을 해대고 불을 싸질러 난리도 그런 난리가 없었지요."

"왜 그런 난리가 났습니까?"

"원래 거기 현감이란 자가 못돼먹은 자였습니다. 고을 살림에는 관
심이 없고, 온갖 이름을 다 붙여 사람들에게 가렴주구를 일삼았던 자
지요. 또 툭 하면 노인이건 여자건 가리지 않고 잡다가 곤장을 쳐대
고, 말 안 듣는다고 집에서 키우는 소나 말들도 함부로 끌고 가기도 했
습니다. 참다못해 사람들이 이름들을 잇대어 써서 등소等訴를 올려도

아무 소용이 없고, 도리어 주동자 몇 사람 잡아다가 감옥에 집어 넣어 버리곤 했습니다.

함양에 가면 상림上林이라는 유명한 숲이 있습니다. 원래 홍수를 방지하기 위해 둑을 쌓으면서 만든 숲인데, 그 안에 있는 정자에서 현감이란 자가 툭 하면 기생들 불러놓고 술판을 벌입니다. 주민들은 험한 보릿고개에 먹을 게 없어 그야말로 풀뿌리, 나무껍질도 마다하지 않는데, 고을 수령이란 자가 그런 건 나 몰라라 하고 술판이나 벌이고 있으니 사람들 심정이 어떻겠습니까?

어제 참다못한 젊은이들이 상림으로 몰려가 술상을 뒤집어엎고, 현감, 아전들을 땅바닥에 던져버렸소. 내친김에 정자까지 불태워 버리자, 고을 사람들도 모두 들고일어나 관아로 몰려가서 닥치는 대로 때려 부수고 불을 싸질러 온통 난장판을 만들어 버렸습니다.

그리고 창고란 창고는 다 열어 곡식이며, 돈들을 주민들에게 다 나누어 주었소. 감방도 열어 억울하게 옥살이하던 사람들도 모두 꺼내주고, 그 자리에 현감과 구실아치들을 몰아넣었습니다."

충격적인 얘기였다. 간간이 민란 소문을 듣기는 했지만 이렇게 직접적으로 듣기는 처음이었다.

"곧 거창 쪽에서 관군들이 들이닥치겠지요. 그러면 고을 사람들 이 잡듯이 뒤져서 잡아 죽이고 감방에 집어넣고 하겠지요. 그리고 관아는 언제 그랬냐는 듯이 또 이전 그대로 하던 짓 계속할 것입니다.

1년 내내 실컷 농사지어봐야 여기저기서 다 뺏어가고, 남는 것도 없습니다. 요즘 같은 보릿고개에는 먹을 게 없어 피치 못해 비싼 변리邊利 쌀들로 입에 풀칠하게 되니 빚만 그저 늘어갑니다.

성질 급한 사람들은 견디다 못해 대들다가, 관가에 붙들려가 곤장 세례를 맞거나 감방에 갇히기 일쑤입니다. 그래서 관아도 싫고, 사람도 싫어 산속으로 가서 화전火田이나 부치며 살려 합니다."

바싹 마른 채 볕에 거무죽죽하게 그을린 사내는 말을 마친 후 멀거니 지리산 능선을 바라보았다. 지리산이 그의 마지막 희망인 듯했다. 동용은 곰방대를 꺼내 담배를 채운 후 부싯돌과 함께 사내에게 건넸다. 사내는 고맙다고 굽실거리며, 곧 담배 연기를 길게 내뿜었다.

"지리산은 육덕肉德이 많은 산이라 들었습니다. 그래서 산에 들어오는 사람에게 배를 곯게 하지는 않는답니다. 어디 한 구석에 숨어 살면 찾아오는 사람도 없고, 뺏어가는 사람도 없겠지요."

"그렇지만 산속에 산다는 게 쉽지 않을 텐데요. 아무것도 갖춰져 있지 않고, 맹수도 있고…"

"그래도 관가 사람들 상대하는 것보다는 나을 것입니다. 저뿐만 아니라 우리 고을과 옆 고을에도 집을 버리고 떠난 사람들이 한둘이 아닙니다.

변리 쌀뿐만이 아닙니다. 관아에서 봄 보릿고개에 곡식을 빌려주고 가을 추수기에 이자 붙여 받는 환곡還穀이라는 것도 무섭기는 마찬가지입니다. 그 이자가 오히려 세금보다도 많은 경우도 있어요. 이러니 1년 내내 뼈 빠지게 농사지어봐야 뭐합니까? 남는 것은 없고 빚만 늘어가니 견디다 못해 도망치는 겁니다. 산다는 게 그저 한스럽기만 합니다.

우리 같은 사람들이야 천성이 악하질 못해 도망쳐서 그냥 산속이나 들어가 살려 하지만, 떼를 지어 몰려다니며 화적도 되어 산적도 되어 강도질을 하는 사람들도 적잖다고 합니다. 이런 일이 계속되면 결국 나라 꼴이 어떻게 되겠습니까? 저야 일자무식이라 땅이나 파먹고 살지만, 많이 배우고 나랏일 하는 사람들 정말 정신 바짝 차려야 할 겁니다."

나는 뭐라 할 말이 없어 잠자코 있었다. 마치 내 잘못인 것만 같아 내심 얼굴이 화끈거리기도 했다. 동용도 뜻밖이었는지 입 다문 채 시냇물만 바라보고 있었다.

"지금 이쪽뿐만이 아니고 남쪽 여기저기서도 들먹들먹하는 모양입니다. 몇몇 고을이 함께 들고 일어난 데도 있고요. 나라가 어떻게 되려고 이러는지 참 큰일입니다. 옛말에 농부들이 땅바닥을 두드리고 노래 부르며 임금을 칭송한다고 했다는데, 내 사는 동안 단 한 번만이라도 그런 때가 좀 있어 봤으면 원이 없겠습니다."

우리가 그저 침묵을 지키고 있으니 사내는 흘끗거리더니 내심 미안했던 모양이었다. 곰방대의 담뱃재를 털어 돌려주며 목소리를 낮췄다.

"제가 초면에 말이 너무 많았던 것 같습니다. 보아하니 먹물 좀 드신 것 같아 답답한 심정을 털어놓은 것뿐입니다. 돈을 벌려면 한양으로 가야 하고, 저희들이야 고향 지키면서 맘 편하게 농사지어 그저 가족들 먹여 살리는 게 낙인데, 그마저도 안 되니 산속으로 들어가려는 것입니다. 산에서는 그래도 일한 만큼 먹고 살 수는 있지 않겠습니까?"

그의 식구들과는 그렇게 헤어졌다. 이것도 인연인데, 어디 자리 잡게 되거든 장소나 알려달라며 내 집 주소를 건넸으나 사내는 그마저도 거절했다. 인연이 있으면 또 만나게 될 거라는 선문답 같은 얘기를 꺼내며, 공손하게 인사를 건넨 후 식구들을 이끌고 가버렸다.

우리는 무거워진 마음으로 말에 올랐다. 한창 연두색으로 물들고 있는 산야와 그린 듯한 산들의 능선도 별다른 감흥을 불러일으키지 못했다.

물론 그런 사정들을 처음 알게 된 것은 아니었다. 그동안 풍문으로 몇 차례나 들었었고, 선비들도 여러 시문詩文으로 농민들의 실정을 전하기도 했었다. 그러나 이처럼 현장에 와서 피해 농민에게서 직접 듣는 것은 또 다른 것이었다.

게다가 어른 아이 할 것 없이 마르고 볕에 그을은 몰골들, 절망감에 그늘진 표정, 꾀죄죄한 살림 보따리들…

아마 이마저도 부분적인 것일 뿐이고, 농민들의 실상을 샅샅이 알고 보면 더 참혹한 일도 많으리라. 군정軍政도 썩을 대로 썩어서 백골징포白骨徵布니, 황구첨정黃口添丁 같은 말들이 생겨났다고 한다.

남자가 군역軍役을 복무하는 대신 내게 되는 군포軍布를 죽은 사람도 군적軍籍에 올려 받아내는 게 백골징포며, 어린아이에게도 받아내는 게 황구첨정이라 한다. 심지어 여자아이를 남아로 둔갑시켜 받아내는 경우도 있다 하니 서민들의 입장에서 얼마나 기가 찰 노릇인가.

도대체 어디에서부터 잘못된 것인가. 왜 인간 세상은 갈등과 반목이 이어지는 것인가. 아까 사내의 말대로 격양가擊壤歌를 부르며 태평세월을 구가한다는 것은 영원한 이상향에 불과한 것인가. 왜 세상은 공평하지 못하고 힘 있는 자와 없는 자, 잘 사는 자와 못 사는 자로 구분되며, 남의 것을 뺏고 남에게 불행을 안겨 주는가.

그러다 문득 내 자신에게로 돌아왔다. 나는 이런 세상에서 과연 무엇을 하고 있는가. 지금 금척이라는 사물의 자취를 찾기 위해 이렇게 돌아다니는 게 과연 잘하고 있는 것인가…

나는 잠시 전의 사내와 같은 삶의 절박함은 겪지 않고 있다. 또한 식구들을 위해 따로 밥벌이하지는 않고 그저 책 보는 데 전념해 왔다. 이유는 단 한 가지, 부모를 잘 만난 탓이다. 그렇다면 내가 진정으로 해야 할 것은 과연 무엇인가. 공평한 세상을 위해, 크게 봐서는 세상을 바로잡기 위해 어떤 식으로든 기여해야 할 게 아니겠는가?

머릿속은 이런저런 생각들이 쉼 없이 피어올라 혼란스러웠다. 동용도 비슷한 심정이었는지 아무 말 없이 따라오기만 했다.

함양으로 향하는 길은 오른편에 웅장한 산세가 펼쳐져 있었고, 한창 물오른 신록과 색색의 꽃들이 마치 딴 세상에 들어선 것 같았다. 그러자 또다시 생각들이 피어올랐다. 자연은 저렇게 아름다운데 왜 인간 세상은 그렇지 못하는가. 사람도 자연의 일부가 아닌가. 도대체 인간 사회는 무엇이 잘못되었는가…

"참, 아까 사내 말 중에 땅을 두드리며 노래 부른다고 했는데, 그게 무슨 노래입니까?"

"흔히 격양가라고 한다네. 노랫말은 간단하네.

'해가 뜨면 들에 나가 일하고, 해가 지면 집에 들어와 쉬네. 샘을 파서 물 마시고, 땅을 갈아 배를 채우니, 임금의 덕이 무슨 소용인가'라고 되어있네."

고대 중국 요순시대堯舜時代에 만들어진 노래로, 천하가 태평성대를 구가했다는 뜻이라네. 가장 살기 좋았던 세상이라지만 실제로는 그대로 누렸다는 경우가 별로 없네."

"임금을 칭송한다더니, 임금의 덕이 소용없다니요?"

"그 말이 그 말일세. 백성들이 임금의 덕이 소용없다고 느끼는 때가 정치를 가장 잘하는 때일세."

우리가 함양에 당도했을 때는 이미 해가 기울고 있었다.

들판은 여느 고을과 마찬가지로 모가 한창 자라 초록 비단을 깔아 놓은 듯했으나, 마을로 들어서자 적막하기만 했다. 관아로 보이는 곳에는 불에 탄 흔적들이 보였지만 군졸이고 구실아치들이고 모습조차 보이지 않았다. 간간이 개 짖는 소리만이 공허하게 울려 퍼졌다.

"마치 유령 마을 같군요."

"폭풍이 오기 전에 고요하다더니 그 꼴이야. 관가 사람들은 맞아 죽지 않으려고 어딘가에 숨어 있고, 젊은 사람들은 곧 들이닥칠 관군들을 피해 지리산으로 피신했겠지. 우리도 빨리 여기를 벗어나세. 자칫 잘못하면 함께 휩쓸려서 어떤 꼴을 당할지 모를 것 같네."

우리는 거창 쪽으로 길을 재촉했고, 고을을 벗어난 뒤로는 관군과 맞닥뜨림을 피해 산길로 접어들었다. 밤이 이슥해서 거창의 한 주막에 다다라 숙박을 청했다.

저녁을 먹고 일찍 잠자리에 들었을 때 동용은 장거리 행로에 피곤

했는지 금방 코를 골며 잠에 빠져들었으나, 나는 낮의 일들이 다시금
선명하게 떠올라 잠을 이룰 수가 없었다.

문득 언젠가 읽었던 다산茶山의 시 애절양哀絶陽이 떠올랐다.

－哀絶陽 / 丁若鏞

蘆田少婦哭聲長
哭向縣門號穹蒼
夫征不復尙可有
自古未聞男絶陽
舅喪己縞兒未燥

三代名簽在軍保
薄言往訴虎守閽
里正咆哮牛去早
磨刀入房血滿席
自恨生兒遭窘厄

蠶室淫刑豈有辜
閩囝去勢良亦慽
生生之理天所予
乾道成男坤道女
騸馬豶豕猶云悲

況乃生民思繼序
豪家終歲奏管絃
粒米寸帛無所捐

均吾赤子何厚薄
客窓重誦鳲鳩篇

갈밭 젊은 아낙 오랫동안 울더니
관문 앞 달려가 통곡하다 하늘 보고 울부짖는다.
출정 나간 지아비 돌아오지 못하는 일은 있다 해도
사내가 제 자지 잘랐단 소리 들어본 적 없구나
시아버지 삼년상 벌써 지났고
갓난아인 배냇물도 안 말랐다

이 집 삼대 이름 군적에 모두 실렸다며
억울한 하소연 하려 해도 관가 문지기는 호랑이 같고
이정은 으르렁대며 외양간 소마저 끌고 간다
남편이 칼 들고 들어가더니 피가 방에 홍건하다
스스로 부르짖길 '아이 낳은 죄로구나!'

누에 치던 방에서 불알 까는 형벌도 억울한데
민땅의 자식 거세도 진실로 슬픈 것이거늘
자식을 낳고 사는 이치는 하늘이 준 것이요
하늘의 도는 남자 되고 땅의 도는 여자 되는 것이라
거세한 말과 거세한 돼지도 오히려 슬프거늘

하물며 백성이 후손 이을 것을 생각함에 있어서랴!
부자 집들 일 년 내내 풍악 울리고 흥청망청한다.
이네들 쌀 한 톨 베 한 치 내다 받치는 일 없다
다 같은 백성인데 이다지 불공평하다니
객창에 우두커니 앉아 시구 편을 거듭 읊노라

〈출처: https://biencan.tistory.com/226 [먼. 산. 바. 라. 기.]〉

이 시는 다산이 강진 유배 시인 계해년癸亥年 가을, 직접 보고 들은 것을 바탕으로 하여 지은 것이라 한다.

갈대밭 마을에 사는 한 아낙네가 아들을 낳은 지 사흘 만에 군적軍籍에 등록되고, 이정(里正: 관아의 하급관리)이 아이를 사내로 간주하여 군포軍布를 납부하라 했단 한다. 남자가 군포를 내지 못하자 이정은 집에 있던 소를 빼앗아 가버렸다.

남자는 억울함을 이기지 못해 울부짖으며, 재앙의 원인인 자기 생식기를 칼로 베어버렸다고 한다. 그 아내가 하소연하러 피가 뚝뚝 떨어지는 남근을 들고 관가에 가니 문지기가 들어가지 못하게 막아버렸다는 것이다.

다산이 한탄을 금치 못해 시를 지은 지 30여 년이 지난 지금도 달라진 게 과연 무엇인가. 세상은 여전히 도탄에서 헤어나지 못하고, 사람이 사람을 착취하고 학대하는 미친 작태는 계속되고 있다. 도대체 어디에서부터 잘못되고, 어떻게 책임을 물어야 없앨 수 있단 말인가.

애초 조선을 건국할 때는 유학자들이 성리학만이 진정한 학문이고 나라 살리는 길이라고 들고 일어났었다. 암울한 무신정치와 불교의 폐해에 지친 백성들은 삼강오상三綱五常을 부르짖고 윤리와 도덕을 최고의 덕목으로 삼는 유교가 새 세상을 열어줄 것으로 기대했었다.

그러나 실제 정치는 어떻게 전개되었는가.

얼마 지나지 않아 사화士禍를 일으켜 많은 사림士林들을 처단하고, 붕당朋黨을 형성하여 유교 이념 논쟁에 몰두하였으며, 급기야 세도정치까지 벌여 임금은 저만치 앉혀두고 비변사備邊司를 틀어쥐고 조정을 장악하여 정권을 좌지우지하지 않았는가.

그러는 동안 사회 기강은 해이해지고 관가의 부정부패는 심화되어 갔다. 명분과 의리 다툼에서 승리하여 권세를 거머쥐고, 자신의 가문에 도전하는 다른 세력들은 가차 없이 타도하는 동안 사회적 모순은 쌓이고 쌓여 위기에 다다른 것이다.

권세가들은 그 시급함을 인식하지 못하고, 알려 하지도 않았다. 그저 조정에서 눈앞의 이익에만 급급하니 삼정三政의 문란이니, 변통이니, 개혁이니 하는 것들이 제대로 보일 것인가. 설사 보인다 한들 제대로 대책을 내놓을 수 있을 것인가.

정도전은 조선 건국 초기 불씨잡변佛氏雜辨이란 책까지 지어가며 불교를 이단으로 비판하고, 유교만이 도덕적 이상 국가를 건설할 수 있는 사상인 것처럼 주장했다. 하지만 그 결과는 어찌 되었는가. 지금의 조선 사회가 고려 말과 과연 다르다고 할 수 있겠는가.

사대부는 그야말로 부모 잘 만나 생업에서 벗어나 많은 학식을 쌓고, 남들에게 내세울 수 있는 관직까지 차지한 사람들이다. 그렇다면 자신보다 아래쪽도 살펴볼 줄도 알고, 현재의 시국이 어떤 상황인지 판단할 줄 알아야 할 것이다. 또한 멀리 앞쪽을 내다보고 대책을 강구하고 행동할 줄도 알아야 할 것이다. 그게 선택된 자들의 윤리고, 의무이며, 사회에 대한 책임인 것이다. 그래야만 세상도 평안해지고, 발전적으로 굴러갈 게 아니겠는가.

그러나 작금의 사대부들의 행태는 어떠했는가.

학식은 벼슬을 차지하기 위한 수단이었고, 상대편을 공격하기 위한 유효한 무기였다. 또한 자신과 파벌을 지키고 강화시키기 위한 성채였다. 그저 위쪽만 바라보고 세를 불리고 힘을 키울 뿐이다. 툭 하면 옛적 공맹孔孟을 찾고, 하늘[天]을 끌어들여 자신들의 주장에 대한 근거로 삼고, 수시로 충효, 명분, 의리 등을 들먹이며 자신들만이 올바른 도리를 알고 행하는 줄 알고 있는 것이다…

다산은 진작부터 이런 문제점들을 인식하고 먼저 성리학의 리理라는 존재에 대해 의심을 품기 시작한 것 같다. 그러면서 그는 우주에건 인간에건 본질적 진리, 즉 천리天理라는 건 있을 수 없고, 있다면 자연의 이치만이 있을 뿐이라는 결론에 다다른 것 같다. 따라서 진리를 별도의 존재로 상정하고 찾을 게 아니라, 늘 경험하고 깨우치며 찾아야 한다고 생각했던 것 같다.

그런데 그는 하늘의 존재는 부정하지 않고 상제上帝라 하여 조물주의 위상으로 받들어 모셨다. 그러면서 잘못된 것은 성리학이지 원래의 유교가 아니라며, 당면한 질곡과 모순, 위기를 탈피하려면 본원적인 유교 정신을 찾아 왕도 정치를 부활시켜야 한다고 했다.

따라서 고대의 경전을 다시 들추어내어 원전原典의 뜻을 살리고, 그에 맞게 정치며 사회를 뜯어고쳐야 한다는 것이다. 유교로 입문한 학자답게, 요순시대堯舜時代를 가장 이상적인 정치 형태로 알고 그에 맞춰가야 한다는 주장일 것이었다.

그러나 그에 대해서는 선뜻 동의하기가 어렵다.

다산이 '육경사서六經四書에 대한 연구로 수기修己를 삼고, 일표이서一標二書로 천하국가를 위한다'고 내세우며, 고적한 유배기간 동안에도 굴하지 않고 민생과 나라를 걱정하여 경세유표經世遺表나 목민심서牧民心書, 흠흠신서欽欽新書 같은 뛰어난 책들을 저술한 것은 높이 살만한 것이다. 그러나 요즈음 시대에 와서 다시 옛적 성인들을 들먹이며 요순시대 같은 나라로 돌아가자는 주장이 과연 타당한 것일까.

중국에서도 역사상 수많은 나라들이 명멸했고, 사서삼경이니, 사서오경이니 하여 성인들의 말씀을 신줏단지처럼 모셨지만 과연 어느 나라가 요순시대에 걸맞은 나라를 건설했는가.

그리고 어차피 인간이란 역사와 시대적 여건에 종속되기 마련이다. 몇천 년 전에 통용되던 말씀이 현시대에도 통용되리라는 보장이 어디 있겠는가.

따라서 인간 세상에서 가장 이상적인 것은 종종 추구하고자 하는 환상이나 상상에 불과할 뿐이다. 현실은 그와는 한참 멀리 떨어져 있다.

중국의 한비자韓非子는 일찍이 이러한 사정을 간파했는지 '덕치德治라는 것은 흘러간 물일뿐'이라고 했다. 또한 '지금 선왕先王의 정치로 당대 인민을 다스리려는 자들은 하나같이 토끼가 다시 걸리지 않을까 하고 기다리는 것과 같은 사람들'이라고도 했다.

또한 그는 풍습이나 제도 같은 것은 도덕적 감성이 아니라, 그 사회의 경제적 여건에 따라 변하는 것이라 했다. 따라서 정치건, 법이건 시대에 맞게 조정되어야 하며, 인간이란 원래 이기적이고 악한 존재이기 때문에 선함을 추구하려 하지 말고, 법法, 세(勢: 권력), 술(術: 책략)을 동원하여 강력하게 다스려야 한다고도 했다.

그는 원래 순자荀子의 제자였다고 한다. 순자는 이른바 성악설性惡說을 주장하여 맹자의 대척점에 서서 유학자들에게 배척당했던 인물로 알려져 있다. 하지만 실제로 사상을 접해 보면 유교에서는 흔히 볼 수 없는 합리성과 현실성을 갖춘 인물이기도 하다. 때문에 당대에 소외되기도 했지만 한편으로는 높이 평가되기도 했다고 한다.

그는 유교의 궁극인 하늘[天]이나 가치의 정점인 도덕의 존재를 가차 없이 부정했다.

하늘은 그저 단순한 우주의 기능적 운행에 불과할 뿐이며, 일식이나 월식과 같은 것도 인간 삶과 관련되어 있는 게 아니라 하나의 자연현상에 불과할 뿐이라고 했다.

또한 그는 도덕에 대해서도 천리天理에 근거하고 있거나 생래적인 것이 아니고, 인간이 사회를 이루고 발전하면서 만들어진 문명의 산물일 뿐이라고 했다.

따라서 전통적인 농업사회에서 상업이나 기술 등의 중요성이 부각되고, 유동성이 증가하고, 사회적 체제가 달라지는 등 전환기를 맞으면 전통적인 도덕관념이나 법, 제도 같은 것도 달라질 수밖에 없다는 것이다.

그러면서 그는 유독 민생을 강조했다. 먼저 백성이 먹고 살고 부유해져야 인정仁政도 가능하다며 국가는 재화의 생산에 심혈을 기울이고 시장市場이 원활하게 굴러갈 수 있도록 자율성을 보장해야 한다고도 했다.

지금 조선이 택해야 할 길은 차라리 순자나 한비자 같은 현실적이고 실용적인 노선이 아닐까. 주자나 주공, 공자는 더 이상 희망을 주지 못한 채 그저 익숙하기만 할 뿐이다. 그동안 중국이나 우리 역대 나라에서도 많이 채택했었고, 실패도 많이 겪은 까닭이다. 익숙하면 감동을 주지 못하고, 감동이 없으면 인민을 따르게 하지 못한다…

나는 밤새 자리를 뒤척이며 잠을 이루지 못했다. 낮에 받은 충격들 때문인지 생각들은 끊임없이 피어올랐다. 수없이 생각한다고 해도 현실에 직접적인 영향도 주지 못한 채 내일이면 또다시 모래성처럼 사라져 버릴 생각들…

나는 눈을 질끈 감고 머리털을 움켜쥐었다.

경주의 금척리로 향하다

다음 날, 동용과 나는 고령, 대구를 거쳐 경주에 다다랐다.

나는 경주가 두 번째 오는 길이어서 다소 익숙해 있었으나, 동용은 생전 처음 보는 대형 능묘 군이며 탑들에 연신 감탄사를 쏟아냈다. 특히 불국사와 석굴암을 보고는 마치 넋이 나간 듯 한동안 아무 말도 하지 못했다.

우리는 첫날 천년고도 여기저기를 주마간산走馬看山 격으로 유람하고, 다음 날 아침 일찍 금척리金尺里 고분군을 찾아 나섰다. 먼저 금척의 자취가 확실히 남아있는 곳부터 둘러보기 위해서였다.

금척리는 경주 서쪽 건천현乾川縣에 있었는데, 고분군이 위치한 곳은 사방이 산으로 둘러싸여 마치 꽃잎으로 둘러싸인 꽃술 같은 모양이었다. 첫눈에도 명당자리 같은 느낌이 드는 곳이었다.

크고 작은 고분들이 50여 기나 산재해 있어 얼핏 보기에는 신라시대 귀족들의 무덤 터가 아니었는가 생각이 들 정도지만, 이 분묘 중

하나에 금척이 묻혀 있다는 전설이 전해지고 있다고 한다. 여기 금척 리라는 지명과 수십 기의 고분은 그 설화를 나타내고 있다는 것이다.

우리는 생경하게 펼쳐진 무덤 떼를 바라보며 망연히 서 있었다.

"어디에서 오신 분들이시우?"

뒤쪽에서 난 소리에 고개를 돌려보니 머리가 희끗희끗한 초로의 사내가 반가운 표정을 짓고 있었다. 복장은 잿빛 일색이었으나 머리에 벙거지를 쓰고 있었다.

"한양에서 왔습니다. 경주 유람 온 길에 들러봤습니다."

"경주에 볼 게 쌔고 쌨는데, 겨우 무덤 떼들을 보러 예까지 오다니요. 그냥 오신 것 같지는 않은데?"

"이 무덤들이 신라의 금척과 관련된 것이라는 소문이 있어서 들러봤습니다."

"그러신 줄 짐작했습니다. 그런 사람들이 가끔 찾아오지요. 이곳에 금척이 묻혀 있다는 등, 신라가 멸망한 원인이 이곳에 묻혀 있는 금척을 찾지 못해서라는 등의 소문을 듣고 호기심 차 찾아옵니다. 실제로 금척리라는 지명도 있고, 무덤 떼도 있어서 그럴듯하게 보이지요."

"그럼 아닐 가능성도 있다는 얘깁니까?"

"그렇습니다. 제가 생각하기로는 전설이나 무덤 떼나 의도적으로 만들어졌을 가능성이 큽니다. 즉 사실이 아니라는 얘깁니다."

"왜 그렇게 생각하십니까?"

"금척은 신라 왕조 창업을 가능케 했고, 국가 통치의 수단이기도 했던 귀중한 보물이었지요. 그런 일급 보물을 그렇게 허술하게 관리했겠습니까? 그리고 금척은 원래 자[尺]의 기능을 가지고 있다는 사물입니다. 그래서 늘 왕실에 있어야 하는 것입니다. 마치 목수가 늘 자를 끼고 있는 것과 같은 이치지요."

"그러면 선생은 왜 일부러 전설이나 무덤들을 만들었다고 생각하십니까?"

"탐내는 사람들이 많아서겠지요. 그야말로 중국에서 그랬을 수도 있고, 왕권을 노리는 신라 귀족일 수도 있고… 그래서 왕실에 없다는 것을 나타내기 위해 일부러 전설 등을 만든 게 아닌가 생각됩니다."

나는 문득 그가 금척에 대해 상당한 지식을 갖고 있을 것 같은 생각이 들었다.

"이왕 얘기 나온 것 저희들에게 금척에 대해 자세히 얘기 좀 해주시지요. 멀리서 왔고, 우리도 말로만 듣던 금척에 대해 많이 알고 싶으니까요."

"그렇게 하십시다. 나도 많이 알지는 못하지만 관심이 많다니 아는 데까지 얘기해 드리지요. 우선 자리부터 옮기기로 합시다."

우리는 무덤 떼를 뒤로하고 한쪽의 커다란 느티나무 아래로 다가갔다. 나무 그늘 아래에는 듬성듬성 바위들이 놓여있어 앉기 안성맞춤이었다. 마침 널린 무덤 쪽에서 바람도 시원하게 불어 제쳤다. 나는 오면서 궁금하게 생각했던 것을 먼저 꺼냈다.

"그런데 이곳은 어떻게 오게 되셨습니까?"

"아, 나는 이 분묘 지역을 지키는 사람입니다. 경주부에서 서리胥吏로 근무했었지요. 원래는 과거에 뜻을 두었으나, 능력도 미흡한 데다 가정도 어렵고 하여 포기했습니다. 그러나 관원 노릇을 한다는 것도 쉬운 건 아니었습니다.

관아의 아전衙前이라는 자리가 급료도 제대로 받지 못하는 데다가, 불순한 상관들의 부당한 지시를 그대로 집행하려다 보니 자연 주민들을 들들 볶는 수밖에 없었지요. 처음에는 관아라는 게 다 그런 모양이라며 휩쓸려 지내다가, 철도 들고 속을 알고 나서는 번번이 대들었습니다. 상관들은 눈엣가시처럼 여기다가, 자기들도 찔리는 구석이 있었는지 차마 자르지는 못하고 이곳 지킴이로 내쫓았습니다.

여기서 하는 일이라고는 그저 잡인들이 출입하여 훼손하는 것을 막고, 틈틈이 벌초나 하는 것이어서 처음에는 사직하려 했습니다. 그러나 왜 이곳을 사람을 두어 지키려 하는지, 왜 분묘들이 이처럼 많이 몰려 있는지에 대해 의문이 들기 시작했습니다. 그래서 이 사람 저 사람 얘기도 들어보고, 책도 구해다 읽어 보고하면서 많은 것을 알게 되었지요. 또 소문이 나니 가끔씩 선비 같은 사람들도 찾아와 얘기도 들려주고, 서책書冊 같은 것도 빌려주곤 했습니다. 그래서 지금은 이곳에 보내준 것을 고맙게 생각하고 있습니다."

"만족하고 계시다니 다행입니다."

"게다가 무덤이나 들판에서 베어낸 풀들을 쟁여두었다가 농한기 때 농부들에게 주면 좋아합니다. 좋은 거름이라며 곡식도 주고, 과일도 갖다 줍니다. 서리로 있으면서 늘 원망 어린 시선만 대하다가 반가워하는 모습을 대하니 살 것 같습니다. 이제 붓대 놀리는 일이라면 진절머리가 납니다."

"그런데 관청에서는 왜 이곳을 지키려 할까요. 지금이 신라 시대도 아니지 않습니까?"

"금척과 관련되었다는 유적이기 때문이겠지요. 조선도 태조가 꿈속에서 하늘로부터 금척을 받고 창업했다는 나라 아닙니까? 그러니 금척이라는 문자만 들어가면 소홀히 할 수 있겠습니까? 비록 전설이라 할지라도?"

나는 자신도 모르게 고개가 끄덕여졌다. 그러면서 그동안의 의문 하나가 재빨리 떠올랐다.

"그런데 왜 신라와 조선의 창업 때만 금척이 나타났을까요? 고려도 우리 민족 국가 아닙니까?"

"고려 왕건 태조는 외래 해양인이었기 때문일 겁니다. 조선의 용비어천가龍飛御天歌 83장에 보면 이런 구절이 있지요."

사내는 나뭇가지를 들어 땅바닥에 한자를 쓰기 시작했다.

位曰大寶 大命將告 肆維海上 迺湧金塔
尺生制度 仁政將託 肆維天上 迺降金尺

한글풀이는 다음과 같습니다.

'군위(君位: 왕위)를 보배라 할 새, 대명(大命)을 알리려 하매, 바다 위에 금탑이 솟으니
자(尺)로 제도가 날새 인정(仁政)을 맡기려고 하매 하늘에서 금척이 나리시니

윗 구절은 고려 태조에 대한 것이고, 아래 구절은 조선 태조에 대한 것입니다.

새 왕조 창업에 대한 계시가 각각 금탑과 금척이라는 것을 나타내

고 있습니다.

아마도 고려 왕건은 가문이 해양인 출신이기 때문에, 하늘에서 내려오지 않고 바다에서 솟았다고 한 것 같습니다. 금탑이라고 한 것은 금척과 대구對句를 이루는 것으로 보아 중심 사상이 불교라는 것을 나타낸 것 같습니다.

"그렇지만 신라 개국과 조선 개국은 엄청난 세월의 차이가 있지 않습니까? 무려 1500여 년이나 차이가 나는데, 어찌 같은 금척을 바탕으로 나라를 열었을까요? 아무리 좋은 제도도 100년이 지나면 낡기 마련이라고 들었는데요."

"세상에는 바뀌지 않는 진리의 법이라는 게 있는 것 같습니다. 인간의 역사에는 수많은 시대가 바뀌고, 여러 사조思潮들도 나타나 각광을 받다 스러지기도 했지만, 자연은 그대로지 않습니까? 계절은 변함없이 춘하추동으로 반복되고, 해와 달, 그리고 별들은 똑같은 길로 운행을 반복합니다. 우리가 흔히 진리라는 것을 성인의 말씀에서 찾고, 사람의 본성에서 찾곤 하지만, 만약 자연 그 자체에서 진리를 찾는다면 어떨까요? 그야말로 절대적인 진리가 될 수 있지 않을까요?"

나는 말문이 막혔다. 이곳 무덤 떼 주변에서 이런 얘기를 듣게 될 줄이야…

그러나 문득 나는 여기 고담준론高談峻論 하러 온 게 아니라는 생각이 스쳤다. 금척의 자취를 최대한 추적하여 중국행에 도움을 얻고자 온 것이다.

"조선 태조께서는 젊은 시절부터 몸을 초개같이 여기며 나라를 위해 많은 공을 세우시고, 특히 전라도 남원의 황산대첩에서는 누란의 위기 속에서 고려를 구하여 청사에 빛날 업적을 남기셨습니다. 그래서인지 귀환 길에 진안현의 마이산이라는 곳에 들렀다가 하늘로부터 금척을 받았다고 합니다. 그야말로 천지신명이 감동해서인지 모르겠습니다.

그러나 신라의 박혁거세는 별다른 공로도 없이 어느 날 우연히 꿈속에서 거저 주어진 것 같습니다. 왜 그랬을까요? 그저 운이 좋아서였을까요?"

"하하, 그랬을 수도 있지요. 사람 운명이 누구에게나 같은 건 아니고, 천양지차지요. 그러나 그렇다고 해도 한 왕조를 창업하는 데는 운이 좋은 것만 가지고는 어려울 것입니다. 박혁거세는 흔히 알에서 태어났다고 하지요. 그러나 조선 중기의 학자 일십당一十堂 이맥이 저술한 태백일사太白逸史라는 책에는 모친이 부여夫餘국 제실帝室의 딸이라고 했습니다. 왕실의 공주라는 얘기지요. 그런데 파소婆蘇라는 이 공주가 그만 남편 없이 아이를 배게 되자 타인의 눈총을 피해 동옥저東沃沮로 도망쳤다가, 다시 배를 타고 진한辰韓 나을柰乙, 즉 서라벌로 와서 박혁거세를 낳았다고 합니다.

태백일사 기록이 사실이라면 박혁거세는 왕족 출신이라는 얘기가 됩니다.

또한 부여는 우리가 흔히 아는 북부여, 동부여가 아니라 대부여大夫餘를 말하는 것 같습니다. 고려 때 행촌杏村 이암이라는 사람이 쓴 단군세기檀君世紀라는 책에 보면 44대 단군檀君 구물丘物은 국호를 조선에서 대부여로 바꾸었다고 나와 있습니다. 즉 파소는 조선 왕조의 공주였다는 것입니다.

파소가 진한의 나을로 간 것은 뭔가 연관이 있어서였을 것입니다. 그렇지 않고 생판 낯선 사람이 진한 땅으로 가서는 받아들여지기 어렵겠지요. 진한은 원래 고조선의 유민과 이민이 세운 연맹체라고 했습니다.

그런데 파소는 도망칠 때 뭔가 귀중한 보물들을 가지고 도망쳤을 것입니다. 자신과 아이의 생존을 위해서지요. 그중의 하나가 바로 왕실의 금척이 아닌가 합니다. 당시 부여도 이미 기울고 있는 상황이어서 금척의 보존과 관리에 소홀했을 수도 있습니다.

파소, 즉 선도산 성모聖母는 진한에서 금척의 소유 사실을 알리고, 금척의 지식을 바탕으로 박혁거세를 교육시켰을 것입니다. 그가 진한의 촌장들로부터 거서간居西干으로 추대받은 때가 겨우 13세라는데, 뭔가 특별한 상징과 지혜가 있지 않고서는 그 나이에 군주급이 될 수 없기 때문입니다.

박혁거세가 꿈속에서 금척을 받았다는 것은 천명天命을 강조하려는 것과 아울러, 그의 사상의 바탕이 금척이라는 것을 나타내려는 듯합니다.

따라서 박혁거세의 금척 수수 설화는 그저 행운이나 우연이 아니라, 가문의 배경과 지혜를 갖추어 당연한 일이었다는 것을 의미하는 것으로 보입니다.

금척은 고조선 시대부터 있었을 것입니다. 왜냐면 우리 태조가 국호를 단군처럼 조선이라 명명했는데, 그 이유가 금척을 수수했던 것과 관련이 있기 때문일 것입니다.

또한 환웅桓雄 선조가 지상에 내려올 때 천부삼인天符三印을 가지고 내려왔다는데, 여기서 삼인은 천지인天地人의 이치를 의미하는 것으로 보이기 때문입니다. 금척은 천지인 사상과 밀접한 관련을 갖고 있습니다."

나는 정신없이 듣고 있었다. 그랬구나. 그래서 마이산 석탑 군 내에 고깔 모양의 석탑들로 천지탑과 사람 人자 탑을 쌓은 것이구나. 그리고 수마이봉을 天으로 삼은 것이다. 위치상으로도 석탑 군의 위쪽에 있고, 天一이라는 조건을 갖추고 있다…

"내 이야기가 좀 너무 나가지 않았나요?"

"아닙니다. 아주 잘 들었습니다. 그야말로 눈앞이 환해지는 듯한 느낌입니다."

그러자 남자는 헛기침을 한 번 하더니 목소리를 가다듬었다.

"내 이야기만 해서 미안하지만, 금척에 관심이 많으시다니 아는 대로 다 말씀드리겠습니다.

금척은 그 후 내내 신라의 통치 원리가 된 것 같습니다. 그런데 외래 종교인 불교와 충돌을 하게 됩니다.

김부식이 지은 삼국사기에 보면, 불교는 귀족들로부터 '(중들이) 머리를 깎고 이상한 옷을 입었으며[童頭異服], 언론이 기괴하고 거짓스러워[議論奇詭], 상도常道가 아니다'라며 배척받았다고 합니다. 이 때문에 왕실의 도입 의지가 번번이 좌절되었다고 하지요.

이러한 도입 의지를 성사시킨 게 이른바 이차돈異次頓의 순교였습니다. 이차돈은 목숨까지 바쳐가며 신라에 불교를 정립시키려 했고, 당시 법흥왕法興王은 불교를 통해 왕권을 강화하고 중앙집권적 체제를 확립하려 했지요. 실제로 이차돈의 사후 불교는 신라의 국교가 되었고, 이후 왕권을 신장하고 강화하여 신라의 중앙집권적 고대국가 형성에 크게 기여했다 합니다.

그런데 여기서 주목해 볼 점이 있지요. 귀족들이 불교를 상도가 아니라고 배척한 점입니다.

귀족들은 지배 계급이니만큼 그들이 불교를 배척하기에는 어떤 사상이 굳건히 자리하고 있기 때문이 아니었을까요? 그 사상은 바로 금척에서 비롯된 게 아니었을까요?

아무튼 신라가 불교 국가가 되면서 금척의 사상은 왕실에서 밀려나 등한시된 것 같습니다. 그래서 박혁거세 가문으로 숨어들게 된 것 같습니다.

흔히 파사왕가婆娑王家 영해 박씨라는 가문에는 5대 파사왕 이후에도 백결선생百結先生 박문량, 충신 박제상 등이 있었지요. 그들에 의해 사라지지 않고 비밀스럽게 전수되어 온 것 같습니다. 전해지는 얘기로는 두 사람은 금척에 관한 상당한 기록도 남겨놓았다고 합니다.

"그 기록들을 어디 가면 좀 볼 수 있을까요?"

"하하, 저는 거기까지는 모릅니다. 선생이 찾아야 할 것 같습니다."

잠시 침묵이 이어졌다. 나는 얘기를 계속 잇기 위해 그동안 궁금하게 생각하던 것을 꺼냈다.

"그런데 경주지역 전설에는 금척이 병을 치유하고, 죽은 사람도 살려냈다고 하더군요. 이러한 기능은 금척의 사상과 무슨 관련이 있습니까?"

"직접적인 관련은 없겠지요. 그러나 금척이 신물神物이라는 것을 나타내기 위해서는 일단 뭔가 특이한 기능을 보여야 할 것입니다. 흔히 도사道士라는 사람들이 자신이 깨우친 도와 직접적인 관련 없는 도술道術 몇 가지를 가지고 있는 것과 같은 이치입니다. 도술은 사람들을 끌어들이게 되고, 그의 도를 신뢰하게 만듭니다.

금척의 신묘한 기능이라는 것은 아마도 금척이 원래 특수한 금속으로 만들어졌기 때문인 듯합니다. 금속 중에는 특이한 성분을 가진 것들이 있어서, 사람 몸도 건강하게 하고 병도 낫게 한다고 합니다."

그렇다면 금척이 신물이라는 것은 그저 꾸며낸 얘기에 불과한 것인가. 왕조 창업의 신성함을 강조하기 위해서? 그렇다면 왜 왕실에서는 그처럼 애지중지했던 것일까? 그 이유는 바로 금척이 담고 있는 사상 때문이었을까?

"그런데 왜 금척이라 했을까요? 금으로 만들지도 않고 왜 금척이라 했을까요?"

"금동金銅이라는 게 있지요. 구리나 청동에 금박을 입힌 것을 말합니다. 그러한 기술로 만들어진 것들도 외견상 금빛이 나기 때문에 그저 금으로 부르는 경우가 많습니다. 금척도 그러한 경우가 아닌가 합니다."

"그래도 일반적인 물건도 아니고 지극히 신성한 물건을 금으로 만들지도 않고 금척이라고…"

"하하, 그것도 선생이 풀어야 할 숙제 같군요. 무슨 비밀이 있을 겁니다."

금척이라는 이름에도 무슨 비밀이 있다고? 나는 막막하기만 했다. 그러나 어차피 하루아침에 금척에 관한 모든 것을 알게 된다는 것은 어불성설일 것이다.

우리는 얘기를 멈추고, 곰방대를 꺼내 담배를 피워 물었다.

잠시 후 사내의 얘기는 계속되었다.

"우리 태조가 조선을 개국하는 데는 삼봉 정도전과 무학대사가 양 팔 역할을 하며 결정적인 공을 세웠지요. 두 사람 다 썩어빠진 고려를 갈아치워 새 세상을 열 인물로 일찍부터 태조를 점찍고 많은 힘을 쏟았던 것 같습니다. 그런데 정도전은 유학자였고, 무학은 불교 승려였습니다. 서로 화합될 수 없는 사이였습니다.

게다가 정도전은 불교와 결탁된 고려의 권문세족들에게 많은 핍박을 당했던 인물입니다. 그런 이유로도 조선을 성리학이 지배하는 나라로 만들어 복수도 노리고 권력도 장악하려 했던 것 같습니다.

그러나 무학은 불교 국가가 목적이 아니었던 것 같습니다. 신라 말의 도선국사는 고려에 불교를 정착시키기 위해 왕건을 도와 개국에 성공했지요. 그러나 무학은 고려 말 불교의 참상을 똑똑히 지켜보고, 크게 실망하고 분노했던 것 같습니다. 사찰들이 대규모 토지들을 소유하고, 서민들을 상대로 고리대금업을 하고, 술까지 만들어 팔기까지 했다니까 당대 최고 식자識者 중의 한 사람이었던 그가 어떤 감정을 가졌을지는 충분히 상상해 볼 수 있는 일입니다.

그렇다면 그가 꿈꾸었던 나라는 과연 어떤 나라였을까요?

그는 아마도 단군이 세운 조선을 이상 국가로 생각했던 것 같습니다. 태조가 꿈속에서 금척을 받았다는 것, 그리고 조선을 나라 이름으로 정했다는 것은 그의 의도가 반영된 것으로 보이기 때문입니다.

먼저 태조가 꿈속에서 금척을 받았다는 것은 그에 대한 사전 지식이 없이는 불가능했을 것입니다. 우리 민족에게 금척은 왕조 창업과 깊은 관련을 갖고 있는데, 문관도 아닌 무장이 갑자기 그와 관련된 꿈을 꾸었을 리가 없지요.

또한 조선이라는 이름은 고조선의 맥을 잇겠다는 것인 듯한데, 역시 우리 역사와 사상에 대한 통찰력이 있어야 생각할 수 있는 이름입니다. 그리고 나라 이름을 정하는데, 예전의 이름을 다시 사용하는 경우는 거의 없습니다.

중국에도 수많은 나라들이 명멸했지만 같은 이름이 얼마나 있었습니까? 대개 한 나라는 멸망해서 사라지기 때문에 그 전철을 밟지 않으려 하기 때문일 것입니다. 따라서 조선이라는 이름을 다시 수용했다는 것은 고조선에 대해 대단한 애착이 없고서는 불가능한 일이라고 봐야 할 것입니다.

실제로 고조선은 우리 역사에서 가장 오래 지속된 나라이지요. 대략 2천 년 정도 지속되었다고 하니까요. 또한 도둑이 없어 대문들을 열고 지냈고, 사람 사이의 신용이나 여자들의 정조가 엄격히 지켜져서 편벽되거나 음란행위가 없었다고 하지요.

게다가 고조선 유민들이 세운 초기 신라에서는 화백제도和白制度라는 중신들 회의제도가 있어 왕권을 견제했었습니다. 또한 세습이 아니고 능력에 따라 왕위가 결정되어 박, 석, 김 등의 성 씨들이 번갈아가며 왕위에 오르기도 했었지요. 이런 합리적인 제도들은 다른 왕조 국가에서는 찾아보기 힘든 것들인데, 그 연원을 살펴보면 바로 고조선의 제도를 본받았기 때문에 가능한 일이었다고 추측해 볼 수 있습니다.

그래서 무학은 단군조선을 하늘과 부합하는 나라, 이른바 가장 이상적인 부도符都라 생각하고 그의 복건을 추구했던 것 같습니다.

그러나 무학대사는 정도전과 달리 주변에 유학자들 같은 배경 세력을 가지지도 못했고, 권력을 장악하려는 욕심도 없어 결국 정도전에게 밀린 것 같습니다. 그래서 자신의 야망을 펼치지도 못하고 그저 불승으로 지내다가, 사후에는 유학자들에게 상당한 폄훼를 당하기도 했던 모양입니다."

문득 남원 서도리의 죽헌 어른을 찾아갔을 때 들었던 얘기들이 떠올랐다. 당시 얘기 중에 어른은 내가 무학대사가 꿈꾸었던 국가에 대해서 묻자, 그저 웃기만 하며 나더러 밝혀보라고 했었다. 그런데 여기 와서 그 답변을 듣게 될 줄이야…

무학대사는 이상 국가를 우리 고조선에서 찾아 개혁과 국가 재조再造를 이루려고 했을까. 그리고 통치의 이념을 바로 금척, 즉 부도사상에서 찾았던 것은 아니었을까.

그러나 이 자리는 중년 사내에게서 한 마디라도 더 얻어듣기 위한 자리인 것이다. 나는 차후에 좀 더 생각해 보기로 하고, 얘기를 더 이어보기로 했다.

"태조의 입장에서도 새 왕조를 창업한 마당에 빨리 기틀을 잡고 왕권을 행사하려면 보다 체계적이고 현실적인 성리학 쪽이 유리했는지도 모르지요. 더구나 중국의 여러 나라들이 국교로 채택해서 상당한 성과를 거두기도 했고요.

그리고 우리 고유의 부도 사상은 신라 상반기 이후 맥이 끊겨버렸지 않습니까. 그래서 구태의연한 사상이 되고 말지 않았을까요?"

"그렇지 않습니다. 신라는 17대 내물왕 이후 내내 김씨 왕조로 이어지다 53대 때부터는 박씨 왕조로 이어집니다. 신덕왕, 경명왕, 경애왕까지 3대가 이어지는데, 이는 부도 사상으로의 복귀를 의미한다고 볼 수 있습니다. 박혁거세의 후손들이니까요.

그러나 당시 신라 사회는 골수 깊이 병이 들어있었고, 왕권은 허약하여 어찌해볼 수 없는 지경에까지 이르렀던 것 같습니다. 때문에 왕위는 다시 김씨에게로 넘어가 경순왕이 등극했으나, 마침내 최후를 맞이하게 되지요.

고려 때도 부도사상에 대해 알고는 있었던 것 같습니다. 언젠가 이곳에 영해 박씨, 즉 박혁거세 후손들이 찾아온 적이 있었는데, 그때 금척에 관한 얘기들을 나누면서 알게 되었지요. 태조 왕건 때부터 가끔씩 영해 박씨 가문에 사람을 보내 조언을 구하고, 박씨 문중門中에 도움을 주려 애쓰기도 했다고 합니다. 특히 거란이나 몽고 등 외침이 있을 때는 왕실의 요청에 문중에서 직극 협조를 아끼지 않았다고 합니다."

"그렇다면 조선의 무학대사도 본명이 박자초朴子超인데, 혹시 영해 박씨 후손이 아닐까요?"

"하하, 그럴 가능성이 없지는 않을 것입니다. 기록에는 그의 종가宗家가 나와 있지 않습니다. 그러나 불승이면서도 금척에 관한 일들을 상세히 알고 있는 것이라든지, 새 왕조 창업에 대한 원대한 꿈 등은 아무나 생각할 수 있는 것은 아니지요.

아무튼 그는 태조와 말년까지 함께 하며 태조의 사상에 많은 영향을 끼친 것으로 보입니다. 태조 전하께서도 공식적으로는 유교를 채택했으면서도 부도 사상을 정립시키려 많은 노력을 했던 것 같습니다.

　대표적인 예가 일월오봉도라는 그림이지요. 조선의 왕궁 내 어좌 뒤에 펼쳐져 있어 흔히 왕권의 위엄을 나타내는 그림으로 알고 있지요. 그런데 언젠가 전주 경기전이라는 데를 한번 가본 적이 있는데, 본전에 태조의 어진이 모셔져 있고, 한쪽에 일월오봉도가 있더군요. 왜 고인이 된 임금의 어진 옆에 일월오봉도가 있을까요? 아무리 임금이라지만 저세상 사람이 되었는데, 왕권의 위엄이 무슨 소용 있겠습니까?

　그 그림은 생전에 태조와 늘 함께 있었다는 것을 나타내기 위해서였을 것입니다. 즉 태조가 가장 소중하게 여겨서 사후에도 어진 곁에 모셨을 가능성이 크다는 것입니다.

　그래서 나는 그 그림이 금척을 나타내는 상징화가 아닌가 하고 생각하게 됐습니다.

　이러한 추측에 무게가 실리게 하는 것은 왕실 내의 가장 중요한 그림이면서도 누가 그렸는지, 무엇을 나타낸 그림인지, 심지어 그림의 제목마저도 알려져 있지 않기 때문입니다. 이는 왕실에서 의도적으로 숨겼기 때문일 것입니다.

　일월오봉도가 비록 실제 금척은 아니었지만 늘 곁에 두고 있었던 것은, 아마도 그 사상을 따르기 위해서였을 것입니다. 비록 통치의 필요성 때문에 유교를 국교로 삼기는 했지만, 태조의 본심은 금척이 표방하는 가치를 최고로 알고 부도를 가장 이상적인 국가로 삼았던 것 같습니다."

　"그랬군요. 저도 공감이 갑니다. 저도 전주 경기전에 가본 적이 있는데, 그때 어진 옆에 있는 그림을 보고 심상치 않은 느낌을 받았었습니다만, 그처럼 깊은 뜻이 있는 줄은 몰랐습니다. 그러고 보니 몽금척夢金尺이라는 궁중 정재呈才도 생각나는군요."

"몽금척도 비슷한 실례가 될 수 있을 것입니다.

'꿈속에서 하늘로부터 금척을 받았다'는 일을 소재로 한 몽금척은 조선 왕조의 가장 먼저 만들어진 정재呈才였으며, 몽금척무夢金尺舞라는 1호 춤으로도 만들어졌지요. 이후 왕조 내내 궁중의 중요한 의식이나 행사 때마다 공연되었습니다.

또한 장편 서사시 몽수금척송병서夢授金尺頌幷書를 탄생시키기도 했습니다. 이러한 형상화는 일차적으로는 왕조 창업에 대한 천명을 강조하기 위해서였겠지만, 그저 기록으로만 남기지 않고 중요한 궁중 정재나 서사시로 만든 것은 그만큼 금척의 가치를 감안한 결과일 것입니다."

"그렇지만 태조 임금 이후로 왕실 내에서 금척은 별로 빛을 보지 못한 것 같습니다."

"그 이유는 3대 태종 임금 때문인 듯합니다. 태종은 부친 태조와는 완전히 다른 행적을 보이고 있습니다.

태종은 몽금척과 수보록(受寶籙: 지리산에서 태조의 왕조 창업에 대한 異書가 발견되었다는 내용을 소재로 한 정재) 등의 정재의 내용들이 실제 믿을만한 것이 못 된다며 궁중 연회에서 없애버리려 했습니다. 그러나 신하들이 들고일어나자 연주 중에 넣더라도 처음에는 넣지 말라 했습니다.

그뿐만이 아닙니다. 태종은 부친 태조와 달리 불교에 많은 탄압을 가했지요. 사찰에 소속된 노비의 수를 감축하고, 사찰들을 구분해서 종단宗團도 줄이고 사찰도 폐사시키다가, 결국 전국의 종단을 조계종, 천태종, 화엄종 등 7개 파로 만들어 버렸지요.

때문에 태조 때는 왕사王師로 힘 좀 펴던 무학대사가, 사후에는 타도의 대상이 되면서 그의 부도 복건의 꿈은 물거품이 되고 맙니다.

태종이 이런 행적을 보였던 것은 조선이 생존하는 길은 오직 유교를 숭상하고, 명나라를 떠받드는 길밖에 없다고 생각해서였던 것 같습니다. 그런 판단이 옳았는지 어떤지는 모르겠습니다. 그 덕분에 나라가 안정되기도 했겠지만, 한편으로는 요동반도로의 진출이 저지되고 옛 조선과는 영영 단절되는 결과를 초래했으니까요.

그런데 왕실에서는 금척의 일이 비밀스럽게 전해지고 있었던 것 같습니다. 영조英祖 임금과 정조正祖 임금 때는 그 정신을 되살리려 애쓴 자취가 보이기 때문입니다.

영조와 정조는 고질적인 당쟁을 종식시키고, 지역주의와 문벌주의를 타파하여 이상적인 나라를 세우려 힘썼던 임금들이지요. 이 임금들이 금척을 등장시킨 것은 나라의 실정이 유교로는 더 이상의 희망이 보이지 않았기 때문인 듯합니다. 또한 오랜 붕당정치의 결과로 약화된 왕권을 되살리고, 부도의 국가를 꿈꾸었기 때문이 아닌가 합니다. 그러나 정조 임금의 갑작스러운 승하로 그나마 물거품이 되고 말았지요.

긴 시간 동안 두서없이 늘어놓았는데, 금척에 대해 내가 해줄 얘기는 바로 여기까지입니다."

사내와 헤어져 경주부로 향하면서 나는 한꺼번에 너무 많은 얘기들을 들은 탓인지 머릿속이 멍해지는 느낌이었다. 그러나 천천히, 그러면서 하나씩 되살려보았다.

금척이 특별한 능력을 가진 신물이 아닌 것은 분명하다. 단지 왕조의 신성성을 강조하기 위해 신물인 것처럼 가장했을 뿐이다. 중요한 것은 그 속에 담긴 사상이다.

무학대사는 그 사상을 새 국가의 통치 이념으로 삼기 위해 이성계에게 접근했다.

성리학의 생명력에 한계를 느낀 저간의 경세파들은 원시유학으로 돌아가 맹자의 왕도정치 구현을 꿈꾸고 있다. 덕으로 무장한 군주의 덕치德治만이 백성을 구하고 나라를 이끌어 갈 수 있다는 왕도정치…

그러나 그들의 사고방식은 여전히 중국을 벗어나지 못하고 있다. 중국 고대의 요 순만이 가장 이상적인 국가였으며, 초기의 유학만이 가장 완전한 이론이라고 생각하고 있는 것이다.

그러나 무학은 달랐던 것 같다. 가장 이상적인 국가는 바로 우리 고조선이었고, 그 근간이 되는 사상은 바로 금척에서 비롯된 것이었다. 그렇다면 금척이 내포한 사상은 과연 어떤 것이었을까…

동용과 나는 말머리를 돌려 경주 도처에 산재한 유적들을 다시 한 번 둘러본 후 한양으로 향했다. 이제 중국행을 준비해야 한다. 경우에 따라 시일이 얼마나 걸릴지도 모르고, 낯선 이역에서 어떤 경우를 당할지 모르기 때문에 철저히, 그리고 단단히 준비를 해야만 한다.

집사람은 부친께서 이미 운을 띄우셨는지 짐작하고 있었다. 다만 몸 성히 무사하게 다녀오라고 얘기할 뿐이었다. 나는 그동안에도 책을 보네, 암자에 들어가네 하면서 번번이 집안 살림을 떠맡긴 데다, 이번에는 아예 중국행까지 감행해서 미안하기 이를 데 없었다. 그래서 어느 때 보다 힘차게 안아주며, 돌아와서는 필히 많은 시간을 함께 보내고 집안 살림에도 신경 쓰겠다고 다짐해 주었다.

친구들에게는 고산자古山子 김정호, 오주五洲 이규경 등 가까운 친구들 몇에게만 책을 사러 간다고 알릴 생각이다. 그것도 남들에게는 비밀로 해달라고 당부하면서…

제2부
청나라로 향하다

벽란도행

동용과 나는 개성의 벽란도碧瀾渡로 향했다. 그곳에서 중국행 배를 타기 위해서였다. 부친은 민간인이 사행私行으로 중국으로 향하는 데 는 벽란도가 가장 적합한 장소라고 했다.

벽란도로 가기 위해서는 일반적으로 고양高揚에서 벽제관碧蹄館을 지나 개성을 통하는 길이었으나, 우리는 김포를 지나 강화도 쪽에서 배로 곧바로 가기로 했다. 그 길이 힘도 덜 들고, 날짜도 빠를 것 같 아서였다.

강화도 북쪽 끝 소래 포구에서 배를 빌려 타고 한나절 만에 벽란도 선착장에 다다를 수 있었다. 고려 개경의 관문이었다는 벽란도는 지 금은 여느 한적한 어촌이나 다름없었다. 길들은 크고 반듯하게 나 있 어 옛 영화의 자취가 남아있었으나, 선착장 주변만 누각이 늘어서 있 고 사람들의 모습이 보일 뿐, 그 바깥으로는 허름한 집들이 띄엄띄엄 이어져 있었다.

장 좌수의 집은 저녁 무렵에 들르기로 하고 그 유명한 벽란정碧瀾
후에 먼저 가보기로 했다. 한양의 양반들이 개성의 송악산, 만월대, 박
연폭포 등과 함께 빼놓지 않고 찾았다던 벽란정, 그들의 심중에는 모
래성처럼 스러진 고려의 옛 영화榮華의 흔적도 살펴보며 나름대로 감
상에 젖어보려고도 했을 것이었다.

벽란정은 선착장의 한쪽 끝 언덕배기 위에 있었다. 8각 지붕과 8각
난간으로 되어있었고, 바닥은 소나무 결이 그대로 살아 있는 채 반들
반들 빛나고 있었다.

서까래 밑에는 여기저기 현판이 걸려 있었다. 목판에 붓글씨가 그
냥 쓰여진 것도 있고, 아예 새겨놓은 것도 있었다. 고려의 문신이었던
이규보李奎報의 시도 있었다. 일부만 옮겨본다.

潮來復潮去	조수는 밀려왔다 다시 밀려가고
來船去舶首尾相連	오고가는 배들 서로 이어졌구나
朝發此樓底	아침에 이 누 밑을 떠나면
未午棹入南蠻天	한낮이 못되어 남만에 다다른다네

난간에 걸터앉아 땀을 식히니 포구 전체가 한눈에 들어왔다. 강에
는 해거름의 붉은 빛이 번져가고 있었고, 그 너머로는 낮은 산의 능선
들이 그림처럼 펼쳐져 있었다. 술만 한잔 들어가면 시 한 수 정도는 거
저 나올 것 같았다.

정경에 취해 있는 중에 갑자기 정자 아래쪽에 한 노인이 나타났다.
지팡이를 짚은 구부정한 노인이 계단을 오르려 하자 동용은 재빨리 달
려나가 노인을 부축하여 계단을 오르게 했다.

칠순이 넘어 보이는 노인은 난간에 자리를 잡은 뒤 이마의 땀을 훔치면서 물었다.

"고맙소. 어디 사는 분들이요?"

"한양에서 왔습니다."

"여기 유람오신게로구만. 한양 사람들이 놀러들 많이 오지. 와서 술도 마시고 시도 짓고 했어. 저 위에 걸린 현판들이 바로 그 사람들이 지은 시를 새겨놓은 것이라오."

"노친께서는 여기 오래 사셨습니까?"

"조상 대대로 이곳에 뿌리박고 살아왔지. 지금이야 그렇고 그렇지만 고려시대 때는 여기서 힘 좀 폈지. 배만 해도 수십 척을 부리고 일본 장기長崎나 청국 영파寧波에서도 우리 고달방高達房을 알 정도였다니까."

"그런데 장사의 맥을 계속 잇지 못한 모양이군요."

"여기를 떠나려 하지 않으니 되는 일이 없는 거요. 조선시대 들어서면서 이곳이 별 쓸모가 없게 되자 여기 상인들 중 일부는 개성의 송방松房으로 달라붙고, 또 일부는 한양의 시전市廛으로 기어들고 해서 모두 흩어져 버렸지.

고리타분한 우리 선조들은 죽어도 이곳을 안 떠난다고 해서 버티고 살다가 겨우 입에 풀칠이나 하면서 근근이 살고 있소."

노인은 호주머니에서 곰방대와 쌈지를 꺼내 담배를 채워 넣었다. 나는 재빨리 부싯돌을 꺼내 불을 붙여드렸다.

"원래 이곳은 예성항이라 했다면서요?"

"그랬다고 하더구만. 저 북쪽 고달산에서 발원하는 예성강이 이곳을 지나 황해바다로 들어가기 때문이라오. 수심이 깊고, 밀물이면 바닷물이 역류하여 항구로서는 최적의 장소였지. 고려시대에는 여러 외국 나라들과 다 트고 지냈던 때여서, 이곳에서는 사시사철 수많은 배들과 산물들이 몰려들었다오. 대국인들이나 왜인들 외에도 멀리 안남인安南人들, 대식국인大食國人들까지 몰려들어 비단, 차, 향료, 상아, 옥물玉物, 모피, 산호 등 세상의 진귀한 물품들을 쏟아냈다 하더이다.

자연 거리거리에는 이들을 상대하기 위한 다점茶店, 반점飯店, 주점들이 늘어서 있었고 밤이면 불야성을 이루었다고 하오. 기녀들, 도박꾼들 중에는 대국에서 원정 온 사람들도 있었다는데, 어떤 고려인은 교활한 중국 상인과 내기 바둑을 두다 연거푸 져서 결국 자기 마누라까지 뺏기기도 했다오. 그렇지만 여인의 기지로 가까스로 돌려받았다는 우스갯소리도 전해지고 있소."

"그 정도나 되는 줄은 몰랐습니다. 저는 그저 한양의 경강포구京江浦口들만 생각하고 그보다는 규모가 좀 클 거라고만 생각했는데…"

"지금 한양의 경강포구들과는 비교도 할 수 없지. 세상이 거꾸로 간 거요. 그때만 해도 벌써 몇백 년 전인데, 인구도 많이 늘고 아는 것도 훨씬 많아졌지만 세상이 발전해 온 게 아니고 오히려 퇴보해 왔소.

나라는 모름지기 외국 상인들이나 물산이 들락거리면서 북적북적해야 돼. 그래야 돈도 풍성하게 돌아가고, 세상 물정이나 새로운 문물도 알게 되는 거요. 이런 것들을 모르고 외면하면 가난하게 살다가 망하는 수밖에 없어."

노인은 팔소매로 이마의 흐르는 땀을 닦았다.

"고려시대 말에 화포火砲라는 게 처음 만들어졌소. 왜구들을 박멸

하는 데 큰 역할을 했지. 화포가 만들어질 수 있었던 게 바로 화약火藥 때문이었는데, 최무선崔茂宣이라는 무인이 화약 만드는 기술을 배우게 된 게 바로 이 벽란도였소.

일 보러 온 원나라 사람 이원李元이 화약 기술자라는 얘기를 전해 듣고, 그를 꼬드기고 설득하여 간신히 기술을 배웠다 하오. 외국과 왕래가 없었으면 어떻게 이런 일이 있을 수 있었겠소. 세상은 그렇게 서로 트고 살아야 하오."

맞는 얘기일 것이다. 해상 무역은 단순한 물산의 거래에만 그치지 않는다. 다른 나라들의 새로운 소식이나 문물들이 함께 묻어 들어오는 것이다. 때문에 우리의 현실을 보다 객관적으로 바라볼 수 있고, 새로운 지식이나 기술들을 차용하여 개인의 살림이나 나라 살림에 커다란 보탬이 될 수도 있는 것이다.

그런데 이런 기회들을 스스로 차단하고 들이앉아서 그저 '농자천하지대본農者天下之大本'이나 되뇌고 있다면 무슨 발전이 있겠는가. 나라란 외국을 상대하지 않고 문을 걸어 잠근다고 해서 온전히 보존되지 않는다. 왜냐면 약하게 보이면 이웃에서 넘보기 마련이기 때문이다. 우리에게 뼈저린 역사를 안겨주었던 임진왜란도 바로 그런 실례가 아닌가.

"이 벽란정이 있던 자리는 원래 외국 사신들이 묵던 관사가 있던 자리였소. 배에서 내려 이곳에서 하루 묵고 개경으로 향했고, 일을 마친 뒤에는 다시 이곳에서 하루 묵고 배를 타러 나루터로 향하던 곳이었소.

사신 행렬이 들어오면 고려 군사들이 화려하게 영접을 벌이며 도

열하고, 신기한 구경거리를 보려고 사람들이 산처럼 몰려들었겠지요. 눈에 선하기는 하지만 벽란도의 영화와 마찬가지로 다시는 보게 될 수 없을 장면들입니다.

관사는 조선시대 들어 필요 없게 되니까 폐가가 되어 없어졌다 하오. 그런데 한양 사람들이 볼거리들을 찾아 유람을 오고, 여기 주민들도 옛 자취를 남겨두자는 뜻에서 정자를 새로 짓고 이름은 그대로 벽란정이라고 부르고 있소."

노인은 곰방대에 다시 담배를 채워 넣었고 나는 부싯돌을 꺼내 불을 붙였다. 노인은 연기를 깊숙이 빨아들여 길게 내뿜었다.

"지금 여기는 나라의 조세미租稅米 운반이나 황해바다의 조기, 갈치 등이 집산되는 도선장에 불과하오. 또한 개성과 서북쪽을 이어주는 중간역 정도의 역할이 고작이오. 혹여 후에 어떤 정치 바람이 불거나, 먹고 사는 게 풍족해져 유람객들이 많이 늘게 되면 옛적과 비슷한 시절이 오게 될지 모르겠소."

나이가 들수록 꿈속에서 살게 된다더니 이 노인은 아직도 몇백 년 전의 영화를 그리는 듯했다. 아마도 벽란도가 다시 빛을 보게 되기는 천지가 개벽 되는 것만큼이나 어려운 일일 것이다.

다만 현재의 한양 주변에라도 벽란도와 같은 항구가 있게 된다면 나라를 위해 크게 다행스러운 일일 것이다.

갑자기 노인은 나를 빤히 바라보며 물었다.

"참, 그런데 함자銜字가 어떻게 되시는가."

"이거 제 인사가 늦었군요. 성은 최씨고 이름은 한기라 하옵니다. 현재는 한양에 살고 있지만 원래 저희 집안도 개성에 있었습니다."

"개성 가문이라면… 본관이…?"

"삭녕 최씨입니다. 경기도 삭녕군…"

그러자 노인은 자리를 고쳐 앉으며 정색을 했다. "양반 가문이구면. 삭녕 최씨는 내가 웬만큼 알지. 조선 초기에 태허정太虛亭 최항을 배출한 집안이 아닌가. 그러나 그 양반의 증손 최흥원이 영의정을 지냈을 뿐 그 후로는 크게 벼슬자리에 나가지 못한 것으로 알고 있네."

"맞습니다. 저희 가문에 이처럼 관심을 가져주셔서 고맙습니다."

"부친 함자가 어떻게 되시는가?"

"최광현이라 하옵니다. 아호는 귀경헌歸耕軒이라 하고 관가에 계실 때 궁중에서 내금위장內禁衛將을 지내셨습니다."

"참 세상 좁다더니 빈말이 아니었구만. 광현이는 소싯적에 개성에서 지낼 때 알고 지내던 사이였어. 시 좋아하고 글씨 잘 쓰던 광현이 말하는 거 아니야? 무예에도 일가견이 있어 무과로 급제한 후에도 손에서 책을 놓지 않아 제대로 된 사대부라고 하던…"

"맞습니다. 지금은 건강이 좋지 않으셔서 집안에서 틈틈이 중국의 옛 서첩들을 뒤적이며 자체字体들을 하나하나 모각模刻하시고 계십니다. 작업이 웬만큼 끝나면 인쇄해서 배포한다고 하십니다."

"기질은 여전하구면. 하기야 천성인 것을 뭐… 그런데 젊은이는 뭐하며 지내고 있나? 과거 준비하시는가?"

"한때는 과거 급제가 꿈이었습니다. 그러나 지금은 포기하고 학문이나 좀 해볼까 하고 이 책 저 책 뒤적이며 지내고 있습니다."

"어려운 길로 들어섰구만. 쉽지 않은 노릇일 텐데. 하기야 광현이 재산은 좀 있는 편이니 배를 곯지야 않겠지만서두… 젊은 사람이 일찍부터 그런 결정을…"

나는 얘기를 끝내야겠다는 생각이 들었다. 주위에서 한두 번 들어본 소리도 아니었거니와 도움이 될 만한 얘기도 아니었기 때문이다.

황혼은 퇴색해지고 바닷바람도 차가워졌다. 내가 찾아볼 집이 있어서 일어서야겠다고 하자 노인도 몸을 일으켜 내려갈 채비를 했다.

이제까지 귀는 이쪽으로 열어놓고 말 한마디 없이 나루터 쪽만 바라보고 있던 송동용은 재빨리 일어서서 노인을 부축했다.

노인에게 장 좌수의 집을 묻지는 않았다. 이것저것 캐물으면 괜히 난처해질 수도 있었거니와 좌수도 원치 않을 거라는 생각에서였다.

우리는 노인을 배웅한 후 장수복 좌수의 집을 찾았다.

민가로 향하면서 나는 다시금 노인의 얘기를 떠올려 보았다.

노인의 말대로 나라의 관문인 경강포구들은 여러 나라의 배와 사람들로 흥청거려야 한다. 또한 우리도 배를 끌고 예전처럼 외국으로 향해야 한다. 그래서 다른 나라들과 왕성하게 교류하고, 새로운 문물을 빨리 받아들여야 그들과 보조를 맞출 수 있고 발전을 이룰 수 있는 것이다.

이러한 과정이 없다면 우리 민중은 언제까지나 가난과 나약에서 벗어나지 못하고, 나라의 부강도 요원한 꿈이 되어버릴 것이다. 그 결과가 어떻게 될지는 예측하기도 쉽지 않다.

그러나 우리는 지금 뭐가 잘못되고 있는지 모르고, 알려고도 하지 않는다. 세계가 얼마나 넓은지, 세상이 어떻게 변해가도 있는지 모른 채 그저 중국이나 바라보고 몇백 년 동안 고수해 온 삶의 방식만 고집하고 있는 것이다…

장 좌수의 집은 어린 애들까지 알고 있었기에 어렵지 않게 찾을 수 있었다. 포구 안쪽으로 한참 들어가 산 아래쪽에 자리한 고색창연한 기와집이 그의 집이었다.

그런데 막상 집 앞에 다다르자 대문도 허름했고, 안쪽의 사랑채도 초가지붕으로 이어져 있었다. 뭔가 어색하기만 한 이 모습에 우리는 잠시 당황했으나, 문득 어디에선가 읽은 기억이 났다. 개성 사람들은 외빈내화外貧內華, 즉 속은 화려해도 겉은 소박하게 꾸민다는 것이다. 아마도 그들의 근성 중의 하나인 근검절약 정신에서 비롯된 것일지도 몰랐다.

우리는 대문 앞에 서서 사람을 불렀고, 이내 문이 열리며 시종 한 사람이 얼굴을 내밀었다.

개성상인 장 좌수

배는 예성강 하구를 빠져나와 황해로 향하고 있었다.

바다는 잔잔했고 뱃전에는 조수의 물결들만이 희게 부서졌다가 뒤쪽으로 사라져갔다.

"저기 멀리 바라보이는 섬이 교동도喬桐島지. 저 교동도를 지나면 완전히 서해바다로 들어서는 거여."

장 좌수는 해가 기울어 다소 거무튀튀하게 보이는 섬을 가리켰다. 바다가 가까워서 그런지 바람에 실려 오는 물내음도 보다 짭쪼롬하고 비릿해지는 것 같았다.

선미船尾 양쪽에서는 선부船夫 한 사람과 동용이 뭔가 얘기를 나눠가며 열심히 노를 젓고 있었다. 동용은 익숙한 솜씨는 아니었지만 그런대로 좌측에서 선부에 보조를 맞춰 노를 돌려대고 있었다.

갑판의 중앙과 앞쪽에는 크고 작은 돛대가 있었고, 그 아래쪽에는 겹쳐진 돛이 밧줄로 묶여져 있었다. 바람이 없을 때는 노를 젓고, 바람이 불어 제칠 때는 돛을 올려 배를 움직이는 것이리라.

좌수는 갑자기 시선을 돌려 나를 빤히 바라보며 말을 꺼냈다.

"아침에 밥 먹을 때 유심히 보니 어렴풋이 어릴 때 보았던 기억이 나더구나. 자네 아버지와 닮은 데도 보이고. 부친은 참 아까운 사람이었지. 어릴 때부터 동네에서 신동 났다고 소문이 자자했었고, 한미해진 집안을 일으킬 재목이라고 기대를 갖기도 했었는데, 그렇게 일찍 가버리다니."

"세상일이 어디 사람 뜻대로 됩니까?"

"그러기야 하지. 그리고 예전부터 아까운 사람은 하늘에서 쓰려고 빨리 데려간다는 얘기도 있긴 했어."

나는 친부親父에 대한 기억은 그다지 없는 편이었다. 내가 어릴 때 돌아가신 탓도 있지만, 그나마 일찍부터 현재의 부친 집안에 입양되어 친부와 함께했던 시간이 별로 없었기 때문이다.

그러나 아마도 친부가 별 탈 없이 생애를 이어갔다고 해도 주위의 기대를 어느 만큼이나 충족시킬 수 있었을 것인지는 장담할 수 없을 것이다. 지금 세상이 어디 자질이나 능력만 가지고 되는 세상인가. 지역, 문벌, 권세, 금권 등으로 난마처럼 얽혀있는 세상인 것이다. 이런 세태에서 어설피 자질만 믿고 설쳐댔다가는 도리어 희생양이 되기 십상인 것이다…

나는 또다시 쓸데없는 생각에 빠져든다고 자신을 추슬렀다. 그동안 적잖게 고민하게 되뇌었던 생각들… 그러면서도 어떤 결론도 나지 않고 하루만 지나면 그저 모래성처럼 스러지고 말던…

황혼에 물든 바다에는 간간이 작은 배들이 오가고 있었고, 그 너머로는 거무튀튀해진 산의 능선들이 묵화처럼 펼쳐져 있었다.

"어떤가. 바라보고 있으면 시 한 수 정도는 거저 나올 것 같지 않나? 실제로 여러 시인묵객들이 이곳에 놀러 왔다 풍광에 반해 많은 시를 남기기도 했지. 그러나 그것은 벽란도가 무역항으로서 기능을 상실한 조선시대 얘기고, 고려시대까지만 해도 외국 배들이 몰려들어 각종 물산들을 실어오고 실어 나가는 현장이었지. 당연히 이 바다는 시장바닥처럼 북적거리던 곳이었어."

좌수는 담배쌈지를 꺼내 자그마한 곰방대에 담배를 채워 넣었다. 나는 재빨리 부싯돌을 꺼내 담배에 불을 붙여 주었다. 몇 번 연기를 내뿜고 나서 좌수는 헛기침을 한 후 입을 열었다.

"자네 부친의 편지를 읽어 보았어. 그래, 청국에 가겠다고?"

"네, 대국에 가서 새로운 문물을 좀 돌아보고, 조선에는 없는 책들을 좀 구해올 생각입니다."

"보아하니 관가로 나가는 것은 포기하고, 학문을 하겠다는 얘기 같은데… 뜻은 가상하지만 만만치 않은 길인데, 부친이 좋다고 하던가?"

"속셈이야 어떠신지 모르겠지만 동의하시니까 제가 예까지 어르신을 뵈러 온 게 아닙니까. 부친은 오랫동안 관직에 몸담고 계셨지만 제가 관가로 나가는 것을 그리 탐탁잖게 여기십니다."

"개성 출신에다 권세가들과 줄을 대기 어렵기 때문인가. 하기야 이처럼 문란한 시국에 관가로 나가본들 젊은이가 자기 뜻을 제대로 펴보겠나, 아니면 나라를 위해 공을 세우겠나. 그저 권세가들 뒷수발이나 해주다가 나이 좀 들면 그나마 밀려나는 거겠지."

좌수는 담배 연기를 깊숙이 빨아들여 길게 내뿜었다.

"자네도 시국 돌아가는 꼴을 보고 학문에 뜻을 두겠다고 하겠지만, 원래 개성의 사대부 후예들도 비슷한 생각이었지. 비록 고려는 망조가 들었지만 그들은 대부분 조선의 건국을 인정하지도 않았고, 조정에 나가 벼슬살이하는 것도 거부했지. 여기 개풍현開豐縣 광덕산 기슭에서 숨어 살던 '두문동 72현杜門洞 七十二賢'이 그 대표적인 사례야.

개성 사람들의 고려에 대한 충절은 대단했어. 그래서 개성은 조선 조정에 반역향反逆鄕으로 낙인찍혀 벼슬살이하기도 힘들어졌지. 그렇다고 머릿속이 잔뜩 쌓인 사람들이 농부들처럼 땅만 파먹고 살 수도 없는 노릇이고…

그래서 생각해 낸 게 바로 장삿술이었지. 바로 돈을 벌어 치부致富를 하게 되면 또 다른 권세를 움켜쥘 수 있다고 생각한 거야. 그러면 자기 뜻을 펼 수도 있고 조선 조정에 대항할 수 있는 힘도 생겨.

그래서 대부분 책을 덮고 장삿술에 뛰어들었어. 이른바 송상松商이라 하여 개성상인들이 조선 상권을 장악하게 된 데는 이처럼 밝은 머리의 젊은이들이 대거 뛰어들었기 때문이지."

"게다가 고려시대에는 외국 상선들도 많이 드나들어 개성 주변은 원래부터 장삿속이 밝은 데 아니었습니까?"

"그런 영향도 물론 크지. 사람들이 상술商術에 밝고 금권金權의 위력에 눈을 떴달까.

아무튼 그들은 치부와 이재理財를 제1의 목표로 삼고 상술의 기반부터 다져나갔어. 근검절약을 생활신조로 삼고, 신용과 협동정신을 최고의 덕목으로 삼았어. 또한 장부 정리도 이전과 같은 주먹구구식을 버리고 완전히 빈틈없는 방식으로 뜯어고쳤지. 이른바 사개송도치

부법四介松都治簿法이라는 것으로."

나는 송상들이 그저 장삿속이 밝아 전국의 상권을 장악하고 있다는 것만 알고 있었고, 이런 내막이 있는 것까지는 모르고 있었다. 하기야 세상사 어느 것 하나 쉽게 되는 일이 있었던가. 그 이면에는 다 땀을 흘리고, 머리를 쓰고, 고통을 감내해야만 이루어지지 않던가.

그나저나 이 좌수 어른은 부친의 편지를 읽었다면서 왜 그에 대한 답변은 선뜻 해주지 않는 것인가. 그러면서 전혀 다른 얘기만 늘어놓고 있다. 그렇지만 먼저 묻지는 않기로 했다. 좌수 어른이 70대 노인인 점도 그렇지만, 지금 자신의 청나라행이 그에 의해 좌지우지될 수도 있기에 심기를 거스르고 싶지는 않았기 때문이다. 그리고 얘기 자체도 재미를 안겨 주었다. 자신은 그저 한양이라는 울타리 속에서, 그것도 골방에서 책에 파묻혀 세상 물정과는 담을 쌓고 지냈기 때문이다.

"송상들의 기질을 보여주는 대표적인 것으로 차인제도差人制度라는 것이 있었네. 상인들이 자식에게 가업家業을 이을 상술을 가르치는 제도인데, 희한한 것은 자신들이 직접 가르치지 않고 다른 상가로 보낸다는 것이네. 다른 집으로 보내 밑바닥부터 철저히 익히도록 한 후에야 집으로 불러들여 자신들의 대를 잇도록 했다는 것이었어. 차인으로 있을 때는 그저 먹고 자는 것뿐 보수라는 것도 없었네. 나도 바로 그중의 한 사람이었지."

부친은 장 좌수가 개성상인으로 큰 성공을 거두지는 못했지만 무난한 생을 살았고, 지금은 은퇴하여 어선 몇 척을 부리며 편안한 노후 생활을 보내는 인물이라고 했었다. 남들 보기에는 평탄한 삶을 보낸 것 같지만 그도 상인으로서의 갖가지 자질을 익히기 위해 지난한 과정을 거쳤던 모양이다. 아마도 젊은 시절에는 조선 팔도와 연계해서 도고 업都賈業에도 뛰어들었을지도 모른다.

송상들이 전국 주요 고을에 둔 주요 점포를 송방松房이라 한다고 했으며, 이 점포들을 서로 연계하여 거대한 상업망을 형성하고 있다고 들은 적이 있다. 이 송방들은 물론 청나라와의 개시무역이나 후시무역에도 뛰어들어 많은 수익을 올리고 있다고 한다.

"주로 취급한 물품이 인삼이었다지요?"

"인삼 외에도 포목, 갓, 피물皮物, 지물紙物 등이었지. 피물과 지물은 주로 청국에 내다 팔았어. 그렇지만 압도적인 물품은 인삼이었지. 고래로 중국 사람들은 조선 인삼이라면 그야말로 환장을 했으니까."

"우리 인삼이 그럴만한 특별한 이유라도 있습니까?"

"원래 동양에서 인삼은 만병통치약으로 이름이 높았지. 그중에서도 남자 양기陽氣에 좋다고 소문이 나서 모두들 눈독을 들여왔지. 특히 조선 인삼을 높이 쳐줬는데, 약효가 가장 뛰어나기 때문이었어.

중국 사람들은 그 이유를 우리 토질 때문이라고 보고 있어. 그래서 예전에도 중국의 명의名醫들은 몰래 조선에 사람을 보내 다른 약재들도 적잖이 구입해 갔다는 소문이 있었어. 어찌 됐든 우리 조상들이 터는 잘 잡은 것 같아.

그런데 몇십 년 사이에 청나라에서 인삼 수요가 갑자기 늘어난 것은 아편 때문이었어. 지금 중국에서는 아편 중독이 나라의 큰 우환인데, 인삼이 아편에 특효가 있다고 소문이 나면서 찾는 사람들이 급증하자 장사치들도 눈에 불을 켜고 인삼 장사에 열을 올리고 있어. 그야말로 금이나 은덩이라도 싸 들고 와 사 가려고 할 정도이지. 실제로 인삼값은 은과는 별 차이가 없기도 했어."

"그런데 인삼은 원래 산삼이라 하여 산에서만 자라던 약초 아니었습니까. 밭에서 재배한 것도 약효가 비슷했을까요?"

"살다 보면 선조들의 뛰어난 지혜에 대해 감탄할 때가 많은데, 인삼에 관한 것들도 그중의 하나야. 자네 말대로 원래 인삼은 산에서만 자생해서 산삼이라고 했지. 그런데 이게 찾는 사람이 많고 채취는 쉽지 않으니까 산중에 자기만 알게 삼 씨를 심어 키우기 시작했는데, 이렇게 해서 생겨난 삼을 산양삼山養蔘이라고 해.

그런데 이 방식도 보통 20년 안팎이 걸리는 데다가, 수요가 많아지자 가까운 밭에서 대량으로 재배하는 것을 생각하기 시작했어. 그런데 이게 보통 농작물들과는 달라 잘되지 않는 거야. 흔히 인삼은 지정地精, 또는 토정土精이라 하는 땅의 정기를 흡수한다고 하는데, 그만큼 고귀한 식물이어서 성장하는데도 여간 까탈스럽지가 않아. 조금만 여건이 맞지 않아도 실패하기 마련이지.

그래서 몇몇 뜻있는 인사들이 고심하던 차에, 뜻밖에도 전라도 동복현同福縣이라는데 사는 한 여인이 밭에서 인삼 재배를 성공했다는 거야. 이 소문이 널리 알려지면서 농작물과 같은 인삼 재배가 개시되었고, 본격적인 인삼 생산 시대가 시작되었지. 이렇게 해서 생산된 삼을 가삼家蔘이라 하는데, 지금은 산에서 나는 삼은 시중에서 찾아보기 힘들고, 인삼이라 하면 으레 이 가삼을 말하지.

약효야 물론 산삼보다야 못하겠지만 그래도 특이한 효능이 있으니까 사람들이 찾는 게 아니겠어?"

"그렇지만 인삼이 명산지는 따로 있지 않습니까. 가령 개성이나 충청도 금산이나 경상도 풍기 같은…"

"토질이나 기후가 맞아야 하기 때문이지. 특히 인삼은 몸값을 하느라고 그런데 민감하기 때문에 아무 데서나 재배를 못 해. 게다가 가삼이라도 생육 기간이 보통 6년은 걸리므로 영세한 농가에서는 쉽게 엄두를 내지 못해. 물론 전문적인 기술도 많이 익혀야 하고.

그런데 개성상인들은 적극적으로 뛰어들었지. 무엇보다 자금력이 있는 데다, 인삼의 상품성을 누구보다도 잘 알고 있었기 때문에 전폭적으로 후원하여 가삼의 재배와 생산에 열성을 기울였지. 개성인삼이 전국적으로 명성을 떨치게 된 건 바로 이 열성 때문이야. 여러 삼 씨 종자는 물론 재배기술도 개량에 개량을 거듭하여 지금의 개성인삼이 되었단 말이네."

한양 시전에서 개성인삼, 개성인삼 하는 게 거저 생겨난 게 아니었구나 싶어서 나는 귀를 쫑긋 세우고 좌수의 다음 말을 기다렸다.

"그런데 인삼이 그저 대량으로 생산하는 데만 그쳤다면 지금처럼 널리 유통되고 유명해지지 않았을 것이네. 왜냐면 인삼은 물기를 머금은 식물이어서 오래 두면 썩기 마련이기 때문일세. 흔히 밭에서 막 캐낸 삼을 수삼水蔘, 이 수삼의 껍질을 벗겨 햇볕에 말린 것을 백삼白蔘이라 하는데, 백삼도 겉만 마를 뿐 속은 물기가 남아있어 2년을 채 넘기지 못하네. 그런데 개성 사람들은 궁리하고 또 궁리한 끝에 쪄서 말리는 방법을 생각해 냈네. 즉 물을 끓여 증기를 일으켜 그 증기로 인삼을 푹 쪄서 햇볕에 말리는 것이네."

"그런 삼을 홍삼紅蔘이라고 하는군요."

"그렇지. 인삼 색깔이 불그죽죽하게 변하기 때문에 홍삼이라 부르

지. 홍삼은 물기가 거의 없기 때문에 10년까지도 보관할 수 있고, 약
효도 백삼에 비해 훨씬 뛰어난 것으로 알려져 있어. 이를테면 생쌀과
밥의 차이라고나 할까."

좌수는 곰방대의 담뱃대를 털어내고 다시금 쌈지의 담배를 채워 넣
었다. 나는 재빨리 부싯돌을 쳐댔다.

좌수는 어둑해지는 강변을 바라보며 연기를 길게 내뿜었다.

"내가 흔히 접하는 인삼 얘기를 왜 새삼스럽게 꺼내냐 하면 개성상
인들이 인삼업을 일으킨 방식대로만 한다면 우리 조선의 활로를 찾을
수도 있다고 생각하기 때문이네. 지금 조정 돌아가는 꼴을 보면 나라
가 언제 어떤 꼴이 될지 마음이 놓이지 않아. 조정에서 주도하여 돈이
될 만한 산업을 일으켜서 사람도 쓰고, 국고를 채워서 백성들 세금도
감면하고, 외국에서 새로운 문물도 들어와 나라를 부강하게 할 생각
들은 않고, 글줄깨나 읽었다는 사대부들이 그저 세도가들의 눈에 들
어 권세 자락이나 움켜쥐려는데 온 신경을 쏟고 있으니 나라의 앞날
이 어떻게 되겠는가 말야.

그 좋다는 머리들 쓰는 것 보면 여기 개성의 장사치들만도 못해. 개
성 사람들은 비록 고려에 대한 의리를 지키느라 조선에서 차별받고 핍
박받았지만, 좌절하거나 굴하지 않았어. 자신들만의 활로를 모색하여
각고의 노력으로 전국의 상권을 장악했지 않은가. 또한 청국이나 왜
국과도 거래하여 많은 재산을 형성했지 않은가. 지금 조정에서 개성
을 함부로 못 하는 게 바로 개성인들의 재부財富 때문일세.

우리 살길도 여기 있다고 보네. 대국인 청국과 고약한 왜국 사이에
서 우리가 버티어내려면 나라가 부유해지는 수밖에 없고, 부유해지려

면 먼저 돈을 벌어야 하네.

백성은 많아지고 사는 방식도 달라졌는데 땅에서 나는 소출은 밤낮 그대로이면 나라가 가난해지지 않고 어찌 배기겠나.

자연히 예전보다 조세 몫이 적어지니 이를 채우려 백성들을 더 쥐어짜고, 견디다 못한 백성들이 농사짓기를 포기하고 유랑민이 되어 떠돌면서 나라에 대한 적개심을 키우고⋯ 고려 왕조도 이런 식으로 망하지 않았는가 말야.

사대부들 정신 바짝 차려야 하네. 자네 같은 선비들도 마찬가지야. 세상은 변해가고 있는데 그저 담장을 둘러치고 안에서만 사서삼경이니, 과거 급제만 찾으면 무슨 발전이 있겠나. 백성들에게 언제까지나 그저 땅과 하늘만 바라보며 벼농사만을 하라고 할 것인가?

개성상인들 중 눈 밝은 이들은 진작부터 광산업에도 손을 대고 있네. 땅속에서 나는 광물들이 큰돈이 될 수 있다는 것을 알아채고 개발하기 위해서이네.

인삼이니 광산업이니 이런 산업들을 민간에게만 맡겨두지 말고 조정에서 주도하여 크게 펼치고, 서해바다도 과감하게 풀어 무역하는 배들이 자유롭게 왕래한다면 얼마나 큰돈을 벌 수 있겠는가. 돈만 있으면 곡식 정도는 청국에서 얼마든지 들여올 수 있네."

좌수는 붉어진 얼굴로 열변을 이어갔다. 내게는 배를 조달하여 청국행을 결정할 권한이 있는 인물로, 또한 개성상인으로 입신하여 느긋하게 노후를 즐기고 있는 줄로만 알았던 장 좌수는 뜻밖에도 전혀 다른 얘기들을 늘어놓고 있었다.

논어에 "三人行 必有我師"라고 했던가. 책 속에만 스승이 있고 지식이 널려 있는 것이 아님을 좌수는 또 한 번 보여주고 있었다. 좌수는 헛기침을 한 후 얘기를 이어갔다. 목소리는 낮게 깔렸다.

"자네 부친은 편지로 내게 자네의 청나라행을 협조해 달라고 했네. 학문 연구에 필요한 책을 구하러 북경에 간다며. 말이 부탁이지 사실은 국법을 어기라는 것일세. 지금 조선에서 민간인의 사사로운 외국행은 금지되어 있으므로, 몰래 청국인들의 밀수密輸 배를 타도록 해달라는 것이니까…

자네 부친이 내게 이런 서신을 보내기까지는 뭔가 피치 못할 곡절이 있을 것일세. 가령 꼭 구입해야만 할 책이 북경에 있다든지, 아니면 자네가 뛰어난 학문적 소양을 지녀 꼭 북경에 보내야 한다든지 하는… 아니, 내가 모르는 또 다른 사유가 있는지도 모르지. 그러나 사실 나이 들어 법을 어기는 것을 좋아하는 사람은 없네. 그저 평온무사하게 지내다 생을 마감하려는 생각뿐이지. 그러나 나는 자네의 청국행을 도와주겠네.

자네 부친이 관가에 몸담고 있는 것도 아니고, 내가 뭐 특별히 도움받을 일이 있어서도 아니네. 자네가 관가 진출을 포기하면서까지 학문에 뜻을 두고, 북경에서 책을 펴낼 정도의 내공을 쌓은 사람이라면 나도 도움을 주고 싶어서이네.

나도 풍문에 한양에서 젊은 친구들이 사행使行을 따라 청국에 다녀와서는 새로운 문물도 들여오고, 보고 들은 것들을 책으로 써서 시중에 화제가 되고 있다고 들었네. 지금 우리 실정은 그런 젊은이들이 자꾸 나와야 한다는 것이네. 보다 깨이고, 신선하고, 넓은 안목을 가진 사람들이 나와서 조선의 병폐가 됐든, 조선의 장래가 됐든 자신의 식견을 털어놓아야지. 그저 문리 좀 트일 만하면 전대의 사람들이 해온 대로 관가 주변이나 맴돌며 자리나 하나 얻어 볼까 하는 젊은이들만 득시글대서야 조선에 무슨 발전이 있겠나?"

나는 일단 안도의 한숨을 내쉬었다. 좌수의 얘기를 듣고 있으면서도 내심 한마디로 거절해버리면 어쩌나 하고 전전긍긍했었기 때문이다. 처음부터 좌수가 선선히 승낙하지 않았던 것은 아마도 노친네 나름대로 심적 갈등을 겪었기 때문인지도 모른다. 그러나 밀수 배를 타야 한다는 것은 부담을 안겨 주었다.

"내가 생각하는 조선의 살길은 장사뿐이네. 그것도 외국과의 장사, 이른바 무역이라는 것이네. 나는 인삼을 취급하면서 분명히 느꼈다네. 땅덩어리도 작고, 인구도 적은 우리가 살길은 바로 장사뿐이라는 것을. 농사만 치중해서는 결코 부국이 되지 못하네, 그러나 무역을 통해서는 충분히 부국이 될 수 있네. 경우에 따라 생산에 들어가는 비용의 몇십 배, 몇백 배까지도 벌 수 있기 때문이네.

그런데 위정자들은 이런 실정을 모르는 건지, 아니면 알면서도 행하지 않는 건지 아무튼 바뀌지 않고 있어. 그래서 젊은 사람들의 식견과 용기가 필요하다는 것이네. 새로운 머리로 상소도 올리고 책도 펴내 조정에 있는 사람들의 굳어버린 머리들을 깨뜨려야 한다는 것이네.

또 한 사례를 들어보겠네. 왜국의 풍신수길豊臣秀吉은 우리에게 임진壬辰, 정유丁酉란을 일으킨 원흉으로만 알려져 있지. 그러나 왜국 사람들이 생각하는 그는 다르다네. 나라 발전에 커다란 기여를 한 인물로 알려져 있기도 하다네. 최초로 일본 전국을 통일하여 다이묘大名들간의 분쟁을 종식 시킨 점이 그 첫째라 할 수 있지만, 다음으로 들 수 있는 것은 왜국의 성장, 발전에 일대 전환을 이루었다는 점이지. 때문에 전쟁으로 엄청난 피해를 끼쳤음에도 내내 영웅으로 추앙받았다네. 그는 원숭이 같은 몰골 대신 비상한 머리의 소유자로 알려져 있는데, 전쟁을 벌이기 위해 조선에 침략했으면서도 별도로 '약탈 전담부'라는 부대를 편성을 했지.

그는 조선의 문물이 왜국보다는 한참 앞서 있다는 것을 일찍 간파했어. 그래서 만약 전쟁에 지더라도 나라 발전에 필요한 것들은 꼭 챙기겠다는 일념으로 왜병들이 휩쓸고 지나간 자리에서 갖가지 문물을 긁어모았어. 가령 각종 도서, 공예품, 예술품, 장인匠人들이 그러한 사례들이지. 물론 금은보화나 포로 등 돈이 될 만한 것들을 탈취하는 외에도 무장답지 않게 이런 데까지 신경을 썼던 거야. 그 결과 왜국은 전쟁을 거친 후에도 물심양면에서 많은 발전을 이루었는데, 그중에서도 그가 특히 신경을 썼던 것은 바로 도자기 기술자들이었어.

원래 도자기는 중국과 조선에서만 만들어졌어. 왜국에는 무역이나 선물 등으로 극히 소수만 유통되고 있었는데, 그 때문에 왜국에서는 금은이나 다름없는 고가품 취급을 받았지.

특히 차를 따라 마시는 다완茶碗, 그중에서도 조선에서 만들어진 이도다완井戶茶碗은 엄청난 고가품이었지. 때문에 막부에서도 최고위층들만 즐기던 다기茶器였어.

약삭빠른 풍신수길이 이 호재를 놓칠 리 없지. 그는 약탈부대에 조선 도공陶工들의 납치를 특별 주문했고, 그들은 지시대로 왜군의 세력이 미치는 곳마다 도공陶工들을 물색하여 대거 왜국으로 끌고 갔지. 이들이 목숨을 부지하기 위해 굽기 시작한 도자기들이 점차 왜국을 도자기 강국으로 만들었고, 결국에는 나라 살림에 엄청난 변화를 초래하게 돼.

일이 잘되느라 그런지, 대륙에서 명나라가 망하고 청나라가 들어서게 돼. 청나라는 원래 말 타고 떼거리로 사냥이나 다니던 유목민족들 나라야. 이 여진족들은 바다의 가치를 몰라. 그저 땅으로 된 세상만 알고, 바다란 그저 쓸모없는 곳으로 치부해 버렸지. 때문에 나라를 세우자마자 해금정책海禁政策을 강화하여 외국 상선들의 접근을 차단시켜 버렸어.

그러자 구라파의 도자기 장사치들은 난리가 난 거야. 그들은 구라파 전역에서 인기를 끌던 도자기 무역으로 큰 재미를 보았는데, 더 이상 이 장사를 못 하게 되자 수소문 끝에 배를 돌려 왜국으로 향했어. 왜국에서 최근 들어 많은 도자기를 생산한나는 말을 듣고 배들을 왜국 관문인 나가사키 항에 정박시킨 거지.

왜놈들은 원래 자기들 고위층에서 찾는 도자기를 만들기 위해 조선에서 도공들을 납치해 갔을 거야. 그런데 생각지도 않게 양놈들이 몰려와 도자기를 팔라고 졸라대니 이런 횡재가 어디 있겠나.

도자기 덕분에 왜국에는 구라파의 재부, 즉 은銀이 대량으로 쏟아져 들어왔지. 이 은들은 그들로 하여금 우리와의 전쟁에서 입은 막대한 손실을 충분히 보상해 주었어. 그 덕분에 빠른 시일 내에 다시 일어설 수 있게 된 것이지. 때문에 왜국 인사들 중에는 임진, 정유란을 도자기 전쟁이라 부르기도 해."

"흥미진진합니다만 어떻게 이런 사실까지 다 알고 계셨습니까?"

"개성의 큰 상인들 중 일부는 왜국 나가사키에도 송방을 둔 사람이 있기 때문이지. 그들은 왜놈들을 상대로 장사를 한다는 명분으로 갔지만, 한편으로는 나가사키를 중심으로 벌어지는 상거래 실정을 염탐하기 위한 목적도 있어. 장사치도 판을 크게 벌이려면 시세에 둔감해서는 절대 안 되기 때문이네."

이제 어둠은 완전히 들어찼다. 저 아래 포구 쪽과 강 건너 저편에서만 불빛들이 좀 깜빡거릴 뿐 사위는 짙은 어둠에 잠겨 있었다.

나는 얘기를 듣는 동안 문득문득 눈앞에서 밝음과 어둠이 자꾸만 교차되는 것을 느꼈다. 밝음은 세상 돌아가는 형편에 눈이 떠지는 데서 오는 것이요, 어둠이란 세상 물정에 대비되는 한양 관료계층에 대한 절망감에서 비롯되는 것이었다.

시세에 둔감해서는 안 되는 게 과연 장사뿐일까. 나라의 안위도, 살림살이도, 교육도, 학문도 모두 국제적 시세와 맞춰야 하는 게 아닐까. 이제 그러한 세상인 것이다. 지구 저편에서 이 동쪽 끝까지 수시로 대형 함선을 보내는 거대한 세상이 있는데 언제까지 중국만 바라보고 있을 것인가.

간간이 접하는 책들을 통해서도 양인洋人들의 학문 수준은 이미 중국을 훨씬 능가하고 있다. 과학, 지리, 의학, 종교 등 분야가 다양한 면도 그렇지만, 깊이에 있어서도 이제까지의 동양 학문을 초월하고 있는 것이다. 학문의 발전은 나라의 부강을 가져오고, 국력의 신장을 초래해 결국에는 외국을 넘보게 만들 것이다.

좌수는 다시금 헛기침을 한 후 무겁게 입을 열었다.

"우리 조선 지금 정신 바짝 차려야 하네. 지금 왜국은 풍부한 재력과 활발한 대외무역으로 구라파의 새로운 문물들을 대거 들여오고 있어. 또한 팔팔하고 머리 좋은 젊은이들을 외국 곳곳에 보내 많은 학식도 쌓고 견문을 대거 넓히도록 하고 있어. 저들이 저러다 나라가 부강해지면 또 어떤 일을 벌일지 몰라. 기회만 되면 침략 근성이 발동하는 놈들이니까.

지금 조정의 웃대가리들에게서는 별로 기대할 게 없고, 자네 같은 젊은이들이 주축이 되어 바꿔가야 돼. 그렇지 않고 그저 똑같이 시류에 휩쓸리다 보면 언제 또다시 왜놈들한테 잡아먹힐지 모르는 일이네."

좌수의 예측이 맞을 것이다. 그가 송방이라는 남다른 정보망을 접할 수 있는 점도 그렇지만, 내 자신에게도 곧바로 공감을 불러일으키기 때문이다.

실제로 소선은 왜란과 호란이라는 미증유의 난들을 겪고서도 별반 달라진 게 없다. 나라 밖으로는 여전히 외국과의 문을 걸어 잠그고, 안으로는 당쟁과 세도정치, 관가의 부정부패 등으로 하루도 편할 날이 없는 것이다. 언제 부강한 나라를 만들고 언제 외국의 새로운 문물을 수입하여 우리 구습과 살림살이를 개선시킬 것인가…

홍경래의 난과 부친

얘기에 팔려있는 사이 어느 틈에 뒤쪽에서 구수한 생선구이 냄새
가 풍겨왔다. 돌아보니 선부와 동용이 조그만 화덕 위에서 생선을 굽
고 있었고, 그 옆에는 찬거리며 술병 등이 놓여있었다. 서쪽 하늘 끝
에 간신히 걸려 있던 황혼은 사라지고 없었고, 바다 위에는 캄캄한 어
둠뿐이었다.

"저리로 가세. 저녁 준비를 해놓은 모양이네."

좌수와 내가 다가가서 자리를 잡고 앉자 선부는 소반의 상다리를
펴고 능숙한 솜씨로 밥과 찬, 생선구이, 술병과 사발 등을 올려놓았다.
생선은 고등어였는데, 낚시로 갓 잡아 올린 것을 구운 탓인지 산뜻한
맛에 살점들도 입안에서 살살 녹는 것 같았다.

고등어 때문이었는지, 아니며 바다 위에서 해풍을 맞으며 마시기
때문이었는지 평소 즐겨 마시던 동동주도 완전히 다른 맛이었다. 나
는 내심 고마운 심정에서 선부를 몰래 건너다보았다.

침침한 속에서 화롯불 덕분에 선부의 얼굴은 짙게 떠올랐다. 햇볕에 그을고 바다에 단련되어 거칠고 두텁게 보이는 피부, 그러면서도 선량하고 민첩해 보이는 눈매… 그도 모처럼 보는 외지 사람이어선지 내 쪽을 흘끔흘끔 바라보았다. 말문을 열어 자리를 이끌어 갈 사람은 좌수인데, 아까와는 달리 왠지 먹기만 하고 묵묵히 입을 다물고 있는 것이었다. 아니나 다를까, 잠시 후 좌수는 자리를 털고 일어섰다.

"실은 내가 감기 기운이 좀 있네. 모처럼 바닷바람을 쐰 탓인지 한기가 드는구먼. 선실에 가서 좀 쉴 테니 얘기들 나누게."

좌수가 선실로 내려가자 선부는 곧바로 담배를 피워 물었다. 그러자 동용은 일어서서 선미 쪽으로 다가갔다. 그리고는 다시 노를 잡았다. 그런데 선부는 그대로 앉아 묵묵히 담배 연기만 내뿜었다. 그러자 동용은 혼자서 양쪽 노를 잡고 돌리기 시작했는데, 알고 보니 이 배의 노는 혼자서도, 둘이서도 저을 수 있는 노였다.

나는 문득 선부가 뭔가 할 얘기가 있는 것 같은 느낌을 받았다.

"좌수님께 듣자 하니 청국에 책 사러 가신다면서요?"

"그렇소. 할 줄 아는 거라고는 그저 책 읽는 것밖에 없어서… 대국에서 새로운 문물을 담은 책들을 좀 살펴보고, 필요한 책들은 꼭 사고 싶었습니다. 그러나 개인적으로 청국에 가는 것은 금지되어 있고, 사행을 따라가자니 줄이 닿지 않고 해서 부득이 이 방식을 쓴 겁니다. 다행히도 좌수께서 선선히 수락해서 희망을 갖게 되었습니다."

그러자 선부는 웃음기를 머금은 채 나를 빤히 바라다보았다.

"좌수 어른께서 선선히 수락했다고 생각하십니까? 뜻이 높아 도와드리고 싶어서?"

"그러니까 이렇게 쉽게 배를 내준 게 아니겠소?"

"원래 개성상인은 이해관계 없이는 절대 움직이지 않습니다. 그래서 개성상인들이 지나간 자리에는 풀도 안 난다고 했지요. 더구나 나이도 든 데다, 배도 몇 척 가지고 있어 사는 데 아무 지장 없는 좌수 어른이 불법인 줄 뻔히 알면서도 왜 야밤에 청국 배와 접선하려 하겠습니까?"

나는 뭔가로 뒤통수를 세게 얻어맞은 듯한 느낌이었다. 왜 이렇게 어리숙하기만 하단 말인가. 이 평범한 뱃사공도 짐작하고 있는 일을 나는 왜 앞뒤 가리지 못하고… 나는 묵묵히 입을 다물고만 있었다.

"좌수 어른은 누구의 소개로 찾아오게 되셨습니까?"

나는 내막을 다 얘기해 버릴까 하다가 부친이라는 사실만은 빼기로 했다.

"한양에서 종사관 벼슬을 했던 어른이오."

"그분이 어디 분이십니까? 혹시 개성 출신 아니십니까?"

나는 대꾸를 하지 않았다. 생판 모르는 뱃사공이 꼬치꼬치 묻는 것도 탐탁지 않았거니와, 얘기에 휘말리다 보면 자칫 부친이라는 게 드러날지도 모른다는 생각에서였다.

"아, 제가 지나쳤나 보군요. 제가 이렇게 묻는 이유는 좀 감이 잡혀서입니다. 저는 대략 20년 가까이 좌수 어른을 모셨습니다. 원래 벽란도 토박이였는데, 좌수 어른이 개성에서 사업을 접고 벽란도로 옮겨 오면서 인연을 맺게 되기 시작하여 지금까지 계속 이어져 오고 있습니다. 물론 좌수 어른이 저를 잘 봐서 마치 한 가족처럼 대해주셨기 때문입니다.

제가 오늘 이처럼 따라나선 것도 좌수 어른의 깊은 신임을 얻었기 때문입니다. 어른은 젊은 시절에 개성에서 인삼업에 뛰어들어 잘 꾸려왔고 쏠쏠하게 재미도 보았습니다. 그런데 한때 전혀 예기치 못한 일에 휘말려 들게 되었습니다."

"예기치 못한 일이라니요?"

"남들에게는 얘기하지 마십시오. 선생께는 얘기해도 될 것 같아 털어놓는 겁니다. 더구나 먼 한양 사람이니까요. 좌수 어른이 인생의 전환점을 맞게 된 계기는 바로 '홍경래의 난' 때문입니다."

"홍경래의 난이라고요?"

나는 엉겁결에 터져 나오는 소리에 자신도 놀라 주위를 둘러보았다. 그러나 주위는 바람과 어둠뿐이었다. 동용도 고개를 푹 숙인 채 못들은 체하고 있었다.

"홍경래가 서북인西北人들의 차별대우와 세도 조정의 부패 등을 빌미로 변란을 일으켰을 때 개성상인들 중에서도 동조하는 사람들이 있었습니다. 자신들도 마음속에 같은 응어리를 가졌기 때문이기도 했겠지만, 다른 지역 상인들도 가세했기 때문입니다. 가령 만상灣商이라 하는 의주 상인들도 달려들었다는 것을 전해 듣고 그저 바라만 보고 있을 수만은 없다고 생각했기 때문일 것입니다.

그러나 개성상인들은 드러내놓고 하지는 않고, 은근히 자금을 보내는 방식으로 했습니다. 아무래도 한양이 가까워 눈치를 보지 않을 수 없었던 모양입니다. 그중의 한 사람이 바로 좌수 어른이었습니다.

그런데 변란이 5개월 만에 처참한 실패로 끝난 뒤, 조정 관리들이 개성에 내려왔습니다. 개성상인들이 몰래 군자금을 보내 반란세력들에 협조했다는 소문을 어디선가 전해 듣고 조사 차 내려온 것이었습니다.

개성상인들은 당연히 발등에 불이 떨어졌지요. 정주성定州城에 웅거하고 있던 반란세력들 중 남정네들이 모조리 목이 베어졌다는 것을 소문으로 들어 알고 있었기 때문입니다. 어떤 식으로 보복을 당할지 몰라 전전긍긍하며 나름대로 대책을 강구하기 바빴습니다.

상인들은 갖은 인맥을 다 동원해서 조정을 줄을 댔는데, 좌수 어른도 물론 발바닥에 불이 나게 뛰었겠지요. 주로 한양에 있는 개성 출신 관원들을 통해서였을 것입니다. 그러던 중 개성에 내려온 조사관 중 한 사람이 개성 출신이라는 것을 알게 되었답니다. 최 모라는 사람인데, 오래전 일이라 이름은 기억이 나지 않습니다.

좌수 어른은 조사관들이 내려오자 기회를 엿보다 곧 찾아간 모양입니다. 최 모 나리에게 뭔가 줄을 댈 수 있겠다고 생각했던 모양입니다. 설사 줄이 없더라도 여차하면 사업이고 집안이고 절단나는 판인데 물불을 가리겠습니까?

그런데 그 사람은 상당히 현명한 사람이었던 모양입니다. 또한 자신의 고향 사람들을 해코지하고 싶겠습니까. 아닌 말로, 개성이란 곳은 한두 집 건너면 남의 집 부엌에 숟가락이 몇 개인지 알 정도로 다 얽혀있는 곳인데…

그래서 두어 번 찾아가 극구 매달렸더니 글씨가 잔뜩 쓰여 있는 기다란 종이 한 장을 건네주더랍니다. 그러면서 이 종이를 잘 포장해서 오늘 밤 야심한 때에 조사관들이 머무는 숙소 앞에 던져 놓으라고 했답니다.

좌수 어른은 곧바로 집으로 달려와 종이를 비단에 잘 붙여 두루마리로 만들었는데 무심코 그 내용을 보고는 기절초풍할 뻔했답니다. 종이에 쓰여 있는 내용이, 지금 조정에서 내려온 관원들의 개성상인들에 대한 조사를 당장 중지시키라는 것이었답니다.

개성상인들이 홍경래 세력에 협조할 수밖에 없었던 것은 그 부하들이 밤중에 몰래 찾아와 협박을 일삼았기 때문이라는 것이었습니다. 곧 홍경래 장군이 썩고 무능한 관군을 손바닥 뒤집듯 해치우고 개성으로 내려올 것인데, 그때 자기들에게 협조하지 않은 상인들은 모두 추려내서 도륙하기로 했다 합니다. 따라서 장사만 할 줄 아는 순진한 상인들은 살기 위해 어쩔 수 없이 돈을 보냈던 것뿐이며, 이들에게 죄를 묻는 것은 불쌍한 백성들을 사지死地로 몰아넣는 것과 무엇이 다르냐고 했더랍니다. 또한 이렇게 실정을 알리는 데도 굳이 조사와 치죄治罪를 감행한다면 상인들도 가만히 앉아 당하지만은 않겠다고 했답니다. 한양 육의전六矣廛에 있는 상인들과 조정의 관원들, 심지어 왕족들 중에서도 홍경래 세력에 동조했던 사람들이 있다며, 여차하면 이들의 명단을 천하에 공개하겠다고 했더랍니다.

너무 엄청난 내용이라 좌수 어른은 한동안 망설였지만, 자신이 살 길은 이 길뿐이라 생각하고 두루마리를 곱게 비단에 싸서 시킨 대로 야밤중에 숙소 앞에 가져다 놓았답니다.

그 계책이 과연 효과가 있었는지, 그 후 조사는 흐지부지되어버리고 말았고, 좌수 어른도 두어 번 불려가서 몇 마디 묻고 대답하는 것으로 끝나고 말았다고 합니다."

그런 일이 다 있었다니… 천만뜻밖이었다. 엄청난 일이라 자신도 모르게 등줄기에 한기가 스치기도 했다. 얘기로 봐서는 최 모 조사관은 부친이 분명해 보이는데, 그동안 일체 내색도 하지 않았다. 게다가 반란죄는 대역죄로 다스려 조금치만 관련되어도 씨를 말리는 게 상례인데, 그런 빈틈이 있었고 그 틈을 이용하는 지혜가 있었다니.

나는 부친의 지혜와 과감한 승부수에 새삼 경외감이 들었다. 이런 전력이 있는 줄도 몰랐고, 그저 자상하게만 느껴지는 성격 속에 그 같은 결단력이 있는 줄도 몰랐다. 어떻게 보면 부친은 양파 같은 기질의 소유자였다.

얼핏 보기에는 한 시대를 영위하는 성실한 관리요, 평범한 가장인 것 같지만 그게 다가 아니었다. 때때로 전혀 다른 모습들이 드러나며, 그러한 모습들로 정의하고 싶으면 어느 순간 또 다른 모습들이 드러난다. 무예에 일가견을 가졌으면서도 시를 즐겨 읊고, 친우들과 어울려 술 마시고 환담하기를 즐기는 호방한 성격을 지녔으면서도 웬만한 악기는 못 다루는 게 없을 만큼 섬세한 면도 있었다.

평소 자신을 하나밖에 없는 자식이라 애지중지하면서도 이번처럼 생판 낯선 중국 땅에 내던지듯 보내는 것도 부친의 또 다른 일면이라 할 수 있을 것이다.

그나저나 개성에 내려온 조사관들은 왜 그처럼 쉽게 포기하고 말았을까. 밑도 끝도 없이 내던져진 괴문서 하나가 어떤 근거를 가지고 있다고 믿었기 때문일까. 아니면 사실이든 아니든, 문서의 내용들이 어떤 식으로든 공표되면 그 엄청난 후폭풍이 두려웠기 때문일까.

지금 아랫녘 삼남 지방에서도 곳곳에서 백성들의 원성이 들끓고 있다고 했다. 언제 어떻게 폭발할지 아무도 모르는 일이라는 것이었다.

그 주요한 원인은 발등에 떨어진 민생고 때문이겠지만, 고질적인 차별 정책도 큰 몫을 차지하고 있을 것이었다.

조정의 관원들, 힘 좀 쓰는 양반 집안은 조세나 군역 부담도 지지 않는다. 목돈이 오가는 대상大商들도 마찬가지다. 왜냐면 그들의 뒷돈이 세도가들에게 흘러 들어가기 때문이다.

그저 뼛골이 빠지게 농사짓는 농민들만 세금 부담하랴, 군역 부담하랴, 툭하면 부역에 동원되랴, 부패한 관리들의 횡포에 시달리랴 갖은 부담을 다 떠안고 있는 것이다.

이런 마당에 평안도 지방에서 일어난 홍경래의 반란에 조정의 관원들이나 왕실 사람들도 관여했다는 소문이라도 난다면 나라는 크게 술렁일 것임이 틀림없다. 조정에 대한 불만이, 못 배운 하층민들이 땀 흘려 일하기 싫어서 발생된 게 아니라 보편적인 동기에서, 즉 인간 본연의 입장에서 생겨난 것이라는 사실을 인정해주는 것이나 나름없기 때문일 것이다.

그래서 조사관들은 어차피 변란도 평정이 되고, 나라 전반적으로 기류도 심상치 않은데, 괜히 긁어 부스럼을 만들 필요가 있겠냐며 상부에 보고하여 대충 수습해 버린 것이 아니었을까.

"아무튼 그 일 이후로 좌수 어른은 인삼업이나 남들과 부대껴 사는 일에 낙을 잃어버리고 개성 살림을 청산한 후 벽란도로 내려왔지요. 그러면서 토박이인 저와도 인연을 맺게 되어 20여 년이 되어갑니다."

내 생각에 빠져있느라고 선부가 곁에 있다는 것도 잊고 있었다. 문득 머릿속에서 잠시 동안이나마 빠르게 오간 생각들을 그가 눈치챈 건 아닐까 하는 생각이 스쳤다. 아무튼 장 좌수는 천우신조로 안면이 있었던 부친을 만나게 되었고, 부친은 현명한 방도로 사태를 덮어버렸으며, 나는 그 덕분에 청국에 가는 배를 탈 수 있게 된 것이니 모든 게 잘 된 것만은 사실이었다…

육지 쪽에서 바람이 불어오자 선부는 묶어두었던 돛을 풀고 돛줄을 이용하여 돛을 올리기 시작했다. 고물 쪽에 있던 동용도 재빨리 달려와 돛이 잘 올라갈 수 있도록 도왔다. 이윽고 마지막 활대까지 다 올라가자 돛은 바람을 맞아 뒤쪽으로 부풀어졌고 배는 노를 젓지 않고도 순탄하게 나아갔다.

그가 동용이 고물 쪽에서 혼자 노를 젓는 것을 알면서도 가만히 있었던 것은 바람이 불어올 것을 알았기 때문인 듯했다.

"이 정도 바람이면 자시子時까지는 해주만海州灣에 도착할 수 있습니다. 인삼 밀거래는 주로 해주 앞바다에서 자시, 축시 무렵에 이루어지지요. 오늘 같은 날은 바다가 잔잔해서 청국 배들이 여럿 떠 있을 겁니다."

나는 내심 고마운 생각이 들어 함께 담배 피우자며 선부를 이물 쪽으로 끌었다. 동용은 눈치껏 자리를 피해 고물 쪽으로 향했다. 나와 선부는 같이 담배를 피워 문 뒤 연기를 내뿜었다.

"좋은 얘기 잘 들었습니다. 사실 이처럼 멀리 나와 보기 처음인데, 밤바다를 바라보자니 마음이 활짝 트이는 것 같습니다."

"시간도 꽤 됐는데 피곤하지 않으십니까?"

"피곤은 무슨… 어차피 망망한 바다에서 얘기나 하면서 보내야 할 것 같소."

"무슨 얘기가 듣고 싶으십니까?"

"그동안 혹시 개성이나 한양에도 살아본 적 있소?"

"한양에서 잠깐 살아본 적이 있습니다. 포졸이나 좀 해볼까 하고 관가를 기웃거리기도 했었습니다. 그러나 1년 남짓 살아본 후 내가 있을 곳은 아니라는 생각이 들었습니다. 흔히 육지는 안전하고 볼거리도 많은데 바다는 무섭고 밋밋할 뿐이라고들 하지만, 제 생각은 다릅니다. 육지야말로 무서운 데고, 정말 볼거리가 많은 데도 바다입니다. 육지가 무섭다고 생각한 이유는 바로 사람이 사는 세상이기 때문입니다. 언제, 어떤 일을 당할지 알 수가 없어요. 바다는 그게 없습니다. 바다는 믿을 수 있고 일한 만큼 성과를 가늠할 수 있습니다. 그러니 흔히 말하는 대로 '칼보다 붓으로 더 많은 사람을 죽인다' 같은 일들은 생기지 않습니다. 그래서 젊었을 때 세상으로 나가지 않고 바다에 쏟아부었던 열정을 후회하지는 않습니다. 바다는 제게 고향이고 어머니 품 같은 곳입니다."

"볼거리가 많다는 것은 무슨 말이요?"

"바다의 색깔은 시시때때로 변합니다, 안개 긴 새벽에서부터 해가 떠오르는 아침, 구름이 끼고 눈비가 내릴 때, 황혼에 이어 밤까지 바다는 변화무쌍한 색깔로 볼거리를 만들어 주지요.

또한 바다는 살아 있다는 것입니다. 물결은 쉼 없이 몰려왔다 몰려갑니다. 바람이 좀 불면 이 물결은 파도가 되어 끊임없이 봉우리와 골을 만들며 다가왔다 사라집니다. 그 모습은 마치 바다가 거대한 생명체이고 파도는 그 혈기 같은 느낌이 들기에 충분합니다.

특히 배를 타고 멀리 나가서 파도를 만나게 되면 검푸른 바닷속의 어떤 거대한 힘이 느껴집니다. 단순히 물살의 힘이 아닌, 어떤 심오한 비밀을 담고 있는 힘. 애초부터 그래왔고 차후로도 영원히 계속될 것만 같은 힘, 처음 세상을 열고 언젠가는 세상을 닫을 것만 같은 그런 본래의 힘 같은 것 말입니다.

바다의 이러한 힘 때문에 저는 원래 모든 생명들은 바다에서 시작된 게 아닌가 하는 생각도 해보았습니다. 비단 물속의 고기들뿐만 아니라 땅 위의 모든 생명들도 원래는 바다에서 생겨났다고 말입니다."

"놀라운 발견이군요. 예로부터 움직인다는 것은 살아 있다는 증거라고 했었지요. 그 이야기를 듣고 보니 우리가 발을 딛고 있는 이 땅덩어리 전체가 마치 살아 있는 것만 같은 생각이 듭니다."

나는 왠지 모를 충격과 함께 말문이 막혔다. 문득 자신이 지금 도인道人과 얘기하고 있는 것인지, 일개 선부와 얘기하고 있는 것인지 혼란스럽기도 했다.

"바다는 사람에게 커다란 깨달음을 주기도 합니다. 바다와 함께 사는 사람들은 자신도 모르게 알고, 느끼고, 깨닫게 되면서 살아갑니다.

가령 까치놀 속에서 커다랗게 부푼 해가 수평선 너머로 서서히 잠겨가는 모습을 보노라면 하루의 피로도, 모든 생각도 사라지고 마치 부처 앞에 서 있는 듯한 신심信心이 우러나옵니다. 뭔가 경이롭고, 완벽하고, 위대한 것과 마주한 것과 같은 신심입니다. 해가 사라진 하늘은 금세 잿빛으로 변하고, 바다는 텅 비고 적막해집니다. 이때면 어부들은 서둘러 어구들을 챙기고 집으로 향하지요. 물론 어둠이 덮이면 앞뒤 분간하기도 힘들어 서둘기도 하겠지만, 제가 생각하는 것은 좀 다릅니다. 그때가 되면 어떤 어부들은 두려운 겁니다."

"두렵다니, 바다에서 갑자기 뭐라도 솟아날까 봐서요?"

"그게 아니고, 어떤 거대한 자연의 조화 같은 게 느껴지며 자신이 하찮게 느껴지는 겁니다. 차가워진 바람 속에서 자신의 인생이고 가족이고 멀리 던져진 채 마치 텅 빈데 홀로 서 있는 듯한 막막함… 이 막막함이 두려워 빨리 떨쳐내 버리고자 서둘러 집으로 향하는 겁니다."

"……"

"반면 아침바다는 다릅니다. 특히 안개가 걷히고 빛살이 퍼진 아침바다는 갓 잡은 생선들처럼 싱싱하고 활기가 넘치지요. 마치 어서 빨리 오라고 손짓하는 듯합니다. 와서 마음대로 누비며 생명력을 얻어 가라고… 어부들은 마치 인생을 처음 맞닥뜨리는 젊은이들처럼 근육에 힘이 솟는 것을 느끼며 기대에 부풀어 바다로 향합니다."

"그러나 바다가 언제나 그 같은 모습은 아니지 않소. 폭풍이나 해일도 있을 텐네…."

"물론이지요. 무서울 때는 한없이 무서운 게 또한 바다지요. 한순간에 모든 것을 뒤집어 엎어버리는 무자비한 도살자 같은 일면도 가지고 있습니다. 또한 겨울의 북서풍이 몰아칠 때면 바다는 난장판이 되어 울부짖어서 밤새도록 잠 한숨 못 이루는 경우도 종종 있습니다. 그러나 그 또한 바다의 한 모습인데 어쩌겠습니까.

육지에서도 태풍, 홍수, 가뭄, 지진 등이 애써 가꾼 것들을 여지없이 뒤엎어버리는 경우도 종종 있지 않습니까. 만들어지고, 꾸며지고, 생각하게 해주는 게 자연이라면, 반대로 쇠퇴하고, 파괴되고, 절망하게 해주는 게 또한 자연의 모습 아니겠습니까."

만약 이 선부가 육지의 어느 깊은 산골에 살았더라면 어떤 얘기들을 하게 될까. 산을 생의 전부로 알고 산 얘기들을 늘어놓을 것이다. 산을 통해 세상을 보고, 산을 통해 인생을 깨우칠 것이다. 바다는 그를 먹여 살리고, 가르치고, 깨우쳤을 것이다. 한마디로 바다는 그를 만든 것이다. 비록 그가 태극설이나 성인들의 경전을 배우지는 않았겠지만 바다를 통해 자연과 인간 세상의 도리를 나름대로 터득했을 것이다. 바다는 바로 그의 책이고 스승이었다.

"어느새 별들이 많이 솟아 나왔군요. 별들은 밤에 방향타 노릇을 하기도 하고, 출어出漁 여부를 가르쳐주기도 하지요. 예를 들면 밤에 별빛이 유난히 깜빡거리면 다음날 배를 띄우지 말라는 얘기가 있습니다.

저는 젊었을 때 밤에는 종종 바닷가 모래밭에 누워 하늘의 별들을 바라보곤 했습니다. 그러다 보면 바다의 철썩이는 소리가 내 몸속까지 스며드는 듯한 느낌이 듭니다. 스며들어 내 숨결이 되고 맥박이 되는 듯합니다. 바다와 제가 한 몸이 되는 것이지요. 그러다 보면 어느새 제 자신을 잊고 바다에게 말을 건넵니다. 고민했던 일들, 답답했던 심정들, 누군가에게는 반드시 털어놓고 싶었던 얘기들을 하나둘씩 털어놓고 바다의 반응을 기다립니다. 그러다 보면 바다로부터 대답을 듣는 수가 있습니다. 물소리로, 혹은 바람 소리로 바다는 내게 얘기를 해주는 겁니다. 다시 한번 생각해 보라고, 혹은 세월을 견디어 보라고, 그 사람 마음속에 들어가 보라고…."

인삼 밀수선을 타다

"무슨 얘기들을 그렇게 나누고 있어?"

갑자기 뒤쪽에서 좌수의 말소리가 들렸다.

"술이 좀 깨셨습니까? 아는 것도 많고 얘기도 재미있게 잘하시기에 정신없이 듣고 있었습니다."

"나이 들면 양기가 입으로만 모인다더니 말만 많아져서 큰일이야. 그나저나 시간이 지금 얼마나 되었지?"

그러자 선부는 생각났다는 듯 북쪽 하늘을 바라보았다.

"북두칠성의 위치로 봐서 얼추 자시가 다 된 듯합니다. 이제 찾기 시작해야 할 것 같습니다."

선부는 선실로 향했다. 잠시 후 선실에서 나온 그의 손에는 횃불이 들려 있었다.

"이 횃불로 청국 어선들과 신호를 주고받지요. 좌우로 네 번 흔들고 위아래로 한번 흔들면 그들이 알아보고 접근해 옵니다."

선부는 횃불을 치켜들고 이물 쪽으로 향했다.

이때 오른쪽에 서 있던 동용이 끼어들었다.

"저 혹시, 청국 사람들 그냥 믿어도 괜찮을까요? 저희들 두 사람뿐이라고, 가진 것 다 빼앗고 바다에 던져 버리지는 않을까요?"

"그런 염려는 접어 두어도 괜찮을 것 같네. 자기들이 홍삼 밀수를 그만둔다면 몰라도, 계속하려면 그런 짓을 하고 소문이 나면 어떻게 할 수 있겠나. 그리고 그쪽 사람들도 소형 어선에 4~5명 정도밖에 안 타고 있어. 자네 체격과 눈초리를 보니 혼자서도 그 정도는 너끈히 상대하겠는데…."

"그러면 마음을 놓겠습니다."

동용은 발걸음을 돌려 이물 쪽으로 향했다.

하늘에는 별들이 금세라도 쏟아져 내릴 것처럼 반짝이고 있었고, 반쪽으로 잘려진 달은 하늘 아래서 간신히 걸려 있었다.

"저 친구가 중국말도 할 줄 안다 하고, 힘 좀 쓰게는 생겼지만 마음 단단히 먹어야 하네. 청국은 손바닥만 한 우리 땅과는 전적으로 다른 데야. 어마어마하게 크고, 가는 곳마다 사람들도 북적이는 데야. 더구나 청국도 지금 망조가 들어서 나라 기강도 많이 해이해지고, 도적들도 많이 들끓고 있다 하니 특히 조심해야 할 거야. 자네가 내 자식이라면 한사코 말리고 싶은 심정이네."

"저도 평탄치 않으리라는 것은 잘 알고 있습니다. 그렇지만 인생사 땀 안 흘리고 되는 일이 어디 있습니까. 모험을 하면 그만한 대가가 따르겠지요. 그리고 저는 옛 선인들이 늘상 얘기하던 '인명은 재천'이라는 말을 믿고 있습니다. 제가 청국에서 죽게 된다면 운명이 그렇게 예정되어 있는 것이겠지요. 저는 그런데 크게 괘념치 않습니다."

"담력 하나는 높이 사줄 만하네. 아무튼 그런다면 됐네. 부디 가서 뜻하는 바를 이루고 무사 귀환하기를 바랄 뿐이네. 가서 많이 보고, 듣고, 얻어 가지고 돌아와 우리 중병이 든 나라를 회생시킬 처방전을 마련해 보게."

좌수를 안심시키기 위해 '인명은 재천'이라는 말까지 끄집어냈지만 사실 나는 사람 운명이 하늘과는 아무 관련 없다고 진작부터 단정 짓고 있었다. 삼라만상의 한 미물에 불과한 사람의 운명에 하늘이 무엇 때문에 관심을 갖겠는가. 아마도 그럴만한 정신적 여유도 없을 것이다.

한 개인의 운명은 그 자신에 달린 것이다. 주위 여건과 그 사람의 의지, 매 순간의 결단력 등이 한 사람의 운명을 결정하는 것이지 하늘이 바닷가의 모래알처럼 많은 사람들의 운명을 어떻게 일일이 다 관장하겠는가. 그러나 이 순간만은 좌수를 안심시킬 필요가 있었다. 청국인들 배를 얻어타는 것은 전적으로 그의 의지에 달린 것이니만큼 배를 옮겨 타는 그 순간까지 마음을 놓아서는 안 된다고 생각했다.

이때 이물 쪽에서 고함소리가 들려왔다. 청국 배가 나타났다는 것이었다. 바라보니 바다 저편 어둠 속에서 불빛이 혼들리고 있었다. 동용이 황급히 뛰어왔고, 선부는 횃불을 돌리기 시작했다. 나는 동용과 함께 짐을 챙기기 위해 선실로 내려갔다.

청국인들 배는 서서히 다가왔다. 바람을 거슬러 오기 때문인 모양이었다. 이물 쪽에 서 있던 선부는 청국인들 배의 윤곽이 어렴풋이 드러나자 갑자기 커다랗게 소리쳤다.

"거기는 뭐라 하는 사람이오?"

"십자성이라 하오."

"내일 날씨는 어떻겠소?"

"내일 날씨는 구름 없이 청명하겠소."

선부는 내게 바로바로 통역을 해주었다.

"서로 확인하는 절차지요. 우리는 저쪽이 해적들이 아닌지 확인하고, 저쪽은 우리들이 추포追捕 나온 관원들이 아닌지 확인하는 겁니다. 십자성이라는 사람은 좀 알려진 인물이고, 구름 없이 청명하다는 것은 거래하는데 이상 없다는 암호로 사용되는 말입니다. 좌수님께서 알고 오셨을 겁니다."

상대편 배가 가까이 다가오자 선부는 갑판 위에 사려있던 밧줄을 그쪽으로 던졌다. 곧 양쪽에서 서로 밧줄을 잡아당기자 배는 바싹 다가갔다. 청국 배는 우리 배와 달리 가운데에 커다란 창고 같은 건물이 있었다.

선부는 밧줄을 동용에게 맡기고 선실로 뛰어갔다. 곧 그는 무명 보자기로 싸인 커다란 상자를 들고 좌수에게 다가갔다.

"몇 포 가지고 오셨소?"

"다섯 포요."

"에이, 열 포는 가지고 오셔야지."

"지금 개성에도 인삼이 귀해서 다섯 포도 겨우 마련했소."

"하하, 농담으로 해본 말이외다. 자, 물건부터 검사해 봅시다."

선부는 두 손에 들고 있던 상자를 건네주었다. 이번 통역은 동용이 해주었다. 동용은 뒤쪽으로 물러나 홍삼 밀거래 현장을 지켜보고 있었다. 무명 보자기를 풀고 상자를 열어 횃불을 비춰가며 이리저리 살펴보던 청국인들은 곧 대나무 상자를 닫고 보자기를 묶었다. 이어서 좌수와 선부, 그리고 청국인들은 소리를 낮춰 얘기를 주고받기 시작했다. 흥정을 하는 모양이었다.

흥정은 한동안 계속되었는데, 좌수는 내 쪽을 흘끔흘끔 돌아보며 말을 이어갔다. 청국인도 내 쪽을 바라보았고, 얘기는 길어지고 있었다. 그들도 배로 조선인을 실어 나르는 일은 만만한 문제가 아닌 모양이었다. 자연히 나는 안절부절못할 수밖에 없었다. 자국인도 아닌 타국인과의 냉혹한 거래 현장에서 그들이 싫다고 하면 그야말로 공염불이 되고 마는 것 아닌가. 동용도 비슷한 심정이었는지 팔짱을 끼고 묵묵히 바라만 보고 있었다. 한참 후, 마침내 거래가 성사된 모양이었다. 청국인은 홍삼 상자를 들고 그들 선실로 들어갔고, 선부는 내 쪽을 향해 웃음을 띠며 수먹을 불끈 쥐어 보였다.

잠시 후 선실에서 나온 청국인의 손에는 단단해 보이는 검은 상자가 들려 있었다. 은자銀子가 담긴 상자인 모양이었다. 좌수는 상자를 건네받아 뚜껑을 열고 횃불을 비춰가며 꼼꼼히 점검을 했다. 곧 상자의 뚜껑을 덮은 좌수는 상자를 들고 내 쪽으로 다가왔다. 좌수와 나는 선실로 향했다.

"자네들을 산둥반도 둥주登州까지 실어다 주는데 한 사람에 홍삼 한 근씩으로 얘기가 됐네. 자기들도 불법이라 맨입으로는 안 된다는 거야."

"그래도 많이 부른 것 같지는 않군요."

홍삼 2근이면 쌀로 쳐서 5섬가량이라 한다. 돈으로 치면 25냥에 해당한다. 그야말로 조선 삼은 금덩어리나 다름없는 셈이다.

"자네에게 별도로 줄 홍삼은 2포일세. 그리고 은자는 덩치가 커서 가지고 다니기 힘들 테니 절반은 금으로 바꿔주겠네."

"무슨 홍삼을 그렇게 많이 주십니까?"

"이 결정은 내가 한 게 아니고, 자네 부친이 한 것일세. 낯선 타국에 가면 믿을 것이라고는 돈밖에 없네. 돈이면 귀신도 부릴 수 있다고 하지 않은가? 자네 부친이 청국에 가서 홍청망청하라고 주는 것은 분명 아닐 테니 잘 간수해서 유용하게 쓰고 뜻하는 바를 이루기 바라네."

나는 봇짐을 열어 홍삼과 금편들을 꾸려 넣었다. 들어보니 묵직했으나 어깨에 들쳐 메자 생각보다 부담이 되지는 않았다. 나는 좌수의 뒤를 따라 선실을 나가며 마지막으로 다시 한번 훑어보았다.

청인들 배와 맞닿은 뱃전에는 동용이 봇짐을 멘 채 기다리고 있었고, 건너편 배에서도 장정 둘이 횃불을 든 채 대기하고 있었다. 좌수와 선부에게 마지막 인사를 나눈 뒤, 동용의 도움을 받아 뱃전에 올라 청인들 배로 옮겨갔다. 곧 동용도 날쌔게 건너왔고, 청인 장정 하나는 고리에 묶었던 밧줄을 풀어 둥글게 사려서는 좌수 배 쪽으로 내던졌다.

곧 양쪽 배들은 거리를 두기 시작했다. 나는 뱃전에 서서 좌수 배가 어둠에 묻혀가는 모습과 밤하늘을 오랫동안 바라보았다. 어쩌면 이 밤이 조선에서 보내는 마지막 밤이 될지도 모른다는 생각에서였다.

어느새 배는 망망대해에 나와 있었다. 서북쪽 바다는 수평선만 길게 이어져 있었고, 동남쪽 바다 멀리는 낮게 깔린 흰 구름이 띠처럼 이어져 있었다. 그 구름 속으로는 어제 떠나온 고국산천이 그림처럼 펼

처져 있을 것이었다.

이처럼 바다 멀리 나와 보기는 처음이어서 두렵기도 하는 한편, 가슴이 활짝 트이는 것 같기도 했다. 더구나 아침을 든든하게 먹은 뒤여선지 충만감은 한층 더한 것 같았다.

배에서의 아침 식사는 뜻밖에도 국수였다. 새우, 멸치 등 잔 생선들을 넣고 끓인 국수였는데, 보기는 험해도 맛은 기가 막혔다. 그들은 그것을 하이시앤미앤海鮮面이라 불렀다. 동용도 같은 느낌이었는지 반 그릇 정도를 더 청해 남김없이 다 비우는 것이었다. 그는 통역 때문에 내 곁을 떠나지 않았다.

다시 뱃전으로 가서 낯선 풍경들을 한참 동안 넋을 잃고 바라보다 비로소 배에 눈길을 돌렸다. 돛은 올렸으나 바람이 없는 탓인지 선부 2명이 고물 쪽에서 노를 젓고 있었다. 돛은 중앙부에 큰 돛 하나와 이물 쪽에 작은 돛 2개가 있었는데, 이상하게도 중심부의 큰 돛은 반듯하게 되어있지 않고 비스듬하게 기울어져 있었다. 또한 우리 배처럼 난간이 따로 없어 갑판 가장자리로 가기가 조심스러웠다. 곧 선장으로 보이는 사내가 다가왔고, 동용은 통역을 위해 내게 달라붙었다.

"아침은 잘 드셨습니까?"

"아주 잘 먹었습니다. 처음 먹어보는 맛이었습니다."

사내는 작은 키에 어깨가 딱 벌어져 있었다. 거무튀튀하게 그을은 피부에 다부져 보이는 얼굴이었지만 험한 인상은 아니어서 일단 마음이 놓였다.

"북경에 책 구하러 가신다고 들었습니다. 우리 배에 모처럼 귀한 손님이 타셨습니다만 어떻게 배를 타고 바다를 건널 생각을 하셨습니까?"

"우리 조선에서는 사사로운 개인이 청국에 가는 게 금지되어 있기 때문입니다. 게다가 청국행이 허용된 사람들도 육로로만 가기 때문에 운반할 수 있는 하물이 한계가 있을 수밖에 없지요. 자연히 청국의 새로운 문물이나 새로 나온 책들을 접하기가 힘들지요. 그래서 배를 타기로 결심했습니다."

"황해를 건너는 게 거리가 멀다고는 할 수 없지만 만만히 볼 행로는 아닙니다. 물살이 세고 날씨도 변덕스럽기 때문이지요. 우리야 먹고 살기 위해 어쩔 수 없이 배를 타지만 책을 구하기 위해 바다를 건넌다니 참 대단하십니다그려."

"어부는 어부로서 할 일이 있고, 선비는 선비로서 할 일이 있지 않겠소?"

"맞는 말씀입니다. 그러나 우리는 어부라기보다는 못된 밀수꾼들입니다. 고기만 잡아서 먹고살기 힘들어 조금씩 밀수에 손을 대다가 지금은 고기잡이가 오히려 부업이 되고 말았지요."

나는 갑자기 그에게 친근감이 들었다. 스스럼없이 자신을 드러냈기 때문일까. 선심을 쓸 때는 이때라 생각하고 품속에서 곰방대와 담배쌈지를 꺼내 그에게 건넸다. 그의 눈이 휘둥그레졌다.

"이게 뭡니까?"

"우리 담뱃대와 담배입니다. 한 번 피워 보시지요."

나는 쌈지에서 담뱃가루를 꺼내 채우고 부싯돌로 불까지 붙여 주었다. 연기를 빨아들여 길게 내뿜는 선장의 표정은 금세 풀어졌다.

"맛이 끝내주는군요. 역시 약재는 조선 것이 최고라니까."

선장은 연거푸 피워댔다. 선물의 효과를 기대해도 될 것 같았다. 나는 그가 한숨 돌리기를 기다려 얘기를 꺼냈다.

"바다에서의 밀수가 반드시 사사로운 개인의 잘못만은 아닙니다. 그 뿌리를 캐고 보면 원래 위정자들 책임이지요. 그들의 방책으로 황해바다에 밀수와 해적들이 자리 잡게 된 겁니다."

"무슨 소리요?"

"해금정책이라고 들어보셨습니까?"

"얼핏 들어보긴 한 것 같은데….."

"바다를 이용하지 못하게 폐쇄하는 거지요. 이 정책을 처음 실시한 인물은 명나라 태조 주원장朱元璋이었습니다. 몽골족들이 세운 원나라를 타도하고 대륙을 통일한 주원장에게 쉽게 굴복하지 않는 세력들이 있었습니다. 바로 바다를 근거로 해서 살아가는 해상세력들이 있습니다.

원래 해양인들은 자금력이 풍부했습니다. 소금과 무역을 장악하고 있었기 때문이지요. 게다가 바다를 근거지로 한 사람들이어서 생활방식도 본토와는 상당히 다른 세력들이었습니다. 때문에 내륙의 정치변동에 쉽게 동화되지 않았고, 자기들만의 독자적인 세력을 구축하려 하였습니다. 그러다 보니 내륙의 정권과 종종 충돌할 수밖에 없었는데, 이들이 정권에 반기를 들고 봉기할 가능성은 충분히 열려 있었습니다.

명나라 초기에 새 왕조에 저항하여 반기를 든 인물로는 소금 제조업자를 중심으로 세력을 형성한 장사성張士誠과, 동남아에서 해적질을 하던 방국진方國珍이라는 인물들이었습니다. 주원장은 이들의 반란을 가까스로 제압한 후로 해상세력의 말살을 결심하고 민간인들의 해상 거래를 금지시켰습니다. 또한 원양선의 건조도 불허했을 뿐만 아니라 어촌 사람들을 대거 내륙으로 이주시켜 버렸습니다. 자연히 활기찼던 어촌들은 황폐해져 갔고, 나라도 외부세계와 불통이 되어 갔습니다.

주원장은 나라가 원체 대국이어서 국내에서 생산과 소비가 충분하다고 생각했던 것 같습니다. 따라서 외국과 구태여 무역을 활발히 할 필요도 없고, 그저 대국을 견고하게 유지해서 주변 국가들이 굽실거리며 조공을 바치는 것만 제일로 알았던 것 같습니다. 자연히 외국과의 소통이나 무역도 조공과 연계해서 이루어졌을 것입니다.

그런데 조공이란 것은 늘상 있는 것도 아니고 일 년에 겨우 한두 차례 있는 데다, 무역을 금지시켜 많은 사람들의 생활습관을 갑자기 바꾼다는 게 쉽지는 않았을 것입니다. 그래서 밀수가 성행하게 되었을 것입니다.

또한 어촌 말살 정책으로 졸지에 생계 터전을 잃은 어민과 외국 상인들은 해적으로 변했습니다. 바다도 사람 사는 세상이라 원래도 해적이 없었던 건 아니겠지만, 흔히 왜구倭寇라 해서 해적들이 본격적으로 창궐하게 된 것은 바로 해금정책 때문이었습니다.

청나라도 명나라를 이어받아 해금정책을 실시했습니다. 특히 남부 해안가의 명나라 잔존 세력들과, 대만을 점령한 정성공鄭成功 일파 세력들이 외부 세력들과 손잡고 반기를 들 것을 걱정하여 해금정책을 더욱 강화했습니다.

그러다 저항세력들이 평정되고 나라가 안정되자 바다를 열고 무역을 허용하였습니다. 그런데 모두 남쪽 항구들뿐이어서 황해는 여전히 폐쇄된 채로 남아있었습니다. 그러니 생존을 위해서, 혹은 돈을 벌기 위해 밀수나 해적이 성행할 수밖에 없었지요. 흐르는 물을 막으면 옆으로 새기 마련입니다."

눈이 휘둥그레진 채 듣고 있던 선장은 이내 수긍하는 표정으로 바뀌어 갔다. 이에 나는 더욱 힘을 내어 말을 이어갔고, 동용은 다소 더듬거리면서도 손짓, 발짓까지 섞어가며 열심히 통역을 해댔다.

"그런 역사가 있었군요. 일단 시발은 왕실의 잘못에 있었다니 내 마음의 부담은 좀 덜어도 될 것 같습니다. 그나저나 선생은 조선인이면서 어떻게 남의 나라 사정까지 훤히 꿰뚫고 있습니까?"

"중국과 조선은 이웃하고 있기 때문에, 중국의 사정은 곧바로 조선에게도 영향을 끼치게 됩니다. 우리 조선 이전에는 고려라는 나라가 있었는데, 그때는 중국의 산둥반도, 질강성 영파 등 세상 모든 곳과 배로 소통하고 있었지요. 그런데 명나라와 청나라에서 해금정책을 실시하니 자연 조선도 바닷길이 막힐 수밖에 없었습니다. 그러자 왜구들은 더욱더 기승을 부렸고, 그럴수록 조선의 해금정책은 더욱더 강화될 수밖에 없었습니다. 조선은 조그만 나라이기 때문에 바닷길이 막히면 그 피해는 중국과 비교가 안 됩니다. 점점 더 가난해지고, 세상물정과도 멀어져 그야말로 우물 안 개구리가 되어갔지요. 중국과 거리도 가깝고 훨씬 편리한 바다를 왜 막아놓고 이동하지 않는가에 대해 알아보다 결국 그 원인이 중국의 정치 사정에 있었다는 것을 알게 된 것입니다."

선장의 표정은 이제 완전한 신뢰감을 나타내고 있었다. 이 정도면 산둥반도로 향하는 바닷길은 안심해도 될 것 같았다.

"선생과 얘기하다 보니 가슴이 그저 확 트이는 것만 같습니다. 우리는 그저 고기나 잡고 배나 탈 줄만 알았지 그런 깊은 사정이 있는 줄은 모르고 지냈습니다."

황해 바다와 조기

    선장은 이제 스스로 곰방대에 담배를 채우고 부싯돌을 쳐 불을 붙였다. 나는 그 모습을 바라보며 화제를 돌려보기로 했다. 선장의 수준과 맞지 않는 데다, 어차피 달라질 것도 없는 얘기일 테니 말이다.

    "황해바다에서 조기 외에 또 어떤 고기가 많이 잡힙니까?"

    "청어지요. 봄여름으로는 조기가 많이 잡히고, 겨울에는 청어 철입니다. 저 아래쪽 바다에서는 흔히 부세라 하는 민어가 주로 잡히고요."

    청어… 값싸고 맛이 있어 선비들이 즐겨 먹었다는 청어. 가난한 선비들을 살찌우는 생선이라 하여 비유어肥儒魚로도 불렸다는 청어. 남대문 시장에서 서민들이 술안주 감으로 즐겨 찾던 청어가 황해에서 주로 나오는 것이라니….

    "황해 해류는 보통 조선 반도 서쪽을 끼고 죽 올라오다 요동 반도를 지나 산둥반도 아래쪽으로 내려갑니다. 이 해류의 흐름을 타고 봄여름으로는 조기가, 겨울철에는 청어가 올라오지요.

그러나 황해바다 하면 뭐니 뭐니 해도 조기입니다. 대량 포획이 가능한 데다 중국인들이 위아래 할 것 없이 가장 좋아하는 생선이어서 흔히 '월동하는 이불과도 맞바꿀 정도'라고 했었지요. 당연히 어민들 돈벌이나 어촌의 자립 기반 마련에 가장 큰 기여를 한 것도 바로 조기입니다.

조선도 마찬가지일 것입니다. 가장 좋아하는 생선도 조기이고 어민들이 주로 잡는 생선도 조기라고 알고 있습니다.

그렇지만 조선의 조기 잡는 방식은 우리 방식에 비해 한참 뒤떨어졌지요."

"어떻게 뒤떨어졌단 말씀이요?"

"조선의 방식은 조기 떼가 잘 다니는 물목을 찾아서 그물을 펼쳐놓고 있다 그물을 들어 올리는 방식으로 잡고 있지요. 반면 우리 방식은 조기 떼를 찾아다니면서 그물을 던져 잡는 방식이지요. 우리 청국은 인구도 많고 조기 찾는 사람도 많기 때문에 조선 방식으로 해서는 수요를 대지 못합니다."

"청국 방식대로 하려면 배가 좋아야 하겠군요."

"당연하지요. 조선 배는 배 앞머리 이물 부분을 튼튼하고 무겁게 만들고, 닻도 큰 것을 씁니다. 조기 떼가 조류를 따라 이동하므로 물목을 지키고 배가 물살에 견딜 수 있도록 하기 위해서지요.

반면 청국 배는 이물 부분이 가볍고, 비우非雨라 하는 앞면이 좁고 완만해서 물살을 잘 헤쳐갈 수 있도록 만들어져 있습니다. 또한 배 밑바닥도 협소하고 앞쪽에 소면량이라는 작은 돛을 사용하여 방향전

환을 쉽게 할 수 있게 되어있습니다. 닻은 작은 것으로 3개 씁니다."

나는 뭔가가 세차게 머리를 때리는 듯한 느낌이었다. 이제껏 고기잡이배는 다 똑같은 줄로만 알았기 때문이다. 설사 바다 배가 아니라 강배까지도…. 그러나 배도 사용되는 장소에 따라, 용도에 따라 얼마든지 달라질 수 있는 것이었다. 비록 배를 만드는 것은 사람이지만, 그 틀을 결정하는 것은 주어진 자연 여건인 것이다.

"내가 조선의 조기잡이와 관련하여 충고 한마디 할까요. 조선의 조기잡이는 어촌에서 그저 대대로 이어받은 어민들이 손에 익힌 방식대로 하고 있습니다. 하지만 언제까지나 이럴 일은 아니라고 봅니다. 왜냐면 조기는 곧바로 돈이 될 수 있고 식량도 될 수 있기 때문입니다.

조선의 높은 관원들이 왜 백성들에게 농사만 고집하는지 이해가 가질 않습니다. 농사는 보통 몇 개월 걸려서 수확하고, 그것으로 나라에 세금 좀 내고 자기들 먹고 살면 그것으로 끝입니다. 농사로는 돈을 벌 수가 없어요. 더구나 파종해서 수확까지 많은 시일이 걸리기 때문에 농민들은 일은 일대로 하고 항상 가난함을 면치 못하게 됩니다. 그러나 조기잡이는 하시라도 바다에 뛰어들어 잡을 수 있고, 청국 사람들이 환장하고 좋아하기 때문에 충분히 돈을 벌 수 있습니다. 단지 바다를 상대로 하는 일이어서 위험이 좀 따르는 게 문제인데, 배를 튼튼하게 잘 만들면 웬만큼은 극복할 수 있습니다.

또한 바다에서 대대로 살아온 사람들이 그저 입에서 입으로 전하는 얘기들을 잘 추려 모으면 바닷일도 훨씬 수월하게 대처할 수 있습니다. 가령 조류의 흐름이라든지, 바람의 세기나 방향이라든지, 폭우나 폭풍, 태풍 등도 미리 알아서 대비만 잘하면 훨씬 피해도 줄일 수 있고 고기잡이에도 많은 도움이 될 수 있습니다. 그런데 이런 일은 어촌의 뱃사람들이 할 수는 없습니다. 우선 그만한 시간이 없고, 그만한 머리를 쓸 사람이 없기 때문이지요. 따라서 이런 일은 나라에서 많이 배운 사람들을 시켜서 해야 합니다.

전국의 한다 하는 배 기술자들을 불러 모으고, 어촌에서 집안 대대로 바닷일만 해서 먹고 살았던 영감님들도 불러 모아서 자신들이 알고 있는 모든 것들을 머릿속이 꽉 찬 사대부님들에게 털어놓게 하는 겁니다. 그래서 배 만드는 최고의 기술과 바닷일에 대한 모든 지식들을 끌어모아 책으로 펴내는 겁니다."

이를테면 효종 임금 때에 펴냈던 농가집성農家集成 같은 책을 말하는가. 조선 농사에 관한 모든 것을 담고 있는 농가집성… 우리에게도 정약전의 자산어보茲山魚譜라는 책이 있었지만 그 책은 어류의 분포나 습성 등에 한정된 책이었다. 농사처럼 어업에 관한 전반적인 것을 담고 있는 책은 보지 못한 것 같았다.

"참으로 새겨들을만한 얘기들이군요. 그동안 이런 얘기들을 조선사람 누구에게 해본 적이 있습니까?"

"해본 적은 없습니다. 옆에서 보면 더 잘 보인다고, 그저 우리끼리 모이면 얘깃거리로 삼았을 뿐입니다. 조선 어부들과 그런 얘기들을 나눌만한 시간도 없었거니와 설사 얘기를 해도 그 얘기들이 제대로 위에까지 올라가겠습니까. 그저 무식한 상것들의 헛소리쯤으로 여기고 말 텐데…."

"조선 실정을 잘 알고 계십니다그려."

"나는 평생을 바다에서 보냈고, 장사니, 밀수니 해서 황해도 장산

곳, 해주, 연평도 등도 여러 차례 드나들었지요. 그러다 보니 이 사람 저 사람 상대하게 되고 이런저런 것들도 보게 된 겁니다. 그래서 이런 얘기들을 할 수 있는 거지요. 조선의 머리 트인 선비들도 서당이나 과거 시험장만 갈 게 아니라 이런 데 와서 직접 살펴보고 겪어봐야 합니다.

바다를 잘 알면 돈을 많이 벌 수도 있고, 손해도 훨씬 줄일 수 있어 나라 살림에 크게 보탬이 될 겁니다. 그런데도 우리나 조선이나 오랜 세월 동안 바다의 중요성을 모르고 지냈지요."

얘기를 듣고 보니 문득 어느 책에선가 이런 내용들을 읽은 기억이 났다. 초정의 책인지, 다산의 책인지 잘 기억은 나지 않지만 조운선漕運船과 관련된 얘기였다.

가을철 수확이 끝나면 세금으로 거둔 쌀을 배로 한양으로 운반하는데, 이 조운선들이 뒤집어지는 경우가 종종 발생한다는 것이다. 매년 이런 사고에서 오는 조세의 손해와 인명 피해도 적지 않다고 한다.

담당 관서에서는 흔히 풍랑 핑계를 대지만, 실상은 배와 배를 다루는 기술에 문제가 있다고 했다. 왜냐면 조운선은 연안을 따라 이동하기 때문에 풍랑의 피해를 그리 입지 않고, 그때가 비교적 바람이 적은 늦가을 철이기 때문이라는 것이다.

그러면서 우리 바다 배들은 아직도 강배江船의 수준을 벗어나지 못하고 있다고 했다. 배 밑바닥이 평평하여 풍랑이 일면 위로 들쳐지기가 쉽고, 자연 속도도 느려진다는 것이다.

또한 배의 목재 사이가 제대로 메워지지 않아 바닷물이 잘 스며들어 사공들이 물을 자주 퍼내야 하고, 배의 양쪽 판을 버티게 해주는 가룡목加龍木이 너무 많아 선실에 하물을 실을만한 공간이 부족하다고도 했다. 그래서 하물을 갑판 위에 많이 적재하게 되는데, 그러다 보면 무게 중심이 위쪽으로 옮겨져 약한 풍랑에도 배가 잘 흔들거리고 뒤집어질 수 있다는 것이다.

이 외에도 보다 세세히 살피다 보면 개선해야 할 점이 한두 가지가 아닐 것이다. 그런데도 별생각 없이 그저 해오던 방식대로만 배를 만들고 운용하고 있는 것이다. 임진왜란 때 벌떼같이 몰려드는 왜군 함대를 궤멸시키던 선조들의 조선술은 어디로 갔는가. 황해를 장악하고 멀리 대식국과도 거래를 했던 장보고 시대의 재당신라인들, 벽란도를 국제 항구로 만들었던 고려시대의 바다 사나이들….

나는 답답한 심정을 가눌 길 없이 머리를 감싸 안았다. 이건 뭔가 크게 잘못되고 있는 것이다. 머리 좋다는 선비들이 실생활에 바로 필요한 기술이나 지식의 탐구는 외면하고 그저 옛 고서나 뒤적이며 자구字句 해석에만 몰두하고 있으니 서민은 물론 나라 살림이 어찌 되겠는가.

아마 정약전도 흑산도로 유배를 가지 않았다면 자산어보 같은 책을 탄생시키지 못했으리라. 그러나 그의 책도 어업이나 어촌 실정에 관한 것은 아니었다. 그저 바닷속에 있는 어류의 생태에 한정된 것이었다.

해거름 탓인지 바람이 살랑거리며 불어 제쳤다. 그래선지 노를 젓던 사공들은 노를 매어두고 돛을 올렸다. 돛이 완전히 펴지자 배는 속력을 내기 시작했다.

서편 하늘을 물들이며 하늘은 컴컴해지고 있었다. 떼거리로 몰려다니는 갈매기들의 날갯짓도 한층 더 바빠진 듯했다. 그저 아무 목적 없이 배만 탔더라면 그지없이 아름다운 정경이었겠지만, 나는 제대로 느낄 여유가 없는 자신이 안타깝기만 했다.

폭풍우를 만나다

나는 남산을 오르고 있었다. 여느 때와 마찬가지로 책 속에 하루 종일 파묻혀 있느라 지친 머리와 몸을 식히기 위해 혼자 호현방好賢坊 쪽에서 느린 걸음으로 산자락을 오르고 있었다. 그런데 갑자기 땅바닥이 흔들거리기 시작했다.

깜짝 놀라 내려다보니 땅이 파도처럼 오르락내리락하고 있었다. 이게 말로만 듣던 지진인가 하고 사방을 둘러보자 온통 산자락 전체가 요동치고 있었다. 공포감에 휩싸인 나는 두 주먹을 불끈 쥐고 어딘지도 모르게 냅다 뛰기 시작했다. 한동안 정신없이 뛰다가 갑자기 돌부리에 걸려서 그대로 넘어지고 말았다…

나는 자리에서 벌떡 일어났다. 깨어보니 꿈이었다. 꿈속에서의 공포감 때문인지 등 쪽이 식은땀으로 젖어있는 것 같았다.

그런데 실제로 바닥이 흔들거리고 있었다. 꿈이 아니라 실제였는가 하고 생각하는 순간, 여기가 집이 아니라 뱃속이며, 땅이 흔들리는 게 아니라 배가 심하게 흔들리고 있는 것을 알았다.

　어두컴컴한 선실의 한쪽 벽에는 흐릿한 등불이 이제라도 떨어질 듯 요동치고 있었고, 텅 빈 채 아무도 없었다. 모두 진작 잠에서 깨어 갑판으로 나갔고 자신만 무디어 빠져 늦게까지 자고 있었던 모양이었다. 주섬주섬 챙겨 입고 계단을 올라 갑판으로 나가자 대찬 바람에 정신이 번쩍 들었다. 이른 하늘은 온통 흐려 있었고, 조선이 있는 동쪽 바다는 하얀 바다 안개에 온통 가리워져 있었다.

　"이제 일어나셨습니까? 바람이 심상치 않을 것 같은데요."

　이물 쪽에서 동용이 부스스한 머리털을 바람에 휘날리며 다가와 말을 건넸다. 내가 느끼기에도 그랬다. 바람에 힘이 느껴졌고 소리도 예사롭지 않았다. 비스듬히 펼쳐진 커다란 돛도 바람에 잔뜩 부풀어 있었다.

　청인 선원들은 돛대 쪽에 모여 있었다. 뭔가 상의를 하는 듯했다. 동용의 옆구리를 찔러 그쪽으로 가자 서로 자기 얘기들을 털어놓고 있었지만 내게는 쇠귀에 경 읽기였다. 묵묵히 듣고 있던 동용이 이윽고 말을 꺼냈다.

　"돛을 내릴까 말까 하고 얘기하고 있는 것 같습니다."

　"돛을 내리면 배가 더디 갈 게 아닌가?"

　"그래도 맞바람을 맞는 것보다는 훨씬 낫지요. 지금 바람은 북풍이어서 진로에 별 도움이 안 되는 모양입니다."

　나는 괜한 말을 했다 싶었다. 그들 배의 돛은 조선 배처럼 장방형으로 되어있는 게 아니고 비스듬히 부채처럼 펼쳐져 있어서 상당히 조심스러운 작업인 듯했다. 결론이 나지 않은 듯 선원들은 선실로 향했다. 선장은 우리 쪽으로 다가왔다.

"어떻습니까. 이제 내 말이 맞지 않습니까?"

문득 어제저녁 선실로 들어가던 선장의 얘기가 떠올랐다. 타는 듯한 까치놀 속에서 커다랗게 부푼 해가 서서히 수평선으로 잠겨가고 있었는데, 그 한쪽에서 조그맣고 시커먼 구름 뭉치가 떠 있었다. 그 모습은 빛나는 해와 묘한 대조를 이루어 보기에 좋았는데, 선장은 지나가다 잠깐 멈춰 서서는 전혀 다른 얘기를 꺼냈다.

"저 조그만 구름 뭉치 수상합니다. 변변치 않게 보여도 어느 때는 순식간에 하늘을 뒤덮어버리기도 하지요. 미리 마음의 준비를 해두는 게 좋을 겁니다."

그러나 밤하늘은 여느 밤과 다름없이 아름답기만 했다. 낮게 떠 있는 둥근달, 형형색색으로 빛나는 별들은 파도 소리를 배경으로 한 탓인지 마치 지구가 아닌 딴 세상에 와 있는 것만 같았다.

"곧 밥을 지을 것이니 든든히 먹어두는 게 좋을 겁니다. 바다에서는 언제 어떤 상황에 처하게 될지 모릅니다."

아침 식사 후에 바람은 한층 더 심해져 있었다. 하늘의 구름장들의 움직임도 부산해졌다. 바다가 그저 잔잔한 날만 있으리라고 예상한 것은 아니었지만, 막상 닥치고 보니 마치 전투를 앞두고 있는 병사처럼 온몸의 털이 곤두서는 듯했다. 선원들은 돛줄을 풀어 돛을 내리기 시작했다. 고물 쪽에서는 이 바람 속에서도 꿋꿋이 노를 젓기 시작했다.

짙은 잿빛으로 변한 바다는 이랑처럼 구불거리는 파도들을 끊임없이 보내고 있었다. 몰려온 파도들은 뱃전에 포말을 일으키며 부서졌고 그때마다 배는 휘청거렸다. 바다가 잔잔할 때는 그럴듯해 보였던 배도, 꿈틀거리는 파도 앞에서는 그저 무력한 목재 더미에 불과할 뿐이었다. 문득 이러다가 막상 청국 땅 한 번도 밟지도 못하고 그대로 수중고혼이 되는 게 아닌가 하는 생각이 스쳤다.

나는 동용과 함께 선실로 향했다. 어떤 경우를 당할지 몰라 봇짐들을 단단히 단속해놓기 위해서였다. 먼저, 빗물에든 바닷물에든 내가 심혈을 기울여 쓴 원고들은 물에 젖지 말아야 했다. 동용도 내 의도를 파악하고 자신의 여벌 옷까지 꺼내서 내 봇짐을 감고 또 감았다. 다른 짐들도 모두 끈으로 단단하게 감고 또 감았다.

대충 마무리 짓자 옆 창고에서 이상한 소리가 들렸다. 가까이 가서 벽 틈으로 바라보니 창고 한쪽에는 2개의 촛불이 어둠을 밝히는 가운데 자그마한 제단이 차려져 있었고, 선장은 무릎을 꿇은 채 두 손을 비비며 연신 머리를 바다에 찧고 있었다. 동용과 함께 문을 열고 다가가니 주문을 외는 듯 뭐라 중얼거리기도 했는데, 그 때문에 기척을 알아채지도 못하는 모양이었다. 제단에는 금빛 색채의 자그마한 신상神像이 하나 모셔져 있었다. 뜻밖에도 여인상이었고, 그나마 미인 형상도 아닌 이웃집 아줌마 같은 후덕한 상이었다. 신상 바로 앞에는 조그만 향로에서 향이 피어오르고 있었고, 양옆에는 촛불이 흔들거리고 있었다. 그 아래쪽에는 접시에 생선 몇 마리와 밥, 술잔 등이 놓여있었다. 그런대로 구색만 갖추려고 했을 뿐 한 마디로 조잡한 제단이었다.

중얼거림을 멈추고 비비던 양손을 무릎에 짚은 채 잠시 눈을 감고 있던 선장은 기척을 느꼈는지 내 쪽을 돌아다보았다.

"웬일이십니까? 여기는?"

"바람이 불고 풍랑이 일어 불안해서 선장님을 찾았습니다."

"나도 그래서 이처럼 제사를 지내고 있는 것입니다. 이쪽으로 와서 좀 앉으시지요. 내가 빌고 또 빌었으니 마조신께서도 감응이 있을 것입니다."

"마조신이라니요?"

"한자로 이렇게 쓰지요."

선장은 손가락으로 바닥에 직접 써보였다.

媽祖神

"우리 뱃사람들이 가장 숭배하는 신이지요. 바다와 함께 사는 사람들은 늘 위험과 맞닥뜨리고 있기 때문에 여러 신들을 많이 모시는데, 그중에서도 마조신과 관세음보살신을 주로 모시지요. 두 신 중에서도 인기 있는 신은 단연코 마조신입니다.

특이한 것은 바다 일은 모두 남자들 일인데, 모시는 마조신과 관음신은 모두 여자신이라는 것입니다."

"음양오행의 이치에 의하면 육지는 양陽을 뜻하고, 바다는 음陰을 뜻하는데, 그래서 여자 신을 모시게 된 건 아닌가요?"

"그런 이치까지는 모르고, 전해지는 얘기에 따르면 마조신은 송나라 때 타이완 건너편에 있는 푸젠성福建省 출신이라 합니다. 어릴 때부터 신통력이 있어서 앞일을 잘 맞추고 병을 잘 고쳤는데, 그 신통력으로 날씨도 잘 내다보고, 사고가 난 뱃사람들을 잘 낫게 해주고 하여 마을에서 인기가 높았답니다. 그런데 어느 땐가 풍랑 속에서 난파된

배가 있다는 얘기를 듣고 선원들을 구조하러 갔다가 그만 죽음을 당하고 말았답니다. 처녀의 몸으로 남들을 위해 살다, 남자들도 못 할 일에 용감하게 뛰어들어 끝내 목숨까지 잃은 마조를 기리기 위해 마을 사람들은 사당을 세우고 여신으로 모셨던 게 마조신의 시초라 합니다."

"그런 사연이 있었군요. 그렇지만 아무리 사연이 그렇다 해도 널리 숭배하게 된 데는 뭔가 이유가 있어야 할 텐데요. 실제로 신통력이 있어 뱃사람들이 사고를 면했다든가 하는…."

"당연하지요. 처음에는 그저 한갓 마을신에 불과했다가, 나라에서도 영험하다는 소문을 듣고 천비天妃니 천후天后니 하는 대명大名을 내렸답니다. 여러 어촌에서도 효험이 있다고 소문이 나면서 점차 널리 퍼지게 되어 지금은 가장 많이 찾는 여신이 되었습니다. 종전에는 불교의 관세음보살신이 많이 숭배되고 있었는데, 그 신마저 제치고 선두를 차지했으니까요. 지금은 도처의 어촌마다 여신을 모신 사당이 있고, 어떤 마을에서는 주민들이 매년 날짜를 정하여 크게 제사를 지내기도 하는 등 바다를 끼고 사는 사람들과 뗄 수 없는 관계가 되었습니다. 조선에서도 이러한 신이 있습니까?"

"실제 사람 신으로 그만한 신은 없습니다. 다만 옛적에 장보고라는 커다란 무역상이 있었는데, 이 사람이 조정에 의해 비극적인 죽음을 맞이하여 일부 지역에서 해신海神으로 숭배한다는 얘기는 들었습니다. 또한 200년 전에 임경업이라는 장군이 있었는데, 청국도 인정할 만큼 뛰어난 장군이었으나 이 사람 역시 정파 싸움에 휘말려 비극적인 죽음을 맞습니다. 죽은 후에 서부 해안지역에서 무속신巫俗神으로 숭배되었는데, 이처럼 우리 사람 신들은 일부 해안지역에서만 숭배되었고, 배에는 오르지 못한 신들이었습니다.

이와 달리 용왕신이라는 가상 신은 모든 어촌에서 숭배되고 배에도 오른다고 합니다. 예로부터 각기 바닷속에는 용궁이 있어 용왕이 산다고 믿었으며, 용왕이 모든 바닷일을 주관한다고 믿었기에 그를 신으로 모셔 바다에서의 안전과 풍어 등을 기원했다 합니다."

"청국에도 용왕신이 있습니다. 흔히 사해용왕四海龍王이라 하여 동서남북 바다마다 각기 다른 이름을 갖고 있습니다. 그러나 중국의 용왕은 마조나 관세음보살만큼 힘을 쓰지는 못합니다. 그러나 풍랑 때마다 어쩔 수 없이 신들에게 빌고는 있지만 과연 효험이 있는 것인지, 언제까지나 이렇게 빌어서만 해결할 것인지에 대해서는 의문이 들기도 합니다.

바다의 풍랑은 실상 바람이 일으키는 것이지, 바다가 심술을 부려 일어난 게 아니지 않습니까. 그러니 풍랑에 닥쳐서 밤낮 빌기만 하기보다는, 먼저 배를 튼튼하고 무겁게 만들어서 파도에 쉽게 휩쓸리지 않게 하고, 경험 많은 노친네들 얘기들을 모두 모아 날씨를 내다볼 수 있는 방식을 깨쳐나가는 게 맞을 것 같습니다. 날씨만 잘 내다봐도 해난사고는 훨씬 더 줄일 수 있습니다.

명나라 초기에 정화鄭和라는 환관은 대 선단을 이끌고 무려 7차에 걸쳐 이역만리 먼바다들을 항해하고 돌아왔다 합니다. 그것은 기술과 지식 덕분이지, 마조 해신이 일일이 따라다니면서 보살펴 준 덕분이 아닐 것입니다. 그런데 그 후로 화려했던 시절들은 다 사라지고 말았고, 지금은 오히려 그 먼바다에서 우리 쪽으로 함선들을 보내고 있다고 합니다. 저 아래쪽 남해바다 끝에 꽝뚱청廣東城이 있는데, 그곳에 키가 큰 백인들이 함선들을 타고 나타나 무역을 하자고 졸라댄다 합니다.

바다는 그저 어쩔 수 없다거나 무섭기만 한 곳은 아닙니다. 머리를 잘 쓰고, 많이 연구하면 충분히 적응할 수 있는 곳입니다. 고기잡이도 마찬가지지요. 머리를 쓰냐 안 쓰냐에 따라 어획량은 큰 차이가 납니다."

그의 이야기는 많은 체험에서 우러나온 것이리라. 그저 황해바다를 오가며 고기 그물이나 걸어 올리고, 돈 때문에 인삼 밀수나 하는 뱃사람이었지만 축적된 체험은 그에게 지식을 부여하고, 지혜를 가르쳐 주었을 것이었다.

그의 말이 틀리지 않을 것이었다. 신(상제님이든 잡신이든 간에)에게 의지하던 시대가 가고 사람 스스로 해결하는 시대가 오고 있는 것이다. 또한 바다나 하늘이나 막연한 외경이나 공포의 대상이 아니라, 인간의 지혜에 의해 적응하고 이용할 수 있는 대상이 되고 있는 것이다.

문제는 이러한 지식과 지혜들이 일반화되어야 한다는 것이리라. 그 자신뿐만 아니라 모든 바다 사람들이 알아야 하고, 식자들도 깨우쳐서 조정에 방책을 건의할 수 있는 정도가 되어야 하리라…

다시금 선장은 두 손을 비비며 이마를 바닥에 찧을 듯 몇 번 조아리더니 일어서서 생선, 밥 등 간소한 제물을 보자기에 챙겼다. 그리고 두 촛대의 불을 끈 후 갑판으로 올라가자고 재촉했다. 밖에는 하늘이 더 어두워진 듯했고, 바람 때문인지 구름장들도 더 빠르게 오가는 듯했다. 선장은 챙겨온 제물을 멀리 내던졌다.

"왜 그것들을 바다에 던지십니까?"

"사고로 물에 빠져 죽은 사람들의 혼령들이 먹게 하기 위해서입니다. 배에서는 흔히 있는 일들입니다. 일종의 상을 차려 대접하는 식이지요."

저녁을 먹은 후 바람과 파도는 더욱 심해졌고, 가랑비가 흩뿌리기 시작했다. 흰 거품을 문 파도들은 굴곡이 더 심해진 채 줄줄이 밀려왔고, 뱃전에 부서질 때마다 배는 중심을 잃고 휘청거렸다. 잠시 후회가 엄습하기도 했다. 비상수단을 써서라도 압록강을 건너 육로로 가는 게 낫지 않았을까. 그쪽 길이라면 바다처럼 목숨을 내걸 일은 없지 않았을까…

그러나 나는 금방 머리를 흔들어 떨쳐 버렸다. 그쪽 길이라고 해서 결코 만만한 길이 아님은 여러 사행록使行錄에도 잘 나타나 있다.

문득 친구 고산자古山子 김정호의 얘기가 생각났다. 그는 위험천만한 길이라며 한사코 만류하였으나 내 의지를 바꿀 수 없음을 알았는지 마지막으로 당부했다.

"뜻이 정 그러하거든 마음속에서 집을 잊고 몸을 잊게. 그리고 모든 것을 하늘에 맡기게. 하늘이 최한기의 뜻을 가상하게 여긴다면 살려줄 것이요, 하찮은 것이라 생각한다면 버릴 것이네. 모든 것을 잊고 텅 빈 상태에서 눈으로 보고 귀로 들은 것으로 머릿속을 가득 채워 가지고 오게…"

그가 혈혈단신으로 조선 8도를 싸다닐 수 있었던 것은 이런 정신이 바탕이 되었기 때문인지도 모른다. 그는 비록 나와 비슷한 나이지만, 떠나기 전 여러 사람에게 하직 인사를 할 때 가장 기억에 남는 말을 들려줬다. 선실로 내려오자 선원들은 엎드린 채 머리 뒤로 손을 맞잡거나 고개를 푹 수그리고 있었다. 기도들을 하는 모양이었다.

이윽고 후두둑 하는 소리가 들렸다. 갑판에 폭우가 쏟아지는 모양이었다. 배는 더욱 요동쳤고 천장에서 빗물이 줄줄 떨어졌다. 오늘 밤 제대로 눈을 붙이기는 힘들 것 같았다. 갑자기 오른쪽 벽에 뭔가 세차게 부딪치는가 하더니 그 충격으로 나와 동용은 바닥에 나동그라지고 말았다.

곧 뒤집어질 것만 같은 배의 요동은 한동안 계속되다 가까스로 진정되는 듯하자 나는 속에서 뭔가 치밀어 오르는 것을 느꼈다. 그것은 곧 목을 통해 입으로 터져 나왔다. 저녁때 마음 졸이며 가까스로 욱여넣었던 음식물들을 모두 토해버리고 만 것이다. 동용도 같은 상황이었는지 한쪽 구석에서 두 손으로 입을 막고 있었다.

나는 바닥에 엎드린 채 자신도 모르게 누군가에게 빌고 또 빌었다. 그러나 난장판 같은 빗소리는 온통 정신을 빼놓았고, 배는 좌우로 기우뚱거리며 곧 뒤집어질 기회만 노리고 있는 것만 같았다. 다시금 속에서 치밀고 올라왔으나 이번에는 남아있는 게 없는 탓이었는지 그만 왝, 왝 소리만 나고 말았다. 나는 그저 '날 잡아 잡수' 하는 모습으로 마냥 바닥에 엎드려만 있었다.

밤새 한숨도 자지 못했다. 충격을 줄이기 위해 이불을 뒤집어쓴 채로 배가 요동칠 때마다 이리 뒹굴 저리 뒹굴 하며 부딪치기만 했을 뿐이었다. 동용과 사정없이 부딪친 경우도 있었다. 그는 그 와중에도 선원들과 마찬가지로 간간이 털고 일어나 커다란 나무통에 빗물을 퍼 담기도 했다.

어쨌든 그 난리통에도 잠깐 눈을 붙인 모양이었다. 문득 눈을 뜨니 날이 샌 듯 여기저기 틈새에서 희미한 빛이 비쳐들고 있었다. 선실에는 나 혼자만 있었다. 배는 여전히 요동치고 있었지만 갑판으로 나가 보기로 했다. 바다를 보고 상쾌한 공기라도 마시면 한결 나을 것 같았기 때문이다.

그러나 막상 밖으로 나오자 바람과 파도 때문에 제대로 서 있기도 힘들 지경이었다. 동용과 함께 상장 모서리를 잡고 간신히 중심을 잡자 이물 쪽에 선장이 선원 한 사람과 함께 있는 것을 보았다. 그들은 이 정도 바람은 대수롭지 않은 듯 흔들거리면서도 돛대를 부여잡고 버티었다.

어둠은 가셨으나 수평선 쪽은 컴컴해서 어디가 하늘이고 바다인지 구분이 되지 않았다. 허공에는 간간이 빗방울들만 흩뿌리고 있었으나 어두컴컴한 구름과 파도들은 여전히 배를 집어삼키려는 괴수들처럼 몰려왔다.

배는 커다랗게 이랑을 치며 몰려오는 파도에 의해 허공으로 솟아올랐다가 이내 아래쪽으로 잦아들기를 반복했다. 마치 물결에 흔들거리는 나뭇잎처럼 힘없이 휘둘리는 모습이었으나, 우려와는 달리 쉽게 뒤집어지지는 않았다. 누구에겐가 들은 바대로, 배 아래 쪽에 돌덩어리들을 쌓아 중심을 잡아 놓았기 때문인지도 몰랐다.

곧 선장과 선원은 바닥에 무릎을 꿇은 채로 도끼로 돛대를 찍기 시작했다. 놀라움을 금치 못해 왜 그러느냐고 소리치려다가 이내 다시 삼켜버리고 말았다. 배 중심을 잡아 뒤집어지는 것을 방지하려 하는 모양이었다. 그들은 이 폭풍이 쉽게 끝나지 않으리라 생각하고 생명줄 같은 돛대를 쓰러뜨리려는 것이었다. 이윽고 돛대가 넘어지자 두 사람은 엉금엉금 기면서도 돛줄을 찾아 돛대를 난간에 묶기 시작했다. 밀러드는 파도에 엉거주춤한 자세로 휘청거리면서도 끈질기게 동작을 이어가는 모습에서 강한 투지가 느껴졌다.

돛대를 처리한 선장은 내 쪽을 돌아보며 선실로 내려가자고 손짓을 했다. 어차피 바람과 비 때문에 갑판에 오래 있을 수는 없었다. 선실 한쪽 구석에서 동용과 함께 웅크리고 있자 선장이 뭔가를 던져 주었다.

"어차피 밥해 먹기는 글렀고, 이걸로라도 요기를 하시지요. 생쌀과 어포 조각입니다."

쌀은 물에 불린 것이어서 그런대로 씹을 만했고, 어포는 무슨 생선인지는 모르겠지만 일단 먹어두기로 했다. 그렇지만 허기를 채워도 또 다 토해버리면 무슨 소용인가 하는 회의가 들기도 했다.

예상대로 얼마 지나지 않아 천장 쪽이 콩 볶는 소리들을 내며 부산해지기 시작했다. 소나기가 쏟아지기 시작하는 모양이었다. 이윽고 무지막지한 천둥소리도 들렸다. 배의 요동도 더욱더 심해져 사람들은 여기저기서 봇짐처럼 구르다가 처박히기도 했다. 그러면서도 마조신과 관세음보살을 찾는 듯한 애타는 소리들은 내내 선실을 맴돌았다.

나도 구석에 처박힌 채 처음으로 이대로 생이 끝나는 게 아닌가 하는 공포감이 엄습했다. 온몸도 오들오들 떨려왔다. 그러자 자신도 모르게 기도 소리가 튀어나왔다. 제발 이대로 죽게 하지만은 말아 달라고, 살게만 해준다면 사람을 위해, 나라를 위해 무엇이든 하겠다고…. 하느님, 용왕님, 관세음보살님, 풍백님 등 생각나는 모든 신들에게 빌고 또 빌었다.

저녁 무렵에야 비바람이 좀 가라앉았다. 모두들 속에 있는 것 다 토해내고, 바닥의 물속에서 나뭇등걸처럼 굴러다니느라 진이 빠질 대로 빠진 모습이었다. 그러나 선장은 몸을 추슬러 일어나서 선원들을 독려하여 바닥을 채우고 있는 물부터 퍼내게 했다. 동용도 겨우 일어나서 거들었다. 가까스로 불을 피워 잡고기를 넣고 끓인 어죽魚粥이라는 것을 먹고 난 후, 갑판에 올라 가보니 여전히 하늘은 어두웠고 수평선은 아득했다. 그러한 모습은 마치 다음 공격을 위해 잠시 휴식을 취하고 있는 적군들을 보는 것만 같아 몸서리가 쳐졌다.

다음 날도, 그다음 날도 폭풍우와 풍랑은 계속되었다. 멀리서 마치 백색 군복을 입은 병사들처럼 달려드는 파도는 가까이 와서는 언덕처럼 솟아올라 집어삼킬 듯이 덤벼들었다. 돛대 밑둥이건, 상장 모서리건 단단하게 붙잡고 있지 않고서는 세찬 물살에 바다로 내팽개쳐지기 십상이었다. 견디다 못해 선실로 들어가도 사정은 별반 다를 것 없었다. 파도가 광음을 내며 뱃전에서 부서질 때마다 선원들은 판자벽에 온몸을 찧어댔고 천장에서는 물줄기들이 열을 지어 떨어졌다.

마조며 관세음보살 타령도 잦아들었고, 엎드린 채 두 손으로 얼굴을 감싸고 엉엉 우는가 하면 동용처럼 이를 악물고 죽은 듯 참아내는 축도 있었다. 벽에 걸린 채 요동치는 흐릿한 등불 아래 드러난 얼굴들은 공포와 피로로 잿빛이 되어있었고, 눈들은 하나같이 움푹 들어가 있었다.

5일째 되는 날, 겨우 비바람이 멎고 구름 사이로 간간이 해가 모습을 드러냈다. 그 정도만 해도 마치 극락세계에 온 것 같았다. 모두 젖은 옷과 이불 등을 들고나와서는 물기를 짜서 난간에 널어 말렸다.

갑자기 하늘에서 한 무리의 새들이 열을 지어 날아갔다. 그러자 선원들이 반가워 소리를 지르며 손을 흔들었다. 선장이 다가왔다. 모처럼 밝은 얼굴이었다.

"새들이 보인다는 것은 육지가 가까이에 있다는 증거입니다. 그래서 저들이 좋아하는 것입니다."

선장은 얘기를 하며 곁눈질로 우리 행색을 유심히 살폈다.

"이런 일이 처음이라 혼났겠지만 크게 겁먹을 필요는 없습니다. 사람이 사는 것도 쉽지 않지만 죽는 것 또한 어려운 일이더이다. 모질 때는 한없이 모진 게 또한 목숨입니다. 그저 살고 죽는 것이 하늘에 달렸다고 생각해 버리면 마음이 편해집니다."

선장은 마치 도인과 같은 말을 남기고 고물 쪽으로 향했다. 2개의 노는 미리 단속을 해두었고, 키는 다행히도 부러지지 않고 그대로 붙어 있는 듯했다. 비록 돛대가 없어 돛을 펼 수는 없지만 배를 추동할 수 있는 여건은 갖춰진 셈이다. 그러나 이 망망대해에서 돛도 없이 노만 저어 어느 세월에 육지에 다다른다는 말인가.

무인도에 표류하다

늦은 오후가 되자 하늘은 완전히 개었고 바람도 잦아들었다. 그러자 멀리 한쪽 수평선 부근에 작은 섬 같은 게 보였다. 모두 함성을 지르며 양팔을 들어 올렸고, 서로 번갈아 가며 노를 저어댔다.

섬은 사람이 살지 않는 자그마한 무인도였다. 바윗덩어리와 소나무 숲으로 이루어져 있었는데 망망한 바다 한가운데 어떻게 이런 섬이 솟아있는지 신기할 따름이었다. 신의 조화를 보는 느낌이었다. 어쨌든 우리 일행들에게는 무릉도원이라 해도 지나친 말이 아닐 것이었다. 폭풍에 떨어져 나간 닻 대신 새로운 닻을 닻줄에 묶어 바닷속에 늘어뜨린 후, 모두 함성을 지르며 배에서 뛰어내렸다.

백사장은 부드러웠고 안정감이 있었다. 더구나 재빠른 선원 하나가 숲속에 뛰어들어 돌아다니다가 어느 굵직한 소나무 밑둥 아래 고여 있는 샘을 발견했다고 떠들어대자 모두의 기쁨은 극에 달했다.

저녁 무렵 백사장에 모닥불을 피고 밥을 지어 모두 배불리 먹었다.

하늘마저 맑게 개자 별빛도 찬란하여 엊그제 풍랑에 휩쓸리던 일들이 마치 오래전 일들만 같았다. 그러나 내 마음은 마냥 즐겁지만은 않았다. 바로 어제까지 지옥 같은 체험을 하지 않았는가. 여기서 터 잡고 산다면 몰라도, 여기만 벗어나면 또 어떤 경우에 처하게 될지 어떻게 알겠는가. 그리고 여기는 도대체 어디쯤인가. 청국 쪽이 아니고 전혀 동떨어진 바다 한가운데는 아닌가⋯ 하는 생각들이 꼬리를 물고 일어났기 때문이다.

선장이 다가왔다. 모두 웃고 떠드는데 동용과 나만 심각한 표정으로 불을 바라보고 있어 마음에 걸렸던 모양이었다.

"다 잊어버리십시오. 바다에서 앞과 뒤의 일은 생각지 않는 법이랍니다. 이 순간, 목숨이 붙어 있으면 되는 것입니다."

"여기가 어디쯤 되는지요?"

"사방이 바다뿐이라 자세히 알 수는 없습니다. 그러나 산둥반도 쪽은 아니고, 남동쪽으로 많이 내려온 것 같습니다."

"어떻게 그리 생각하시게 되었습니까?"

"하늘의 별자리들을 보고서지요. 특히 북극성과 북두칠성은 뱃사람들이 방향을 잡고 시간과 위치를 살피는 데 많은 도움이 되지요."

그랬었군. 밤하늘에 무심히 떠 있는 것만 같은 별들이 뱃사람들에게는 훌륭한 길잡이 역할을 하고 있었군⋯ 선장의 얘기를 듣고 나니 다소 마음이 가라앉았다. 투박한 목소리에도 사람의 마음을 진정시켜주는 힘이 느껴졌다.

다음 날, 날씨는 화창했고 며칠 동안 구경조차 하지 못했던 태양은 아침부터 쏘는 듯한 빛을 뿜어댔다. 수평선 부근에는 목화송이 같은 흰 구름들이 길게 펼쳐져 있어 마치 한 폭의 그림을 보는 것 같았다.

선원들은 간밤의 흥겨움과는 딴 판으로 아침 식사를 마치자마자 부산하게 움직였다. 비에 젖어 곰팡내까지 나는 옷가지며 이불 등을 꺼내어 뱃전에 널고, 바닥이 드러난 식수통에 물을 길어다 채웠다. 식수통은 대나무를 엮어 만들고 틈새를 아교 같은 것으로 메운 죽통竹筒이어서 다행히도 그 심한 풍랑에도 멀쩡했다. 식수는 태반이 쏟아져서 애를 먹긴 했지만….

두 사람은 소나무 숲으로 가서 번듯하고 긴 소나무를 베어와 돛대를 새로 만들었다. 닻도 나뭇가지와 커다란 돌을 단단하게 묶어 3개를 새로 만들었다.

오후에는 선장이 2명의 선원과 함께 염소를 잡으러 갔다. 희한하게도 이 자그마한 섬에 염소들이 살고 있었는데, 그들은 쫓겨서 암벽 쪽으로 간 뒤에도 미끄러지지 않고 잘만 다니는 것이었다. 경사가 급해도 마찬가지였다. 선원들은 더 이상 쫓을 수가 없게 되자 돌을 던져 그들을 바다에 빠뜨렸다. 그런 뒤 바다에 뛰어들어 허우적거리는 염소들을 끌어냈다.

2마리의 염소는 곧바로 잡혀져 모닥불 속에서 그슬려졌다. 오랜만에 구수하고 기름진 냄새를 맡게 되자 문득 멀리 떠나온 집 생각이 났다. 구워진 고기들로 모두 배를 채우고, 나머지는 따로 보관하기도 했다. 여유가 생긴 선원들은 물가에서 소라나 조개를 줍기도 하고, 바위에 붙은 굴들을 따기도 했다. 그들 나름대로의 식량 조달이었다.

사흘째 되는 날, 항해는 점심을 든든하게 먹은 뒤 시작되었다. 바람이 적당하게 불어 돛만으로도 운항이 가능했고, 그 난리통 속에서도

키는 그대로 붙어 있어 방향을 잡는 데 부족함이 없었다.

배는 해 뜨는 쪽과 반대 방향으로 계속 나아갔다. 일단 서쪽으로 가야 한다는 것은 선장의 판단이었다. 그러나 사방을 둘러봐도 온통 바다뿐인데, 이 작은 배가 돛을 펄럭이고 간다고 해서 과연 육지에 다다를 수 있을지 의문스럽기만 했다. 그러나 어찌하겠는가. 소걸음이든 돼지 걸음이든 바람과 노에 의지해 조금씩 전진해 가는 수밖에 없었다.

하루는 길고 시커먼 물체가 바다에 나타났다. 그것은 멈춰있는 게 아니고 서서히 움직이고 있었는데, 앞쪽에서는 신기하게도 물이 뿜어져 나오고 있는 것이었다.

"저것은 고래라고 하는 물고기입니다. 큰 것은 엄청 커서 재수 없게 한번 받히면 웬만한 배는 뒤집어져 버리지요."

곁에 있던 선원이 설명해 주었다. 말로만 들었던 고래···. 바다는 물론 육지를 통틀어서도 가장 큰 동물이라는 고래는 기다란 몸체로 유유히 떠가다가 곧 커다란 세모꼴의 꼬리를 치켜들더니 바닷속으로 잦아들었다. 비록 겉모습이었지만 고래라는 어류를 본 것은 색다른 경험이었다. 겉보기에는 텅 비어있는 것만 같은 바다, 그 속에는 각양각색의 물고기들이 자기 방식대로 살고 있으리라. 또 다른 별천지 같은 세계가 있을 것이었다. 육지만이 세상의 전부는 아닌 것이다. 언젠가는 인간의 지혜가 발달을 거듭해서 그 세계까지 들여다볼 날이 있을 것이었다.

순조로운 항해가 계속되었으나, 과연 이처럼 순탄한 날씨들이 계속

될 수 있을지, 배가 과연 우리들을 육지에 데려다줄 수 있을지 하는 불
안감은 내내 가시지 않았다. 그러나 어느새 바다는 친숙해져 있었다.

나는 원래 초저녁잠이 없는 편이었다. 늦게 자고 늦게 일어나는 게
오랜 습관이었다. 늦게까지 책을 보다 자정을 넘겨서 자는 게 일이었
기 때문이다. 그래서 모두 잠드는 밤이면 나는 홀로 갑판에 나와 고
요한 바다를 바라보았다. 하늘에는 무수한 별들이 이제라도 곧 쏟아
져 내릴 것처럼 반짝이고, 뱃전에는 파도 소리가 나지막하게 철썩인
다. 달은 수평선 부근에서 조용히 나타나기도 하고, 뜻 없이 허공을
배회하다 말없이 사라지기도 한다. 고요한 밤에는 마치 지구에 홀로
남아있는 것 같은 느낌이 들기도 했다. 아마도 태초의 세계도 이랬을
지 모른다.

이미 익숙해진 바다는 다양한 색깔들을 가지고 있었다. 그동안에
는 그저 푸른색으로만 알고 있던 바다는 익숙해지니 때로 군청색, 회
청색, 남색, 곤색 등도 띤다는 것을 알았다. 멀리서는 녹색이나 백색
을 띠기도 하는 것이었다.

그러나 바닷물은 그저 다 똑같은 바닷물이고, 어떤 요인들이 그처
럼 다르게 보이게 할 것이었다. 즉 하늘이나 태양, 바람, 깊이 등이 바
다의 색깔을 변하게 하는 것이다. 마치 도인의 풍모처럼 바다는 그대
로 비추기만 할 뿐 스스로 변색하지는 않는다.

또한 바다는 끊임없이 움직이고 있다. 조수간만을 일으키는 것도
그렇고, 해류라 하여 강물처럼 흐르기도 한다고 한다. 평상시에는 잔
잔하게 보이지만 풍랑이 일 때는 사정없이 솟아올라 순식간에 배들을
집어삼키기도 한다. 물론 어떤 외부적 요인들에 그 같은 운동들을 하

는 것이겠지만, 바닷물의 유동성은 바다에 생명력을 부여하고 살아 있게 할 것이다.

만약 바다가 움직이지 않고 그저 정지되어 있기만 하다면 일체의 활동성도 중지되어 버릴 것이다. 그야말로 죽은 바다가 되어 생명체가 살 수도, 만들어질 수도 없는 물 덩어리밖에 되지 않을 것이다.

바닷물은 바다라는 세계를 채우고 있다. 바다 안에서는 수많은 생물들이 태어나 얼마 동안 삶을 영위하다가 때가 되면 다시 바다로 돌아간다. 그러나 바다는 변함없이 유지된다. 양손을 오므려 떠보면 그저 평범한 물에 불과해 보이지만, 그 속에서 수천, 수만 가지의 생명체들이 살고 있는 것이다.

조기나 갈치처럼 펄떡이는 생선들이 있는가 하면, 게蟹나 왕새우처럼 딱딱한 껍질을 가진 것들도 있다. 또한 조개나 소라 같은 단단한 것들이 있는가 하면 미역이나 다시마 같은 풀들도 자란다. 그들은 바닷물에서 생겨나, 바닷물 속에서 자라며, 생명이 다한 후에는 또다시 바닷물로 돌아가는 것이다. 그러나 바다가 어떤 의식이 있거나, 의도를 가지고 그들을 품고 있는 것은 아닐 것이다. 바다는 단지 본질과 활동성을 가지고 있을 뿐이다. 그 속에서 각자 개성을 지닌 형체들이 생겨났다 한동안 생명을 영위하고, 사라질 뿐이다.

책 권 좀 봤다는 선비들이 너나없이 한두 번씩은 짚고 넘어가는 기氣, 흔히 만물의 근원이라 여겨지는 기도 바로 바닷물과 같은 존재가 아닐까. 기는 바닷물처럼 눈에 보이거나 만질 수 있는 것은 아니다. 그러나 유구한 시간의 흐름 속에서 삼라만상은 끊임없이 생성과 소멸을 반복한다. 기의 본질과 활동성이 그러한 순환을 가능하게 하는 것이다. 소멸된 후에는 가시적인 형체는 먼지처럼 흩어지고, 그를 생장시켰던 힘은 또다시 기의 세계로 돌아간다.

단지 우주나 자연은 인간이 추상하기에는 너무 거대하고 완벽하게 보여 흔히 상제上帝나 리理의 권능이라고 치부하지만, 과연 그러한 권능이 실제로 존재하는 것일까. 바다를 보면 그러한 실체들이 없어도 생명체들이 잘만 생겨나고 유지되고 있지 않은가.

태초는 그저 텅 빈 공간뿐이었다. 그러다 기의 힘으로 사물이 생겨나고, 번성하고, 다양해져 자연과 세상이 만들어졌을 것이었다. 누군가가 있지도 않았고, 어떤 이치가 먼저 있지도 않았다. 그저 질료와 활동성을 가지고 끊임없이 순환하는 기만이 있을 뿐이었다. 그러다 사물이 생성되고, 자연과 세상이 만들어지면서 리理도 생겨나고, 성性도 생겨났을 것이었다. 따라서 세계의 본질은 바로 기이고 운화運化인 것이다…

문득 이런 생각들을 떠올리는 자신에 웃음이 나왔다. 바로 엊그제만 해도 바다에 의해 막다른 생사의 고비에 처했었기 때문이다. 앞으로도 바다는 어떤 위해를 가할지 모른다. 우리를 그저 단숨에 집어삼킬 수도 있다. 내가 죽으면 이런 생각들이 다 무슨 소용이 있겠는가. 아니, 세상이고 우주고 나의 죽음과 함께 다 끝나는 것 아닌가…

그러나 그렇다고 해서 만물의 현상에 대해 느끼거나 해석하기를 그만둘 것인가. 그리고 보통 동물처럼 먹고, 배설하고, 자식만 키우다가 생을 마감할 것인가.

사람은 자신이 유한하다는 것을 알고 있다. 또한 자신이 세계와 그다지 상관없는 것도 알고 있으면서 추측하고 해석하기를 멈추지 않는

다. 경우에 따라 이를 위해 자신의 생애를 바치는 사람도 있다. 원래 그렇게 하도록 만들어졌기 때문이다.

그 결과가 만물을 지배하는 위치로 오르게 했을 것이다.

순탄한 항해를 하면서도 마음속에 가시지 않고 있던 불안은 현실이 되어 나타났다. 7일째 되는 날 서쪽 하늘부터 구름이 끼고 컴컴해지더니 바람이 무서운 기세로 몰려왔다. 저녁 무렵에는 파도가 언덕배기처럼 몰려들어 또다시 우리 배를 숫제 들었다 놨다 하는 것이었다.

배 안은 또다시 절망감이 감돌았다. 물건들은 죄다 넘어져 나뒹굴었고, 벽에 단단히 고정시켜 놨던 죽통도 배와 함께 기울어지면서 속에 있던 물을 쏟아내고 말았다. 그러나 이전에 되게 당해본 덕분인지 동용과 나는 비교적 여유가 생겼다.

모두 어쩔 줄을 모르고 이불이며 옷가지 등을 뒤집어쓴 채 구석에서 몸을 웅크리고 있었다. 파도가 계속 뱃전에 부딪히며 굉음을 터뜨리는 데다, 굵은 빗줄기가 갑판마저 두드려대자 난리도 그런 난리가 없었다. 그야말로 혼이 송두리째 빠져나갈 것만 같았다.

그렇게 눈도 붙이지 못하고 먹지도 못한 채 꼬박 하루가 지나자 다소 바람이 가라앉았고, 풍랑도 약해졌다. 모두 갑판으로 나가니 구름은 낮게 드리워 있었으나 비는 그쳐 있었고, 배 난간 여기저기에 파도가 할퀴고 간 자국들이 남아있었다. 모두 주렸던 배를 달래기 위해 젖은 쌀과 어포, 육포 등을 질경거렸다. 언제 또 바람과 풍랑이 들이칠지 몰라 밥 지을 엄두도 내지 못한 채 일단 배를 채우고 보자는 속셈인 듯했다.

나는 문득 이때다 싶어 선실로 내려가서 봇짐을 뒤져 갓과 두루마리를 챙겨 입었다. 그리고 감추어 두었던 한지韓紙를 꺼냈다. 한지는 바다 용왕 신에 대한 축원문으로, 며칠 전 무인도에 정박했을 당시 또 다시 이 같은 경우에 대비해 몰래 써둔 것이었다. 언젠가 서책에서 옛사람들이 항해할 때 바다신인 용왕 신에게 제사를 지내며 읽었다는 글을 본 적이 있어, 기억나는 것에다 적당히 살을 붙여 써 내려갔었다.

이때 선장이 내려왔다. 나는 선장에게 축원문을 보여주며 제사 지내고 싶다는 뜻을 보였다. 그러자 선장은 반가워하며 재빨리 여기저기 뒤져 술병과 어포 등을 챙겼다. 바닷일에 잔뼈가 굵은 그는 제사 일이라면 어떤 것이라도 좋다는 듯 두말없이 협조해 주었다.

곧 배의 고물 쪽에 자그마한 제사상이 차려졌고, 어느 틈에 찾아냈는지 향불마저 피워졌다. 나는 두루마기를 바로 하고 갓끈을 고쳐 묶은 다음 커다란 소리로 축원문을 읽어 내려갔다.

"유세차 5월 23일에 유학모幼學某 최한기는 창해호 선원을 대표하여 황해의 용왕신령님께 문안드립니다.

하늘은 예로부터 대국과 조선 사이에 큰 바다를 두어 많은 어족으로 사람들의 향미를 돋우고, 크고 작은 배들이 양국의 물산을 운반하게 하여 나라 살림에도 커다란 시혜가 되었습니다.

용왕신령님은 하늘로부터 이 바다를 위임받아 어족들을 사시사철 풍요롭게 하시고, 풍랑이 일 때마다 어르고 잠재워서 뱃사람들의 살림을 윤택하게 하셨습니다. 때문에 평소 용왕님께 무한 감사를 드리며 열성을 다해 신령님으로 모셔왔습니다.

이제 우리들이 바닷일을 마치고 집에 돌아갈제 때아닌 풍랑을 만나 방향을 잃고 헤맨 지가 벌써 여러 날째입니다. 우리 선원들은 평소 바다를 터전으로 하여 고기잡이로 생계를 이어가는 어촌 사람들이옵니다. 부디 긍휼히 여기시어 풍신風神을 달래 풍랑을 잠재우게 하시고, 바르게 바닷길을 인도하여 육지에 무사히 다다르게 하소서.

영험하신 신력神力으로 지금 이 곤경에서 저희들을 구해 주신다면 그 은혜를 가슴 깊이 새길 것이며, 차후로도 바다에서나 육지에서나 더욱 지극정성으로 용왕신령님을 모실 것을 맹세하나이다."

나는 술잔의 술을 바다에 뿌리고, 이어서 남은 술을 각각 한 잔씩 따라 마셨다. 다음으로 바다를 향해 크게 2번 절한 뒤 축문과 간단한 제수 등을 보자기에 싸서 바다에 띄웠다. 모두 만족스러운 표정이었다. 비록 그들은 내 말은 알아듣지 못했겠지만 선장을 통해 내용을 알고 있었다. 선장은 미리 축문을 봤을 때 적잖이 놀라는 눈치였었다. 다소 흥거워진 분위기 속에서 선장이 양념을 쳤다.

"내가 용왕님이라도 두말없이 도와주려 하겠습니다. 진작에 이런 제사를 드렸더라면 지난번 풍랑도 그저 비켜 갔을 것만 같습니다."

그런데, 이 제사가 과연 효과가 있었는가. 다음 날 아침 희한하게도 날이 활짝 갰다. 거기에 바람도 원래대로 동남풍으로 바뀌는 것이었다. 바람을 한껏 안은 돛은 만삭 여인의 배처럼 팽팽해졌고, 배는 빠르게 서쪽으로 달려갔다.

문득 나는 나관중羅貫中의 삼국지연의에서 적벽대전 당시 제갈량의 제사 장면이 떠올랐다. 바람의 방향을 동남풍으로 바뀌게 하여 조조 군에 대한 화공火攻에 결정적인 영향을 미쳤지만, 그게 과연 제갈량의 공덕 때문이었을까 하는 의문이 가시지 않았었다. 그가 천문 기상이나 지리에도 통달했다 하니 바람의 변화를 미리 알고 있었던 것은 아니었을까? 아무리 11월 중이라고 하지만 바람이 늘 같은 방향에서만 불지는 않는다고 한다.

하기야 이렇게 생각하는 것 자체가 어불성설일지도 모른다. 삼국지연의는 정사가 아니라 소설이기 때문이다. 아무튼 소가 뒷걸음질 치다 쥐 잡는다고, 별생각 없이 벌였던 내 행위는 우연히 맞아떨어졌고, 선원들의 나에 대한 태도도 달라졌다.

며칠 후, 아침 안개가 걷히기 시작하자 멀리 서쪽 수평선 부근에 게딱지 같은 형상들이 점점이 흩어져 있는 게 보였다. 반신반의하던 선원들은 곧 안개가 완전히 걷히고 그 형상들이 확실히 모습을 드러내자 와! 하고 소리 지르며 서로들 얼싸안았다.

그 모습은 섬들이라는 것이었고, 그렇게 모여 있는 것은 바로 육지가 가까이 있기 때문이라는 것이었다. 이제까지의 불안과 공포의 시간들이 마치 한순간에 씻겨 내려가는 것만 같았다.

그러나 요 며칠 동안 이미 식량과 식수는 바닥이 나 있었다. 가장 큰 문제는 물이었다. 지난번 어느 무인도에서 정박할 때 식수통들을 가득 채웠지만 광풍에 배가 주체할 수 없이 휘청거리면서 대부분 다 쏟아져버렸기 때문이다.

죽통 바닥에 겨우 남은 물들을 조금씩 나눠 마시다가 그나마 동이 나버리자 막막한 심정이었다. 비가 오면 빗물이라도 받아 마시련만, 폭풍이 불 때 삼대 줄기처럼 쏟아지던 비도 막상 아쉬울 때가 되니 실낱같은 기미도 보이지 않았다. 갈증에 목이 타들어 가고 비가 내릴 조짐은 보이지 않자 선장은 선원 한 사람에게 뭔가 지시를 내렸다. 그러자 그 선원은 창고 쪽에서 넓고 편편한 돌을 가져다가 뭔가 만들기 시작했다.

그가 하는 작업은 솥에다 바닷물을 끓이고, 그 위에 돌판을 비스듬히 걸쳐 놓아 돌판에 맺히는 이슬을 거두는 방식이었다. 병아리 눈물이라더니 마치 이를 두고 하는 말 같았다. 선장이 나를 보고 멋쩍게 웃었다.

"조선에서 소주燒酒 내리는 방식과 비슷하군요."

"바다 한가운데서 목이라도 축이려면 이 방식밖에 없지요. 정 다급하면 이보다 더한 것도 있습니다."

"이보다 더한 것이라니요?"

"자기 오줌을 받아 마시는 것입니다. 죽음이 눈앞에 어른거리는데 무슨 짓인들 못하겠습니까?"

이윽고 그릇에 어느 정도 물이 고이자 선장은 직접 숟가락을 들고 한 사람씩 떠먹여 주었다. 감로수甘露水도 이만한 감로수가 없을 것 같았다. 이후에도 몇 숟갈 더 먹자 온몸에 생기가 도는 것 같았다.

아무튼 간신히 목숨만 부지한 채로 저녁 무렵 우리는 드디어 한 섬에 다다랐다.

남해의 꽃밭, 주산군도

섬은 조그마했고, 집도 너덧 가구밖에 보이지 않았는데 한 집에서
다가가는 우리들을 보고 개가 심하게 짖어댔다. 마치 사람이 살고 있
다는 것을 알리는 것만 같아 반갑기만 했다. 곧 희끗희끗한 머리에 허
리가 구부정한 집 주인이 나타났다. 그러나 우리 무리들을 보고 일단
경계하는 눈빛이었다가, 선장과 한참 얘기를 나눈 뒤 반가운 표정으
로 자기 집 창고로 안내했다.

허름한 창고는 지저분했고, 퀴퀴한 냄새와 생선 비린내가 절어 있
었으나 집주인은 능숙한 솜씨로 대충 치우고 바닥에 돗자리까지 깔
아 주었다. 모두 자기 집에나 돌아온 듯 기뻐하며 바닥에 벌렁 드러
누웠다.

나는 봇짐 속에서 은자 몇 개를 꺼내 선장에게 쥐여주며, 오늘 밤
음식을 차릴 수 있는 데까지 차려 잔치를 벌이자고 했다. 당신들 아니
었으면 지금쯤 바닷속 어느 구석에서 물고기 밥이 되어있을 것이라는

감사의 말도 덧붙였다.

어둠이 내려앉은 밤에 우리는 허름한 불빛 아래서 모처럼 배불리 먹고 마셨다. 조선의 함지박같이 생긴 커다란 그릇에 해산물 요리가 잔뜩 담겨 있었는데, 마치 바다에 있는 모든 어류들이 총동원된 것 같았다. 술은 노란빛을 띠고 있었는데, 우리 소주보다는 독한 편이었다. 산해진미 음식에 취기까지 오르니 마냥 흥겨워졌다. 집주인은 처음 보던 때와는 달리 호방하고 얘기하기를 즐겨하는 성격이었다. 단지 이 근처에 가끔씩 해적들이 출몰하는 경우가 있어 늘 긴장하고 있어야 한다고 했다.

그러나 성어기成魚期 때를 제외하고는 사람 구경하기가 쉽지 않아, 이처럼 외지 사람들이 한 번씩 오게 되면 좋아한다는 것이었다. 특히 풍랑에 떠밀려 온 외국인들에게는 정성을 다해 대접해서 돌아가도록 하는 게 이곳의 전통이라고도 했다. 한동안 흥겹게 떠들긴 했으나 긴 선상생활에 지친 우리들은 곧 졸음이 쏟아졌다. 나는 밤새 지붕이 들썩거릴 정도의 코 고는 소리들에 시달려야 했다.

다음 날, 집주인의 얘기들을 통해 나는 이 부근에 지리적 위치에 대해 비교적 감을 잡을 수 있었다. 누른빛을 띠는 바다에 군데군데 솟아 있는 섬들은 승사열도嵊泗列島라 불리며 모두 승사현嵊泗縣에 속한다는 것, 바다가 약간 누른빛을 띠게 되는 것은 북쪽에 양자강이 있기 때문이며 이곳에서 제일 가까운 육지는 상해上海라는 것, 섬들은 남쪽으로 내려갈수록 더 많이 그리고 더 크게 떠 있는데 이러한 섬들을 모두 일컬어 주산군도舟山群島라고 한다는 것 등이었다. 중국 지리에 대해 약간의 지식 밖에 가지고 있지 못했지만, 대충 따져봐도 참으로 멀리도 왔다는 생각이 들었다.

　나는 내심 안심하기로 했다. 어쨌든 주산군도니, 양자강이니, 상해
처럼 아는 이름들이 있으니 적어도 육지에서 먼 곳은 아니기 때문이
었다. 집주인은 나와 동용에게 현청縣廳에 가서 반드시 신고해야 한
다고 했다. 그렇게 하면 돌아가는 데 도움을 받을 수도 있지만, 그렇
지 않고 다니다 자칫하면 해적 일파로 오인 받아 큰 곤경을 치를 수 있
다고도 했다.

　이틀간을 쉬었더니 심신이 원 상태로 회복되었고, 생기가 충만하여
어떤 장애도 다 헤쳐나갈 수 있을 것 같았다. 바로 며칠 전에 있었던
풍랑 속의 고비는 마치 오래전의 일들처럼 까마득하게만 느껴졌다.
이러기에는 아직 한창때인 나이 탓도 있겠지만, 드넓게 펼쳐진 바다
와 싱싱한 해산물 탓도 없지 않을 것이었다. 특히 배에서 보던 바와는
또 달리, 땅을 딛고 서서 쉼 없이 몰려왔다 몰려가는 물결들을 바라보
는 것은 사람의 맥을 뛰놀게 하기에 충분했다.

　사흘째 되는 날 오전, 선장은 이른 아침부터 선원들을 다독여 출발
준비를 서둘렀다. 죽통에 물을 가득 채우고, 식량을 점검하고, 여기저
기 수선한 돛을 높이 올렸다. 배는 아침을 먹자마자 곧바로 출발했다.
아침 햇살에 물결들은 금빛으로 뛰놀았고 해풍은 상쾌하게 불어 제쳤
다. 선장은 우리에게 현청이 있는 승사도嵊泗島 까지만 데려다주겠다
고 했다. 자기들은 먼 길을 돌아 고향으로 가야 하기 때문에 육지까지
는 곤란하다는 것이었다.

　정오 무렵에 배는 승사도에 다다랐다. 어촌에는 한낮인데도 여러
척의 배들이 정박해 있었고, 사람들이 오가며 활기를 띠고 있었다. 선

장은 도선장에 우리를 내려주며, 자신들과의 구체적인 얘기는 하지 말고, 그저 작은 배로 바다를 건너려다 풍랑을 만나 난파했다가 부근 조기잡이 어선에 의해 구조되어 여기까지 오게 되었다고만 하라고 당부하는 것이었다. 자신들의 밀수 행색이 추적당할까 봐 우려하는 기색이 묻어 있었다.

우리는 길을 물어 미시未時 경에 현청에 도착했다. 관원들에게 우리가 예까지 오게 된 경위를 얘기했고, 이어 꼼꼼하게 조사를 받은 후 이윽고 현주縣主에게 안내되었다. 현주는 50대의 나이로 보였으나 멋진 흰 수염의 소유자였다. 청사 마루 한가운데 위엄 있게 앉아 부하들이 올린 우리 인적 문서를 훑어보았다. 우리는 바짝 긴장했고, 동용은 내게 바싹 다가왔다.

"여기는 동해바다의 하단下端에 해당하는 곳으로, 평소에 조선뿐만 아니라 왜국, 류구국琉球國 사람들이 종종 풍랑에 떠밀려 오곤 하는 곳이다. 우리 현에서는 신분과 사정 등을 확인한 후 표류인이 확인되면 법으로 정해진 절차를 밟아 본국으로 돌려보내는 조치를 취하고 있다. 그러나 간간이 근해를 횡행하는 해적들도 바다에서 곤경에 처하면 목숨을 부지하기 위해 표류인을 가장하기도 한다. 그래서 몇 가지 묻겠으니 아는 대로 답하라."

"예."

"이 문서에 의하면 황해바다에서 표류하다 우리 어선에 의해 구조되었다는데, 그대들은 어부들인가?"

"우리는 어부들이 아니고 집안에서 어물전魚物廛을 해서 조기를 사기 위해 배를 탔던 사람들입니다. 조선의 황해도 장산곶이라는 곳의 앞바다에서 대국 어부들로부터 조기를 사기 위해 배를 빌려 탔습니다. 그런데 어부들을 제대로 만나지 못해 그만 먼 바다까지 나와 버렸고, 설상가상으로 풍랑까지 만나 뒤집혔다가 대국의 어선에 의해 구조되었습니다. 그 뒤에도 풍랑이 계속 이어져 여기까지 표류해 오게 되었습니다."

"그렇다면 그대들은 뭐 하는 사람들인가."

"우리는 과거 준비를 하던 젊은이들입니다. 저는 문과에 뜻을 두고 소과인 진사시에 응시하여 합격하였고, 이 사람은 다년간 무술 수련을 거친 후 무과 응시를 앞두고 있었습니다."

"흐음, 사실이라면 상당한 젊은이들이군. 그래, 조선의 과거는 어떻게 치러지는가?"

문득 어느 책에선가 비슷한 얘기를 읽은 게 떠올랐다. 최부崔溥의 표해록漂海錄이었던가. 우연도 이런 우연이 있을 수가… 그러나 지금은 그런 것을 생각하고 있을 때가 아니었다.

"역대 대국의 과거와 별반 다르지 않습니다. 크게 문과, 무과, 잡과雜科로 나뉘는데, 잡과는 의과醫科, 율과律科, 역과譯科, 음양과陰陽科 등을 두고 있습니다. 문과는 초시初試 격인 소과에 생원시, 진사시가 있고 이 시험에 합격해야만 본시本試 격인 대과에 응시할 수 있습니다. 대과에서는 초시初試, 복시覆試, 전시殿試의 3단계 시험이 있고, 이 시험을 모두 통과하면 홍패紅牌가 주어집니다. 무과는 소과가 따로 없어 처음부터 초시, 복시, 전시로 치러지며 강경講經과 무술 시험을 함께 치릅니다. 무과 역시 모두 통과하면 홍패가 주어집니다."

"그대의 말을 듣고 보니 바다를 떠도는 해적이나 밀수꾼이 아님은 알겠다. 그러나 나는 그대들을 보호하여 조선으로 돌려보낼 일차적인 책임을 지고 있는 사람이다. 그러니 한 사람은 글을 지어 유생儒生이라는 것을 보이고, 또 한 사람은 무예를 보여 무술인이라는 것을 보여라. 그래야만 확실히 믿고 그대들을 도와줄 수 있을 것이다."

곧 내 앞에는 자그마한 탁자와 붓과 벼루, 종이 등이 놓여졌다. 나는 필체를 어떤 체로 할까 고민하다가 구양순歐陽詢체로 하기로 했다. 이곳은 바닷가고 앞날을 예측할 수 없는 거친 삶의 현장이 상존하는 곳이다. 이런 장소에서는 단아하고 정교하며 품격이 느껴지는 서체를 택해야 눈에 띌 것이란 생각에서였다. 나는 잠시 주제를 생각한 후 곧바로 써 내려갔다.

소생은 조선의 젊은 서생으로 과거에 뜻을 두고 밤낮으로 독서에 열중하던 중, 잠시 바쁜 집안일을 도울 양으로 바다로 조기 매입에 나왔다가 뜻하지 않은 풍랑과 황해의 거친 물살에 휩쓸려 이역만리 승사현까지 오게 되었나이다.

그러나 이 부근이 절강성(折江城) 앞바다의 주산군도라는 얘기를 듣고, 이 또한 상제님의 보살핌이 아니었는가 합니다. 주산은 송나라 시절 우리 고려국 벽란도와 많은 상인들이 왕래하며 각종 물자와 문화를 교류하던 곳으로, 현재도 벽란도에는 송나라풍의 가옥들과 풍습이 남아있습니다.

소생은 벽란도 인근의 개성 출신으로, 소싯적부터 옛적 벽란도의 홍성과 대국 강남의 영화에 대해 익히 들어 주산이 그리 낯선 곳만은 아닙니다.

또한 주산은 고려 이전의 신라라는 나라와도 많은 교류가 있었던 것으로 알려져, 당시 신라인들이 주산을 통해 당나라와 문물을 교환하고, 여러 승려들이 불서(佛書)를 운반하여 신라의 불교 진흥에 크게 기여했다 합니다.

　이러하오니 소생들이 비록 풍랑을 잘못 만나 초라한 행색으로 떠밀려 왔다고 해도 부디 홀대하지 마시고, 무사히 귀국할 수 있도록 조처를 취해주시기 바랍니다. 소생은 귀로 도중 대국의 많은 문물들을 접하고 견문을 넓혀 조선에 새로운 깨우침을 줄 수 있을 것이며, 이를 바탕으로 대국과의 신뢰를 돈독히 하는데 나름 기여할 것을 약속드립니다.

혜강 최한기

　내 글은 곧 현주에게로 전해졌고, 훑어보던 현주의 눈이 크게 떠지는 게 분명히 보였다. 나는 일단 안도의 한숨을 내쉬었다. 현주는 곧바로 자리에서 일어나 내게로 다가왔고, 우리는 서로 머리를 숙여 절을 주고받았다.

　"이런 문사文士이신 줄 모르고 실례가 많았소. 양해해 주시오. 자, 안으로 듭시다. 그러잖아도 신라 얘기는 이전에 많이 들었소."

　"아직 천학비재淺學菲才에 불과할 뿐입니다. 이왕이면 제 동료의 무예도 시험해 보시는 것이 어떨는지요. 현주께서 말씀하신 것도 있고, 저도 확실한 신뢰를 얻고 싶습니다."

　"좋소, 그렇게 합시다."

　현주는 왼쪽 옆에 서 있던 관원에게 뭔가를 지시했고, 그는 곧 현청 뒤쪽으로 달려갔다.

　잠시 후 부리부리한 눈매에 다부지게 생긴 사내 하나가 어깨에 기다란 철봉 2개를 메고 나타났다. 그는 평상복 차림이었으나 동작은 절도가 있었고, 신발도 정문을 지키고 있는 병사와 같은 것을 신고 있었다. 아마도 현주를 지근거리에서 보좌하는 시위패侍衛牌의 한 사람인지도 모른다.

　관원의 지시에 따라 그와 동용은 철봉을 부르쥐고 마주 섰다. 곧 관원이 구령과 함께 손뼉을 치자 두 사람은 기합 소리와 함께 철봉을 휘두르며 뛰어나갔다. 철봉과 철봉이 맞부딪치며 살벌한 금속음이 사방으로 튀었다. 휙, 휙 하는 소리들이 매섭게 바람을 갈랐다. 두 사람의 몸놀림은 점차 빨라졌고 흙먼지가 풀풀 피어올랐다. 이윽고 두 사람은 잠시 물러서서 서로 노려보며 숨을 고르는가 싶더니 다시금 기합 소리와 함께 맞붙었다. 그러나 점차 시위패가 밀리고 있는 게 눈에 띄게 나타났다. 그가 조금씩 뒷걸음질을 치기 시작했고, 갑자기 단말마의 기합 소리와 함께 날아오른 동용이 철봉을 수평으로 후려치자 사내의 철봉이 허공으로 날아가고 말았다. 시합은 결판이 난 셈이었다. 현주가 커다랗게 웃으며 손뼉을 쳐댔다.

　"됐다, 됐어. 두 무사 모두 훌륭했다. 저 세 사람에게 술과 안주를 내리고, 두 조선인이 머물 숙소를 알아보도록 하라."

　나는 마지막 남은 안도의 한숨을 다 내쉬었다. 적어도 이 섬에서 편안한 시간들을 보낼 수 있는 기반은 확보한 셈이었기 때문이다.

　우리 숙소는 현청에서 가까운 곳에 위치한 빈집이었다. 가끔씩 육지에서 오는 관원이나, 우리 같은 외래인들을 위해 마련해 둔 숙소들 중의 하나인 모양이었다. 저녁에 관아에서 쌀, 채소, 해산물 등과 함께 밥 짓는 할머니 한 사람을 보내주었다. 나는 은자를 꺼내 값을 치르겠다고 했으나 나라에서 주는 것이라며 한사코 받지 않았다.

장보고와 금척

다음 날, 동용과 나는 점심식사를 마친 뒤 바닷가로 향했다. 어차피 육지로 향하는 길은 현청의 승낙이 있어야 하므로 어떤 지침이 내려올 때까지 구경이나 많이 해두자는 심산에서였다.

우리는 관아에 출타 사실과 귀소 시간을 알린 뒤 한적한 길을 따라 백사장으로 향했다. 백사장은 족히 10리는 되어 보일 만큼 길었고 초승달 형태로 휘어져 있었다. 바다에는 군데군데 배가 떠 있었고, 한쪽 구석에서 폐선 몇 척이 기울어진 채 모래 바탕 위에 얹혀 있었다. 맑은 날씨에 바람은 세지 않았으나 물결은 거칠었다. 일망무제로 툭 터진 바다 때문일 것이었다.

자세히 보니 먼 곳에도 작은 어선들이 나뭇잎처럼 떠 있었다.

"옛 노래에 만경창파, 만경창파 하더니 이런 바다를 보고 하던 말 같습니다. 속이 다 후련합니다. 엊그제만 해도 그냥 잡아먹을 것처럼 덤벼들었는데…."

동용이 모처럼 먼저 말을 꺼냈다. 평소 불필요한 말을 그다지 하지 않는 그가 색다르게 펼쳐진 경관에 감동받은 듯했다. 내 자신이 보기에도 그랬다. 오늘의 바다는 물이랑이 끝없이 밀려오는 생명력이 넘치는 바다였다. 그저 물과 수평선으로만 이루어진 것 같은 바다는 시와 때에 따라 각양각색의 모습을 보여주는 천의 얼굴을 갖고 있었다.

이때 뒤쪽에서 갑자기 말발굽 소리가 들렸다. 바라보니 놀랍게도 현주가 말 위에 앉아 있었다. 웬일인가 싶어 안색을 살펴보았으나 반가운 표정이어서 일단 안심은 되었다.

"어떻소? 바다 경치가 볼만하오?"

현주가 말에서 내리면서 묻자, 동용이 바로 대꾸했다.

"좋습니다. 가슴이 확 트이는 것 같습니다."

현주는 말고삐를 거머쥐고 우리와 걸음을 함께 했다.

"이제 보니 두 사람 다 얘기가 좀 통할 것 같고, 현청에 크게 바쁜 일도 없고 해서 얘기나 좀 나누려고 왔소. 원래 여기 사람들은 좁다란 섬에서만 살다 보니 외지에서 사람이 오는 것을 좋아합니다. 단지 주변의 작은 섬들에 가끔씩 해적들이 나타나서 분탕질을 치는 게 문제였지요."

"해적들은 원래 왜구들 아니었습니까?"

"원래는 왜구들이었다고 하는데, 내려오면서 본토 사람들도 많이 섞여 있습니다. 해금정책으로 졸지에 삶의 터전을 잃은 어민이나 장사치들, 본토에서 죄를 짓고 도망친 사람들이나 가난뱅이들이 바다에 뛰어들어 해적질에 합세했지요. 지금은 해금정책도 철회되고, 해안 경비도 강화하여 좀 뜸해진 편이지만 예전에는 요란했다 합니다. 여

럿이서 무리로 쳐들어와 마을을 쑥대밭으로 만들곤 했답니다.”

“조선은 왜구들 피해가 유독 심했습니다. 거리가 가깝다 보니 툭하면 건너와 어촌에서 노략질을 해댔지요. 고려 때는 특히 극심해서 나라가 망하는 데 일조하기도 했습니다.”

백사장이 끝나는 곳에 마을이 시작되고 있었는데, 입구 쪽에 웬 노인이 구부정한 자세로 그물을 깁고 있었다. 현주가 말에서 내리며 말을 건넸다.

“며느리는 어디 가고 노친네가 그물 손질을 하고 계시오?”

노인은 고개를 들어 바라보다 깜짝 놀라며 일어섰다.

“현주께서 어쩐 일로 여기까지….”

“먼 데서 귀한 손님이 오셔서 여기 며느리 조기탕이나 좀 대접해 드릴까 했더니, 어디 출타하셨소?”

“건어물 머리에 이고 포구에 좀 갔습니다. 곧 올 겁니다. 안으로 드시지요.”

식당 안은 허름했고, 노인은 다소 굼뜬 동작으로 탁자며 의자 등을 정돈했다. 현주는 한쪽 자리를 가리키며 스스럼없이 앉았다.

“이 부근은 원래 어족들이 풍성해서 동해어창東海魚艙이라고 불렀지요. 평소에는 한적하지만 고기잡이 철이 되면 각지에서 배들이 몰려들어 문전성시를 이룹니다.”

“특히 조기 철이 되면 많이 붐비겠군요.”

“그렇소. 이곳 사람들뿐만 아니라 본토 사람들이 가장 많이 찾는 게 조기이기 때문이오. 나는 특히 조기탕을 좋아하는데, 이곳 사람들은 마른 조기를 숯불에 구워 먹는 것을 최고로 칩니다.”

"저희 조선에서도 조기는 최고의 생선입니다. 지위 고하를 막론하고 다 좋아하지요. 그래서 조기철이 되면 주요 어장이 있는 섬에 파시波市라 하여 큰 시장이 서기도 합니다. 그러고 보니 비록 바다 멀리 떨어져 있지만 이곳과 조선은 닮은 데가 많은 것 같습니다. 올 때 뱃사람들에게서 듣자 하니 자기들도 용왕신을 모신다는데, 조선 어부들에게 용왕은 최고의 신이지요. 바다를 관장하고, 어부들에게 바다의 안전과 풍어를 보장한다는 신입니다."

"이곳에서도 용왕은 절대적인 존재지요. 이곳 사람들은 바다를 용왕이 다스리는 용의 세계라고 생각했습니다. 또한 자신들은 용의 후손들이며, 이를 나타내기 위해 머리를 짧게 하고 몸에 문신을 하기도 했습니다. 자신들이 사는 섬도 용궁에 사는 거북이의 등이라고 생각했습니다. 때문에 섬의 모든 곳에 용의 기氣가 있다고 믿어 나무 한 그루, 돌 하나도 소홀히 다루지 않았습니다."

이때 식당 문이 열리며 수더분하게 생긴 중년 아낙네가 들어오더니 우리들을 발견하고 깜짝 놀라며 달려왔다.

"아유, 현주님께서 예까지 웬 행차시오? 손님들까지 대동하고…."

"먼 데서 귀한 손님들이 오셔서 내 여기 조기탕 맛 좀 보여 드리려 데리고 왔소."

"뭐 대단한 것도 아닌데… 아무튼 내 빨리해 올리리다."

아낙네는 주방 쪽으로 달려갔고, 노인도 잠시 머뭇거리다 주방 쪽으로 향했다. 며느리를 도와 조금이라도 음식을 빨리 만들게 하려는 듯했다. 아무튼 고을 현감만 해도 하늘처럼 아는 우리들과는 사뭇 다른 모습이었는데, 섬이라는 여건과 적은 인구가 관료적인 분위기를 누

그러뜨리는 듯했다.

"용과 관련된 일들은 한두 가지가 아닙니다. 배를 흔히 목용木龍이라 부르기도 하고, 뱃머리 양쪽에 커다란 눈을 그려 용안龍眼이라 부르기도 합니다. 또한 명절이나 용왕제 때는 용등龍燈을 만들고, 짚을 엮어서 커다란 용을 만들어 용춤을 추기도 합니다."

"조선에서는 바로 이전에 고려라는 나라가 있었는데, 고려를 건국한 태조의 부인이 바다 용왕의 딸이라는 설화가 전해지고 있습니다."

"이곳과 조선은 비록 멀리 떨어져 있지만 옛적 바다를 통해 왕래가 잦았다고 하기 때문에 서로 넘나들면서 비슷한 습속을 가지게 되었을 것이오. 아마도 찾아보면 더 많이 나올 것입니다."

아무튼 이 섬의 실권자인 현주가 이 지역과 조선의 연계성을 인정하려는 것은 반가운 일일 수밖에 없었다. 현주는 잠시 뭔가를 골똘히 생각하는 듯하더니 이윽고 헛기침을 한 후에 목소리를 가다듬어 말을 꺼냈다.

"어제 현청에서 올린 글에서 신라라는 나라 얘기를 했는데, 실제로 이 부근에는 신라와 관련된 지명地名이 현재까지도 전해지고 있소."

"지명이 남아있다고요? 어디에….."

"저 아래쪽에 여기 군도들의 본섬인 주산도가 있는데, 그 섬 옆에 보타도寶陀島라는 섬이 있소. 섬 전체에서 관세음보살을 모시는 관음성지觀音聖地지요. 그 섬 한쪽에 신라초新羅礁라는 바위섬이 있소. 또한 여기 섬들에서 바다를 건너 저장성折江城에 가면 연안에 신라산, 신라서新羅嶼, 신라부산新羅浮山 등의 지명이 있기도 하오."

나는 등골에 전율이 스치는 것을 느꼈다. 이역만리 이 먼 바닷가에 신라 지명들이라니… 도대체 어떤 역사가 이같은 지명을 남겨두었단 말인가.

"지명이 남아있다는 것은 그만큼 신라인들이 이 해역에서 왕성하게 활동했다는 증거 아니겠소? 실제로 멀리 당나라 시대에는 신라인들이 대륙의 앞바다를 주름잡았다고 하오."

"장보고라는 영웅시대 말이군요. 하지만 그때는 산둥반도 부근만 장악하고 있었던 게 아니었습니까?"

"산둥반도 부근만이 아니라 그 아래쪽 일대, 양자강 하류, 저장성과 그 아래 푸젠성福建城의 바다까지 장악하고 있었소. 왜냐면 푸젠성에도 신라현新羅縣 같은 지명이 남아있기 때문이오."

점점 더 엄청난 얘기들이 터져 나오는 것이었다. 우리가 알고 있는 신라라는 나라는 반도의 한쪽에 위치해 있다가, 당나라와 연합하여 백제와 고구려를 멸망시킨 후 반도를 차지한 정도로만 알고 있었다. 또한 그중 일부가 바다를 건너 산둥반도에서 터를 잡고 해운업을 비롯한 여러 가지 일에 종사했다고 한다. 이러한 신라인들이 거주하는 지역은 신라소新羅所, 또는 신라방新羅坊이라 했다는 것이다.

그러나 지금 현주의 얘기는 전혀 다르다. 손바닥만 한 반도만 점령하고 있는 신라가 아니라 대국의 앞바다를 신라인들이 장악하고 있었다는 것이다. 비록 먼 옛적 얘기이긴 하지만, 현주의 얘기는 과연 사실일까. 설사 사실이라면 일개 고을 수령에 불과한 현주가 어떻게 이런 것까지 다 알고 있을까.

"하하, 내가 너무 엄청난 얘기를 했나? 남들이 인정해주는 사가史家도 아닌 시골 현주가 그저 소설 같은 얘기를 하고 있다고 생각하는 거요?

　내가 이런 얘기들을 할 수 있는 건 내 성이 장 씨이기 때문이오. 베풀 장張 자를 쓰고 이름은 익표라고 하오."

　"장 씨 성이시라면… 옛적 장보고와 어떤 관련이 있다는 말씀입니까? 가령 후손 같은…?"

　"그렇다고 하오. 하지만 직접 족보는 보지 못했소."

　"그래서 저희에게도 잘 대해주시는 겁니까? 먼 원적을 따져보면 같은 조선인이라…."

　"하하, 그런 것만은 아니오. 이곳 사람들은 어릴 때부터 바다를 끼고 살아온 사람들이라 바다의 위험성도 잘 알고 있소. 그래서 풍랑에 떠밀려 조난당해 온 사람들을 결코 함부로 대하지 않습니다. 또한 그런 사람들을 잘 대우해줘야만 중국인들도 조난당해 타국에 휩쓸려 갔을 때 대우받을 수 있다는 생각에서 잘 보살펴서 무사히 고국으로 돌아갈 수 있도록 도움을 아끼지 않습니다. 이후에 내륙에 가게 되면 그런 방침이 제도화되어 있는 것을 알게 될 것이오. 물론 조선에도 마련되어 있을 것이오. 자연재해에 대비해서 나라들끼리 상부상조하는 거지요."

　현주는 말을 마치고 잠시 물을 들이켰다. 그의 입에서 다음에는 어떤 얘기들이 나올지 나는 못내 궁금했다. 문득 그가 우리 뒤를 따라온 것은 단순히 얘기하기를 좋아해서만은 아닌 것 같은 생각이 들었다.

　"우리 장씨 가문에 내밀히 전해져 오는 얘기가 있소. 우리 집안사람들끼리만 알고 있었던 얘기지만, 이제 내 나이도 50이 넘고, 또 조선에서 모처럼 서책들을 가까이하던 분이 와서 털어놓는 것도 나쁘지 않을 것 같다는 생각이 들었소."

현주는 안쪽 주머니에서 뭔가를 꺼냈다. 누렇게 퇴색한 문서로, 탁자 위에 길게 펼쳐놓자 초서草書체의 글씨들이 어지럽게 널려 있어 판독하기도 쉽지 않을 것 같았다.

"여기에 쓰여 있는 내용이오. 조선의 신라라는 나라 시대에 장보고라는 인물이 당나라로 건너와 크게 입신출세를 했다 하오. 처음에는 무장武將으로 출세했지만 이후에 무역상으로 변신하여 당나라의 신라인들을 기반으로 엄청난 성공을 거두었소. 그런 그가 갑자기 자신의 본거지를 대륙에서 신라로 옮기게 되오. 여기에 그의 첫 번째 비밀이 있소.

자신의 사업을 위해서는 대륙 쪽에 본거지를 두고 있는 게 훨씬 유리할 게 아니겠소? 수많은 대국인들을 상대하는데 있어서나, 각종 외국 무역상들이 밀려드는 지리적 이점 등으로 볼 때도 대륙과 신라는 비교도 되지 않소. 산둥반도에서 신라로 옮길 바에야 차라리 여기 주산도로 옮기는 게 백번 나았을 것이오. 그런데 굳이 신라를 택한 것이오. 그는 신라로 가서 당시 재위하고 있던 흥덕왕興德王이라는 왕과 협상을 맺어 토지와 군사들을 할양받게 되오. 물론 이러기에는 거금이 오갔을 것인데, 당시 왕으로서는 재정적인 궁핍 등 피치 못할 사정이 있었을 것이오.

아무튼 그는 신라의 서쪽 바다 끝쪽에 위치한 완도莞島라는 섬에 웅거하여 황해바다를 장악하며 세력을 키워가고 있었는데, 어느 날 왕족 김우징金祐徵이라는 인물이 그를 찾아오게 되오. 왕족들 사이의 왕위 계승을 둘러싼 권력투쟁에서 밀려 생명의 위협을 느끼다가 일종의 피난처로 찾아오게 된 것이오. 그런데 그는 그저 목숨만 구걸하러 온 게 아니었고, 손에 무언가를 들고 있었소. 바로 신라 왕실에서 대대로 비밀리에 전수되어 오던 금척이라는 신물神物이었소."

나는 소스라치게 놀라 하마터면 비명이 터져 나올 뻔했다. 금척이라니… 이 머나먼 이국땅에 와서, 그것도 바다 가운데의 섬에서 금척 이야기를 듣게 되다니…

내 심중을 아는지 모르는지 현주의 이야기는 계속되었다.

"김우징은 금척이라는 신물에 얽힌 사연을 낱낱이 들려주며, 썩어빠진 신라 왕실은 더 이상 이 신물을 소유할 자격이 없다며 장보고에게 헌납했다 하오. 그가 이렇게 한 것은 자신의 목숨을 보전하려는 이유도 있었겠지만, 한편으로는 장보고만이 금척을 소유할 자격이 있고, 이를 계기로 새로운 왕조를 창업해 보라는 뜻도 있었던 듯하오.

장보고에게는 그야말로 천우신조나 다름없었소. 그가 기름진 옥답 같은 대륙 땅을 떠나 멀리 외진 신라 땅을 택한 것은 실상 해상왕국을 건설하려는 야심 때문이었소. 그는 기존의 통치자들과는 달리 바다에서 커다란 가능성을 발견하고, 바다를 무대로 한 새로운 국가를 꿈꾸고 있었던 거요. 그런 그에게 대국의 해안은 쉽게 뜻을 펼 수 없는 장소였을 것이오. 강성한 육지 세력이 언제든 밀고 내려올 수 있으니 말이오. 그래서 심사숙고 끝에 신라의 외진 땅을 택한 건데, 거기서 뜻밖에도 금척이라는 신물까지 얻게 되었으니 그야말로 천명을 받았다고 생각하지 않겠소?

그러나 신라 왕실의 권력투쟁은 그치지 않아 왕위를 놓고 분란이 계속되었다 하오. 그러자 장보고는 김우징과 함께 이를 바로잡기 위해 거사를 일으켜 여러 격전 끝에 승리를 거두게 되오. 그래서 자신에게 와 있던 김우징을 왕으로 밀게 되는데, 이때 장보고는 갖고 있던 금척을 다시 돌려주려 했다 합니다.

하지만 김우징, 즉 신무왕神武王은 만류하며 신라 왕실의 수명은 머지않아 끝날 것이어서 금척을 갖고 있어도 아무 소용이 없을 것이라 했다 하오. 그러면서 부디 이 금척을 가지고 바다를 무대로 한 새로운 나라를 건설하여, 조선의 맥을 이어달라고 당부했다 합니다.

신무왕은 자신의 미래를 예견했는지 왕위에 오른 지 불과 수개월 만에 병사해 버리고 아들 문성왕文聖王이 즉위하게 됩니다. 그런데 문성왕은 부친의 유언 때문이었는지 장보고의 딸을 왕비로 맞아들이려 합니다. 그러나 조정 대신들이 모두 들고 일어서서 반대했다 하오. 그의 세력이 커지면 신라가 망하게 될지 두려웠기 때문이겠지요. 혼인 관계를 맺는다는 것은 서로 잘 지내보자는 의도이지 집어먹으려고 하지는 않을 것입니다. 실제로 장보고가 신라를 차지하려 했다면 당시의 무력만으로도 충분히 차지할 수 있었고, 딸이 혼인을 하여 신라 왕비가 되면 서로 대립하게 될 때 인질이 되어 도리어 불리해질 수가 있기 때문이오.

아무튼 장보고로 인해 기득권을 잃지 않으려는 신라 귀족들의 견제는 계속되었는데, 문성왕과 장보고 사이를 갈라놓으려 갖은 묘수를 다 모색하던 대신들이 우연히도 왕실에 금척이 없어진 것을 알게 되었답니다. 그 이유가 부친 신무왕이 장보고에 갖다 바치고 목숨을 보전했기 때문이라는 것도 알게 되자 본격적으로 왕을 충동질하기 시작합니다.

내내 장보고에 대해 호감을 품고 있던 문성왕도 금척 얘기를 듣고는 마음이 달라졌던 모양입니다. 금척은 신라 제일의 보물에 속하고, 바로 왕권과 직결되는 물건이기 때문에 아무리 부친의 생명의 은인이라 해도 양보할 수는 없는 것이었겠지요. 그래서 다시 되돌려 받기 위해 사람을 보내게 되는데, 그가 바로 염장閻長이라는 신하였습니다. 한때 장보고 휘하에 있기도 했던데다, 담력도 있고 말주변도 좋아 적임자라 생각되었던 모양입니다.

원래 성격이 호방하고 사람과 어울리기를 즐겨하던 장보고는 별다른 의심 없이 염장을 받아들였고, 염장은 술자리에서 자신이 찾아오게 된 실제 이유를 밝힙니다. 그 이유란 것이 바로 선대의 신무왕이 왕실에서 훔친 금척을 돌려달라는 것이었답니다. 금척은 한 국가에서 소유해야 하는 신물이지 사사로운 개인이 가지는 물건이 아니라고 극구 주장하며….

깜짝 놀란 장보고는 그것만은 절대 안 된다며 단호하게 거절했다고 합니다. 이미 자신은 해상왕국에 대한 야망을 굳힌 상태였고, 신무왕 김우징도 굳이 반납을 사양하며 금척을 가지고 반드시 꿈을 이루라고 당부를 하기도 했기 때문일 것입니다. 그러자 염장은 이러다가 신라와 청해진 사이에 전쟁이 발발할 수도 있다며 간곡하게 설득했으나 끝내 장보고가 거부하자 최후의 수단을 씁니다. 술이 어느 정도 되었을 때 한쪽 벽에 걸려 있던 장보고의 칼을 빼 살해해버리고 맙니다.

염장은 자신의 행위가 신라 조정의 명에 의한 것임을 밝혀 부하들의 승복을 받아내고, 이어 집무실을 샅샅이 수색하여 금척을 찾아냅니다. 그는 금척과 장보고의 머리를 신라 조정에 헌상하고 아간阿干이라는 큰 관직을 부여받게 됩니다. 그러나 장보고가 없어진 청해진은 더 이상 힘을 쓰지 못하고 갈팡질팡하다가 사라지고 맙니다. 가족들은 도피하고, 부하들 중 일부가 반란을 일으키려다 실패하고, 주민들은 타 지역으로 이주되어 기반 자체가 없어져 버리게 된 겁니다.

장보고 가족들은 재빠르게 도피하여 배를 타고 이곳 주산도로 왔다가 다시 내륙으로 건너갔다고 합니다. 그 후 주변 신라인들의 도움으로 터를 잡고 살림을 꾸려 갔으나 내내 숨죽이며 살았다고 합니다. 당시에는 당나라와 신라가 돈독한 관계여서 장보고의 가족이라는 게 알려지면 당나라 조정으로부터도 위해를 당할 가능성이 충분히 있기 때문이지요.

여기 주산의 섬 도처에는 불교 사찰 외에도 각종 무속신巫俗神을 모신 묘당廟堂들이 많이 있는데, 그중에 장공묘張公廟라는 당집이 있습니다. 여러 가지로 영험이 많다고 해서 이곳 뱃사람들 사이에서 인기가 높은데, 그가 실제로 어떤 인물이었는지는 잘 모릅니다. 다만 바다 건너 저장성 닝보寧波 지역에서 온 인물이고, 힘이 대단했다는 정도로만 알려져 있습니다. 그런데 이 장공은 바로 장보고를 나타내는 명칭일 것입니다. 닝보지역도 신라인들의 주요 활동 무대 중의 하나였고, 해안지역에서 장씨 성을 무신으로 모셔질 만한 인물이 장보고 외에는 찾아보기 힘들기 때문입니다.

하지만 장보고라는 이름을 드러내지 않고 그저 장공이라고만 한 것, 반드시 부부상을 모신다는 것, 종종 벽에 모형 배를 걸어놓아 그가 배 또는 뱃일과 관련이 깊은 인물이라는 것을 나타내고 있다는 게 다른 묘당과 다른 특징이라고 할 수 있습니다. 이상의 얘기들이 이 문서에 기록되어 있는 대강의 내용들입니다."

현주는 잠시 숨을 돌리며 물을 마셨다. 나는 너무 엄청난 얘기들이어서 뭐라 얘기도 못 하고 그저 숨을 죽이고만 있었다.

"내가 특별히 이 얘기를 꺼내는 이유는 모처럼 조선에서 온 서생을 만나 얘기가 통할 것 같기에 우리 가문에 전해지는 비밀을 알려주고 싶기 때문이요. 또 하나의 이유는, 역사에 가정이라는 게 없다지만 만약 그때 장보고가 삼국지의 조조曹操처럼 악아 참화를 피할 수 있었다면 과연 그 후의 역사는 어떻게 달라졌을까 하기 때문이요. 그 일들을 생각하면 답답함을 금할 길 없어 이렇게 한 번씩 털어놓고 싶어진다오."

현주가 얘기를 마친 후에도 내내 전율이 온몸을 휘감았으나 내색은 하지 않았다. 부친 얘기나 경주의 금척리 고분군 지킴이의 얘기들을 들을 때도 그랬지만, 참으로 여러 내밀한 역사들이 금척과 관련되어 있었다. 그리고 그 역사들은 드러나지 않고 깊은 어둠 속에 묻혀 있었다. 왕권, 혹은 천권天權과 관련된 1급 비밀이기 때문인가?

"아이구 많이 기다리셨습니다. 귀한 손님들이기에 좀 정성을 기울인다는 게 그만 이렇게 늦어져 버렸습니다."

노인은 커다란 무쇠 그릇에 김이 무럭무럭 나는 해산물을 가득 채워 들고 왔다. 말이 조기탕이지 바다에서 나는 갖가지 생선들도 함께 들어있었다. 며느리는 도자기 형태로 된 커다란 술병을 들고 와서 우리 세 사람의 잔에 차례로 술을 따랐다.

"배 속이 비어야 음식이 맛이 있는 거랍니다. 그래서 제가 일부러 느릿느릿했는지도 모르겠습니다."

어쨌든 나는 음식이 나온 게 고맙기만 했다. 너무 충격적인 사실들을 담고 있는 현주의 얘기에 정신이 혼란스럽기까지 해 좀 숨 고르기가 필요한 데다, 옆에서 부지런히 통역을 해대고 있는 동용에게도 미안한 마음을 금할 수 없었기 때문이다.

바다에서 갓 건져 올린 생선들로 만들어진 요리는 입에 쩍쩍 달라붙었다. 아침에 숙소에서 듣기에 주산도가 풍성한 어족 외에도 해산물 요리로도 널리 알려졌다더니 빈말이 아닌 모양이었다. 어느 정도 먹기에만 열중했던 시간이 지난 후 현주의 얘기는 계속되었다.

"대륙 해안의 신라인들은 당나라를 지나 송나라 때까지 세력을 유지했었다 합니다. 송나라가 고려라는 나라와 무역을 왕성하게 할 수 있었던 것도 신라인들의 항해술이 상당한 역할을 했겠지요. 그러나 원나라 때부터 세력은 급격히 약화되기 시작했고 급기야 명나라 때의 해금정책으로 완전히 소멸되고 맙니다. 원나라나 명나라나 바다의 효용성을 그다지 중시하지 않은 데다가, 해상세력들이 바다라는 이점을 믿고 여차하면 반란세력으로 화할 우려가 있어 억누르고 약화시키려 많은 노력을 기울였습니다. 그러한 사정들 때문에 대국의 앞바다를 장악했던 신라인들의 세력도 흐지부지되다가 결국 설화들로만 남게 된 것이지요."

"현주님께서 여기 섬들의 수령을 맡게 되신 데에는 어떤 인연이 있는가 봅니다. 장보고의 후손께서 옛적 신라인들의 무대였던 열도의 수령으로 부임하신 게 그저 우연만은 아닌 것 같은데요."

그러자 현주는 대답 대신 쓴웃음을 지었다. 그러다 어느 정도 시간이 지난 후 입을 열었다.

"내가 여기 현주로 오게 된 건 내 스스로 자원했기 때문이요. 고위 관청에 줄을 좀 대기도 했습니다."

"보통 이런 곳은 좋은 관직에서 밀려나 어쩔 수 없이 오게 되는 곳 아닙니까? 상부에 밉보이거나 무능하다고 소문나 좌천되는 방식으로…. 그런데 일부러 자원해서 오시다니요?"

"지금 청국은 왕조 말기 현상을 보이고 있습니다. 부끄러운 얘깁니다마는 관가에는 부정부패가 만연하고 지도층에는 사치, 향락 풍조가 휩쓸고 있어 나라 전체가 골수 깊이 병이 들어가고 있습니다. 당연히 서민 생활은 도탄에 빠지고, 도처에서 크고 작은 백성들의 봉기가 이어지고 있습니다. 나는 이런 상황 아래서는 정상적인 정신으로 관직 생활을 할 수도 없고, 보람도, 배울 것도 없다고 생각되어 사직하고 시골로 내려가려 했습니다. 그런데 누군가가 여기 주산도를 권하더군요. 시골에 가는 거나 다를 바 없으니 가서 한직閑職을 하나 맡아 자연과 벗 삼아 지내보라고….

나는 무심코 그의 말에 따랐다가 곧 내 선택이 백번 잘한 것을 깨닫게 되었습니다. 나는 바닷가의 어민들이란 그저 배운 것 없이 배 타고 나가 그물을 펴서 고기만 건져 올리는 것으로만 생각했었습니다. 그러나 그들은 참으로 지혜로운 사람들이었습니다.

오랫동안 누적되어 온 바다에 대한 관찰과 풍부한 경험을 통해 고기잡이에 대한 지식과 이치를 터득하고 있었습니다. 또한 이러한 것들을 짧은 속어俗語로 만들어 후손들에게 전수하고 있었으며, 갖가지 민속행사를 만들어 자신들의 삶과 직접적으로 연관시키기도 했습니다.

그런데 이러한 속어나 민속이 그저 어민들의 수요만 충족시키고 있는 게 아니었습니다. 그들로 하여금 자연을 깨닫게 해주고, 세상을 깨닫게 해주고, 경우에 따라 천리天理를 깨우치게 해준다는 것도 알게 되었습니다.

바다는 어민들의 삶을 이어가게 해주는 터전입니다. 그러나 동시에 배우고 깨우쳐야 할 거대한 대상이며, 세상의 이치를 가르쳐 주기도 하는 스승이기도 했던 셈입니다.

나는 시간 있는 대로 순박한 어민들의 일상생활을 관찰하면서 이러한 모습들을 생생하게 보고 느꼈습니다. 육지에서 혼탁한 세태에 부대끼며 하릴없이 나날을 이어가던 관직 생활 때는 생각지도 못했던 일이지요.

또한 어릴 때부터 그저 책으로만 배우는 것을 전부로 알고, 경전의 가르침대로만 행하는 게 사람의 도리인 줄로만 알았던 사고방식도 크게 바뀌게 되었습니다. 세상에 배울 것은 널려 있으며, 많은 관찰과 경험을 통해 그것들을 배워야만 한다, 그게 쌓이다 보면 사람의 삶을 달라지게 하고 크게 변화시킬 수 있다, 또한 어떤 분야든 깊이 몰두하게 되면 그 속에서 다 통하는 세상의 이치나 삶의 지혜도 찾을 수 있다….

말하자면 도道가 꼭 경전이나 사람 마음 속에만 있는 게 아니라 어떤 현장 속에도, 세상 속에도 있을 수 있다는 얘깁니다. 어떻소, 내 주장이?"

현주는 말을 마친 후 호탕하게 웃더니 눈을 크게 뜨고 나를 바라보았다.

"제가 풍랑을 만나 몇 차례나 사경을 헤매다가 구사일생으로 여기까지 흘러왔는데, 그야말로 용왕님의 배려가 있었던 것 같습니다. 생각지도 않게 이 같은 고견을 듣게 되다니요.

사실 저희 조선에서도 젊은 학자들 사이에서 비슷한 견해들이 유포되고 있습니다. 인구는 많아지고 세태는 변하고 있는데, 기존의 성리학에 입각한 제도와 사고방식만으로는 대처할 수가 없게 될 것이라며 새로운 활로를 모색해야 한다는 움직임이 일고 있지요. 흔히 실사구시實事求是라고 하지요. 그런데 현주님께서는 실제 어촌 현장에서, 직접 어민들의 삶을 보고 느낀 후에 얻으신 고견이어서 더욱 가슴에 와닿는듯 합니다."

"고맙소. 공감을 표해 주셔서….."

현주는 술병을 들어 내 잔을 채워주려다 술이 바닥난 것을 알고 한 병을 더 청했다. 한쪽 구석에서 없는 듯 앉아 우리 얘기를 경청하던 노인이 곧바로 술병을 챙겨 가져오자 현주는 노인의 손을 잡아 옆자리에 앉혔다.

현주는 노인에게 술을 권했고, 노인은 두 손으로 공손하게 잔을 들어 조금 마셨다.

"마을에서는 그저 상商씨 노인이라 하는데, 지금은 나이가 든 데다 허리가 좋지 않아 집안에만 있지만 한창 일할 때는 신령님이라 불렀다 하오. 바다에 대해서라면 그야말로 신의 경지에 이르렀기 때문일 것이오. 날짜별로 밀물과 썰물의 상황, 날씨, 바람 등을 귀신같이 알아맞혀 마을 사람들이 바다에 나갈지 말지, 바다에 나가면 어떤 준비를 해서 나가야 할지를 수시로 물었고, 노인의 지시대로만 하면 잘못되는 일이 없었다 하오.

노인은 소싯적부터 익혀 온 솜씨로 바닷속 고기들의 움직임, 바다 위를 나는 갈매기들의 날갯짓, 출렁이는 파도와 물빛 색깔 등으로 날씨나 바람 등을 예측하고 고기떼를 찾았다 하오. 또한 종종 배 갑판에 귀를 갖다 대기도 하고, 구멍을 뚫은 왕대나무를 물에 꽂아 고기들 소리를 듣는데, 어떤 고기가 어느 정도 있는지 이 노인만큼 잘 아는 사람이 없었다 하오. 이런 게 바로 지식이나 지혜가 아니고 뭐겠소. 어민들이 살아가는데 직접적으로 필요한 지식이고 거대한 바다를 상대할 수 있는 생생한 지혜란 말이오. 물론 그동안 주위에도 많이 가르쳐 주기도 했겠지만, 그래도 너무 아까워 언제 알고 있는 것들을 모두 정리하여 기록으로 남겨 볼 계획도 갖고 있소. 우리 같은 사람들이 바로 해야 할 일이 아니겠소?"

　　현주는 다시금 호탕하게 웃고 스스로 술을 따라 거침없이 마셨다. 아무튼 호방한 성격에 진취적인 학자풍의, 흔히 볼 수 없는 관리였다. 부패한 시대의 관리들이란 그저 자기에게 부여된 몇 푼짜리의 권력을 이용하여 부정을 일삼고, 이를 기반으로 힘 있는 곳에 줄을 댈 신분 상승을 노리는 데만 혈안이 되어 있는 것을 감안하면 상당히 별스러운 인물이기도 했다.

　　이윽고 밖으로 나오니 신선한 해풍이 몸에 휘감겨 왔다. 황혼이 시작되고 있었다. 현주는 음식값을 자기가 내겠다고 했으나, 기어코 우겨 내가 지불하고 나니 한결 심적 부담이 덜어지는 느낌이었다.

　　우리는 오던 길을 되돌아 해안을 따라 현청 쪽으로 향했다. 현주는 말 위에 탄 채로 이것저것 여러 얘기들을 늘어놓았다. 원래 아는 것도 많은 데다, 그동안 섬 내에서 적당히 얘기 나눌만한 사람이 없어 마냥 쏟아져 나오는 것만 같았다.

주황색 물결이 끝없이 뛰노는 바다는 여전히 막막하기만 했으나 이곳까지 오게 된 것은 마치 어떤 힘에 의해 인도된 것만 같았다. 장보고가 금척과 관련되어 죽음을 맞았다는 얘기와, 중국 신라인들의 왕성한 활동 상황을 대충이나마 알게 된 것은 그야말로 큰 충격이었다. 그나저나 장보고를 희생하고 다시 신라 왕실로 되돌아간 금척은 그 후 어떻게 되었을까?

나흘째 되는 날, 우리는 떠날 채비를 하고 현청에 사실을 알렸다. 그러자 현주는 직접 불러 이것저것 도움이 될 만한 얘기들을 늘어놓았다. 특히 간략하게 그려진 지도까지 보여주며, 이곳에서 배를 빌려 타고 상하이 쪽으로 가는 게 좋을 것 같다고 했다. 관선官船을 이용하면 돈을 들이지 않을 수 있으나, 어쩌다 한 번씩 다니는 데다 바로 육지로 가는 게 아니고, 주산도로 가서 거기에서 또 기다렸다 진하이鎭海를 거쳐 성도省都 닝보로 가야 하기 때문에 시일도 많이 소요되고, 거리도 많이 돌아가야 한다는 것이었다. 그러나 상하이 쪽으로 가면 3일 정도면 육지에 닿을 수 있는데다, 상하이에서 쑤저우蘇州로 향하면 길도 훨씬 단축되고 운하運河도 이용할 수 있다는 것이었다.

내가 현주의 제안에 전적으로 따르겠다고 하자, 현주는 관원을 한 사람 붙여 배를 빌리는데 알선해 주라고까지 하는 것이었다. 나는 정성을 다해 고마움을 표시하며, 미리 준비해 둔 홍삼 10뿌리를 선물하자 현주는 귀한 선물이라며 반가워하는 기색이 역력했다. 생각 같아서는 훗날 언제 조선에 올 일이 있으며 꼭 만나 뵙기 바란다고 하고 싶었으나, 여기에서 조선이 어디라고 그런 얘기를 꺼낸단 말인가. 그저 언제 인연이 닿아 꼭 다시 만나 뵙기를 바란다고 하자, 현주도 섭섭한 표정으로 한 장의 봉서를 내밀었다.

"이것은 최 서생書生에 대한 내 소개장 같은 것이오. 육지에서 관청에 갈 일이 있을 때 보여주면 신분을 보증하는 역할도 할 수 있을 것이오. 도움이 될지 모르니 잘 간수해 두시오. 그리고 가는 도중 해적을 조심하시오. 가까운 거리이긴 하지만 아직도 못된 놈들이 남아있으니 안심해서는 안 되오."

동용과 나는 나루터로 향하면서 현주 얘기를 많이 주고받았다. 비록 만리타향의 낯선 곳이었지만 사람에게서 느껴지는 정은 나나 동용에게 깊은 울림을 남겼기 때문일 것이었다. (2권에서 계속)